나의 전쟁은 끝나지 않았다

정현웅 장편소설

제2권

2권 차례

제5장 동학 농민 항쟁 ·· 3

제6장 여우 사냥 ·· 95

제7장 운강(雲崗), 의병을 일으키다 ································ 165

제8장 서간도(西間島)의 여름 풍경 ································· 244

제5장

동학 농민 항쟁

1

  2대의 마차를 몰고 우리는 부안의 안성포로 향했다. 강민호는 날쌘 동학군 다섯 명을 추려서 모두 소총을 휴대시키고 경호하도록 했다. 나를 포함해서 마차를 모는 동학군을 합치면 아홉 명이 된다. 바다를 옆으로 돌아서 조금 올라가면 폭이 좁은 샛강이 나왔다. 부안천이라고도 하고, 안성천이라고도 하였다. 그 하구에서 우리는 밀수업자 이노우에 선장을 만나기로 했다. 강변에 있는 조선인 이 씨 집에 당도했다. 밤새도록 달려와서 지치기는 했으나 신형 소총과 맥심 기관총을 산다는 생각을 하니 왠지 설렜다. 주변을 살펴보니 이상한 낌새는 보이지 않았다. 혹시 잠복해 있을지 모르는 일본 헌병이 있는지 의심이 들었던 것이다. 정보에 의하면 이노우에 선장이 배와 함께 일본 헌병에 체포되었다고 한다. 나는 그 정보가 믿을 수 있는지 의심했다. 이노우에는 일본 정부도 알고 있는 밀수업자로, 하급 관리로부터 고위층에 이르는 정치인들을 매수해서, 그의 돈을 먹지 않은 사람은 일본 정치인이 아니라는 말이 있을 정도였다. 강민호의 말에 의하면 그는 제일은행에도 거금이 들어있는 자본가로서, 그를 곤란하게 하면 일본 경제가 휘청거릴 것이라고 하였다.

이 씨 집에 당도해서 마차는 밖에 세워두고, 다른 동학 군사들도 모두 집 주변에 있으라고 했다. 주변에 있으라는 것은 주변을 경계하라는 뜻이다. 대청마루에는 등불이 환하게 켜져 있다. 이 씨는 우리를 기다리고 있었던 듯하다. 우리가 들어가자 반갑게 맞았다. 대청마루에 있는 큰 상에 이미 술상이 차려져 있었다. 하녀 여러 명이 다른 안주들을 가져다 놓았다.

"어서오시오. 정확하게 약속을 지키셨습니다."

이 씨는 일본 말을 잘하는 사람인데, 오히려 조선말이 약간 서툴렀다. 강민호의 말에 의하면 어린 시절은 전주에서 태어나 그곳에서 자란 전라도 사람이지만, 12살 무렵에 무역 일을 하는 아버지를 따라 대마도로 건너가서 살았다고 하였다. 그래서 일본 말이 더 익숙하다는 것이다. 강민호에게 어떻게 알게 된 사람이냐고 물으니, 오래전부터 안 사람은 이노우에이고, 이 씨는 이노우에가 소개해서 최근에 안 사람이라고 하였다.

우리가 도착하자 이 씨는 화약이 들어있는 봉홧불 심지에 불을 붙였다. 그러자 폭죽이 터지면서 불꽃이 하늘 높이 솟구쳤다. 저편 강

가운데 화물선 한 척이 정박하고 있었다. 그곳으로 신호를 보낸 것이다. 하얀 백자 술병이 나왔다. 술병 하나를 집어 들어 이 씨는 강민호와 내 앞에 있는 잔에 술을 따르면서 말했다.

"먼저 한 잔 마시며 기다리시오. 곧 이노우에 선장이 올 것입니다."

"그런데……."하고 나는 말문을 열었다. 말하기 전에 잠깐 멈추고, 강민호의 얼굴을 쳐다보았다. 내 눈빛을 단번에 눈치채고 괜찮다는 신호로 고개를 끄덕인다. 나는 일본군 헌병의 체포 소문을 물어보려는 것이었다.

"소문을 들으니 이노우에 선장이 일본군 헌병대에 체포되었다고 하는데 어떻게 된 일입니까?"

"일본군 헌병대요? 하아, 소문 한번 빠르군요. 그거 며칠 전의 일인데 어떻게 아셨죠? 체포된 것이 아니고 일본군 헌병대 일개 소대 병력이 여기 와서 저 배에 올라 이노우에 선장을 만나고 간 것입니다. 무슨 일로 배에 가서 살피고 갔는지 그 이유는 내가 알 수 없고, 알 필요도 없지만…… 아마도, 모종의 사건과 관련이 있어 배에 와서 수색을 한 듯합니다. 체포되었다고요? 천만의 말씀. 이노우에에는 일본 정부의 첩자이면서 자본가이면서 정치인입니다. 그는 대표적인 정한론자입니다. "

나는 첩자라는 말에 신경이 쓰여 다시 물었다.

"정확히 어떤 인물입니까?"

"나도 정확하게는 모르지만, 이토 히로부미와 가까운 친구라는 것은 알고 있습니다. 같은 조슈번 출신으로 어렸을 때 이웃에 살았답니다.”

"현재 일본 총리대신 이토 히로부미를 말하는 것입니까?”

내가 묻자 그는 히죽 웃었다. 털보가 나서면서 지껄였다.

"총리의 친구라고 해서 권력이 있는 것은 아니지만, 저는 십 년 전부터 이노우에 선장을 알았지만 그가 이토 히로부미의 친구이며 조슈번 가문이라는 것은 처음 듣습니다.”

"그런데 그런 인물이 왜 해적질, 아니, 밀수를 하고 다니지요?”

"그건 밀수라기보다 일본 정부가 비밀리에 공인한 첩자 사업가라는 뜻이죠.”

"그럼 우린 그 첩자한테 총을 사는 것이군요? 어쩐지 총 1천 자루 달라니까 안 판다고 할 때부터 알아보았지. 장사인데 총을 더 이상 안 된다는 것이…… 이거, 이래도 되는지 모르겠네. 우리가 사는 총은 전부 보고될 거 아닙니까?”

"어디에 말입니까?”

"일본 군부나 정부에 말이요.”

"형님, 총 백 자루 판 것에 그놈들이 신경이나 쓰겠습니까? 아마 1만 자루 가져갔다면 신경을 쓰겠지요.”

"소총도 총이지만 그 성능이 최고인 맥심 기관포도 한 자루 샀잖아.”

"기관총 한 자루 가지고 뭘 그럽니까? 우리가 그런 거 가지고 있다고 해서 겁을 낼 놈들이 아니지요. 모기가 다리에 붙어 잠깐 쏜 것에 불과할 것입니다."

"잠깐 쏜 것이지만 그것이 학질이 될 수도 있잖소?"

"그럼요. 우리는 그것이 학질이 되도록 만들어야죠."

"쌀을 싣고 온 것이 아닌 모양인데, 그럼 어음을 가져왔습니까?"

이 씨가 불쑥 물었다. 그러자 강민호가 주머니에서 봉투 하나를 꺼내 그 안에서 어음 여러 장을 빼었다. 1만 냥짜리 어음과 1천 냥짜리 어음 세 장이었다.

"배동익 어음입니까? 배동익 어음이 아니면 제일은행 어음이어야 합니다. 다른 어음은 일본에서는 받지 않습니다."

"그건 알고 있소. 배동익 어음이요."

배동익 어음은 일본이나 중국에서도 인정했다. 대행수 배동익은 개인 신분이지만 그 이름 자체가 은행이나 마찬가지였다. 그는 전국에 큰 상점과 분점을 가지고 있고, 화물선 세 척으로 무역을 했으며, 금광 2개와 철광 1개, 석탄광 2개를 가지고 있었다. 조선에서는 왕비 민씨 다음으로 돈이 많았다. 왕비 민씨의 돈은 나랏돈이 섞여 있어, 배동익은 조선에서 제일가는 부자인 셈이다. 조정에서는 그에게 은행을 설립하라고 권했으나 그는 은행을 세우지 않았다. 은행을 세워 봤자 모든 돈거래를 투명하게 해야 하고, 공기업이 되면 세금을 많이 뜯기기 때문에 싫다는 것이었다. 동시에 그의 자금은 지하자금 거래가 많았다. 돈이 오고 가는 출처가 불분명하기 때문에 정치자금이나 돈세탁이 용이하였다. 그것은 아직 산업 구조가 선진화되기 전의 일이니 가능할지 모르겠다. 하지만, 산업 구조가 아무리 선진화되어도 지하자금은 역시 지하자금이었다.

이노우에 선장이 다른 선원 댓 명과 함께 큰배에서 내려 쪽배를 타고 오는 모습이 보였다. 거리는 가까웠는데 배가 느려서 그런지 한참 걸렸다. 우리는 기다리는 동안 술을 마셨다. 그리고 요즘 급등하는 물가라든지, 백동화의 폐해에 대해서 이야기했다. 백동화를 발행하겠다고 입에 오르내린 것은 내가 남촌에 있으면서 집들이할 때부터였다. 그러니까 십 년이 넘은 것이다. 그 후 임오군란과 갑신정변을 거치면서 새로운 화폐 발행이 저지되었다가 왕비 민씨 일파가 다시 득세하면서 기득권 세력들이 상평통보 당5전과 백동화를 제조하였다. 백동화는 한 개가 2전 5푼의 가치로 엽전(상평통보) 25매와 교환되었다. 일본 제일은행이 오사카 화폐 제조국에 의뢰해서 은화 1냥짜리를 찍어내었다. 은화 1냥에 상평통보 100개(푼)와 교환되었다. 닷 냥 은화도 발매했는데, 엽전 500개로 교환했다. 이렇게 되자 물가는 급등하고 화폐 가치는 떨어졌다. 임진왜란 33년이 지난 때부터 약 300년간 발행했던 상평통보의 가치도 떨어져서 좀 비싼 물건을 사려면 엽전을 지게로 져서 가져오는 일이 벌어졌다. 그런 불협화음 속에서도 화폐를 제조하는 자들은 거부가 되었다. 전에 상평통보는 조정의 육조와 지방 각 도의 감영에서 제조했다. 그런데 이번 백동화와 당5전은 개인 사업가에게 주조 권리를 넘겨주어서 그것을 주조하는 곳에서는 편법을 쓰면서 막대한 이득을 챙겼다. 이를테면 동전 하나를 제조하는 데 상평통보의 경우는 구리가 70%, 주석이 30% 들어갔다. 그런데 주석 값보다 구릿값이 더 비쌌기 때문에 구리를 50%로 낮추고 주석을 더 넣었다. 그렇게 함으로써 이삼십 프로 이득을 챙겼다. 더욱 심한 것은 조정에서 내려보낸 재료에 일반 쇠라든지 흙을 섞어서 제조해 착복하는 수가 있었다. 년간 백만 냥을 주조하라고 하면서 주석과 구리를 보내면, 거기에다 돌과 철광을 잔뜩 넣어서 엽전을 얇게 만든다. 그래서 150만 냥을 제조하는 것이다. 백만 냥만 납품하고 나머지 오십만 냥은 주조하는 자가 먹는데, 그것도 혼자 먹으면 문제가 되니까 관련 부처와 감시기관, 그리고 무엇보다 왕비 민씨에게 정치 자금으로 상납하는 것이 필수였다. 그러다 보니 이 불량한 엽전은 금방 녹이 쓸고 부서지는 것이다.

　옛날에 만든 상평통보를 보면 두껍고 윤택이 오래 갔는데, 요즘 만든 것은 몇 년만 지나도 부실해지는 것이다. 물론, 옛날에도 평양에서 만든 평양 감영 주조 상평통보는 금방 녹쓸었다고 한다. 평양이 사치하고 놀기 좋은 곳이어서, 그곳에 내려간 감사들은 엽전 주조에서 그런 장난을 해서 돈을 빼돌려 기생들과 노는 데 사용했다는 말이 있다. 돈에 대해서라면 빠지지 않는 강민호가 돈 이야기가 나오자 열을 내고 상평통보와 지폐에 대해서 말했다.

　"그런 엽전 문화의 부조리가 심하다면 종이돈, 즉 지폐를 만들어 쓰면 되지 않겠습니까? 지폐를 만들지 않은 것은 아닙니다. 고려 말과 조선시대에 4차에 걸쳐 종이돈을 만든 때가 있었습니다. 닥나무 껍질로 된 종이에 목판으로 인쇄된 옛날 지폐였지요. 고려 말 공민왕 3년에 최초로 만들었으나 조선 건국의 혼란 때문에 저화(楮貨) 인판을 소각하고 통용하지 못했습니다. 조선조 태종 원년에 좌의정 하윤의 제의로 조폐 기관을 설치하고 처음에 돈을 2천 장 찍어냈다고 합니다. 저화 한 장에 삼베 한 필, 쌀 두 말의 가치였으나, 20년이 지나자 쌀 한 되 밖에 쳐주지 않았습니다. 저화는 종이돈이기 때문에 정부에서 그 가치를 보장해 주어야 하는데, 그렇지 못해서 포화 등 물품 화폐만 선호했습니다. 백성들은 종이돈을 가지고 먹지도 입지도 못하는 돈이라고 하면서 불신해서 결국 통용이 계속되지 못했습니다. 태종 10년에 다시 저화를 발행해서 유통시켰지만, 유통이 되지 않았어요. 그래서 정부는 저화로 세금을 받고 동전과 저화 이외에 포화의 사용을 금했고, 저화 이외 사용자는 곤장 1백 대, 저화로 벌금 30장을 물렸으나, 그런 처벌에도 불구하고 저화는 유통이 되지 않았습니다. 그런데 지금쯤은 우리나라도 저화가 유통이 될 것도 같네요. 일본에서는 이미 오래전부터 일 엔이나 오 엔, 그리고 십 엔 짜리 지폐가 유통되고 있습니다. 제일은행이 개입해서 이제 곧 조선에도 1전 짜리, 5전 짜리, 그리고 1원, 5원 등의 지폐가 발행될 것이라고 합니다. 조선에는 막대한 돈을 찍어낼 기계와 설비가 없어서 어차피 일본 오사카 화폐 제조국에 가서 찍어야 한다는데, 그 일을 일본 국적 제일은행이 한다고 하니, 이건 우리 돈을 일본 놈이 제조한다는 말인데, 이거 말이 됩니까? 십여 년 전에 고균이 일본에서 차관을 들여와서라도 은행을 설립하고, 종이돈을 찍으려고 구상했는데, 고균이 그렇게 되고 십 년이란 허송세월이 흘렀습니다."

강민호는 무슨 말끝이면 자주 김옥균의 이야기를 꺼내서 나는 질려버렸다. 이제 좀 그의 말을 안 했으면 싶다. 강민호의 의식 속에 그의 존재가 떠나지 않는 모양이었다.

"김옥균은 지금 어떻게 지내시요?"

말이 나온 김에 내가 물었다.

"저도 모릅니다. 처음에는 고균 옆에서 경호도 하고 그랬는데, 이제 그의 곁을 떠나온 마당에 뭘 하는지 모르겠습니다."

"망명한 몸인데 무슨 경호까지?"

"글쎄 말입니다. 나도 옆에서 들었지만, 국왕이 우리와 헤어지면서, 당분간 일본에 가서 있으라고 하면서, 자기가 빠른 시간에 사면령을 내리겠다고 약속했습니다. 물론, 그 말을 고균이나 나는 지나치는 인사 정도로 들었습니다만, 착한 우리 임금은 그 말을 실천에 옮기려고 망명 일 년이 지난 어느날 조정에서 고균의 사면 문제를 언급했답니다. 이제 시간이 지났으니 사면해 주자고. 김옥균도 다 나라를 위해서 그랬을 것이니 용서하자고 말했답니다. 그 소식을 듣고 노발대발한 자가 누군지 아세요? 바로 임금의 부인 민씨였습니다. 우리 중전 마마는 즉시 국왕에게 사면은 절대 안 된다고 강력하게 반대했고, 대신 가운데 누구든지 사면을 언급하거나 상소를 올리는 자는 같은 역적으로 보겠다고 선언했습니다.

그때 마침 세상에는 괴소문이 퍼졌습니다. 김옥균이 지금 군대를 모집하고 있다는 것이었습니다. 국적 불명의 다국적 용병인데, 일본 사람, 중국 사람, 조선 사람, 러시아 사람까지 포함해서 용병하는데, 러시아의 차르 황제로부터 막대한 자금을 지원받아 용병을 사서 시베리아와 일본, 중국 모처에서 용병을 훈련하고 있다는 소문이었습니다. 이렇게 구체적으로 소문이 퍼진 것을 저는 의심합니다. 왕비 민씨의 일파들이 만들어 낸 허위정보로 말입니다. 그런 소문이 퍼지자 왕비 민씨는 두 가지 일을 했습니다. 하나는 자객을 일본에 보내 김옥균을 죽이라고 했고, 다른 하나는 조정에 압력을 넣어 청나라의 군함 두 척을 동원해서 연해 경비를 강화하는 한편, 정부 5호 작통법(전시 작전권)을 실시하여 경비를 강화했습니다. 동시에 주일 청국 공사 서승조를 이용해서 외무대신 이노우에게 김옥균의 일본 체류 활동의 진상을 문의하는 일까지 발생했습니다. 김옥균이 용병을 모집해서 조선국을 치려고 하는데 알고 있느냐고 했던 것입니다. 이 모든 것은 헛소문임이 밝혀졌지만, 그 후로 민씨는 김옥균을 제거할 목적으로 자객을 계속 보냈습니다. 민씨의 생각으로는 그를 그냥 놔두었다가 나중이라도 큰일 날 것만 같았던 모양이었나 봅니다. 그리고 사실, 민씨의 최측근 인물이 모두 칼에 난도질당하고 죽었잖습니까? 시체를 시궁창에 버리고, 누구든 건지는 자가 있으면 역적으로 몰아 죽이겠다고 하면서 나졸까지 동원해 시체를 지키게 했습니다. 나졸을 풀어 지키게 한 것은 나였습니다. 나졸은 하루가 지나자 도망가 버리고 없었지만, 그 누구도 무서워서 그 시체를 건지는 자가 없었습니다. 그렇게 사흘 동안 시궁창에서 시체가 썩고 문드러져서 물에 씻긴 시체가 고기가 물에 불어 터져서 흐물거리는 것 같이 보였다고 합니다. 민씨는 그것이 한에 맺혔을 것입니다. 그래서 김옥균을 죽이려고 애썼고, 일본에서 저는 막아냈습니다. 두 번인가 자객을 막았는데, 한 번은 상대방을 쏘아죽였고, 한 번은 도망가서 잡지 못했던 일이 있었습니다. 지금은 모르겠습니다. 세월이 십 년이 흘렀으니 서로 간 원한이 어느 정도 풀렸는지."

원한이 풀리지 않았다. 강민호는 왕비 민씨의 고집스런 한의 정체를 알지 못했다. 그녀는 김옥균이 죽는 그날까지 집요하게 자객을 보냈던 것이다. 지금 어떻게 되었는지 모르겠으나 그의 곁에 아무도 없다면 위험할 것이라고 나는 생각했다.

마당으로 사람들이 들어오는 소리가 들렸다. 이노우에 선장이다. 다섯 명의 선원들을 대동하고 들어섰다. 다섯 명의 선원들은 선원이 아니라 경호원들로 보였다. 소총을 휴대하고, 긴 칼을 차고 있었다. 사무라이들이 전통적으로 하는 것 같이 긴 칼과 함께 짧은 칼을 찼다. 작은 칼은 자결용이라고 하였다. 사무라이들은 상대방을 죽이는 긴 칼과 자기를 죽이는 자살용 작은 칼을 항상 차고 다녔다. 작은 칼로는 자기 배를 가르는 것이다. 이렇게 두 자루의 검을 차고 있는 뜻은, 너를 죽이지 않으면 내가 스스로 내 배를 가르겠다는 상징이었다. 사무라이들은 다이묘를 알현할 때는 긴 칼은 **빼놓고** 작은 칼만 차고 만난다. 그것은 내가 너를 죽일 권리는 없지만 스스로 자결할 권리는 있다는 뜻이다. 이 얼마나 교만한 사무라이 정신인가.

이노우에 선장이 오자 우리는 자리에서 일어나 그를 맞이 했다. 이노우에는 자리에 앉더니 대뜸 업무에 들어갔다.

"쌀을 싣고 오지 않은 것을 보니 어음을 가져온 모양이군요?"

털보가 그의 말을 통역하고 나서 내가 대답하기 전에 털보가 그렇다고 대답했다.

"어음이라면 우리는 제일은행 것이 아니면 배동익 어음만 받습니다. 조선에도 어음을 발행하는 믿을 수 있는 대행수가 많이 있습니다만, 그래도 중국이나 국제 시장서 통하는 사람 것이 아니면 곤란합니다."

"물론, 알고 있습니다. 배동익 어음을 가져왔으니 안심하십시오."

"아, 그래요? 그렇다면 일단 번거스럽지만, 그 어음을 가지고 우리 배에 잠깐 방문하는 것이 어떻습니까?"

"배에는 무엇 때문에?"

"사려는 총기도 한번 보시고, 우리는 그 어음을 확인하는 절차가 있어서입니다. 워낙 가짜가 많이 돌아다녀서 확인해야 하는데, 육안으로는 배동익의 직인이나 서명을 봐서는 알 수 없습니다. 그래서 배동익 사무실에 무전을 쳐서 어음의 고유번호와 암호를 확인해야 합니다."

나는 고액의 어음 거래를 많이 하지 않아서 그 규칙을 잘 모르고 있었다. 설사 고액이라고 해도 국내에서 사용하는 것이기 때문에 신용으로 통했다. 배로 가자고 해서 할 수 없이 우리는 자리에서 일어났다. 이 기회에 기선이라고 하는 그 화물선도 한번 구경해보는 것이다. 강민호가 다섯 명의 동학 군사를 데리고 가려고 하자 이노우에가 약간 난처한 표정을 지으며 말했다.

"호위 군사들을 모두 데려가지 않아도 됩니다. 쪽배가 크면 다섯 명이 아니라 오십 명을 데려가도 상관이 없지만, 배가 워낙 작아서 대여섯 이상은 타기 어렵습니다."

강민호가 어떻게 해야 되는지 나의 얼굴을 쳐다보았다. 나는 나지막한 말로 그에게 말했다.

"그냥 한 두 명만 데려갑시다. 다섯 명 다 데려간다고 해도 이들이 우릴 해코지하려고 들면 그 다섯 명 가지고 감당이 되겠습니까? 일단 이노우에 선장을 믿어야지요. 이들이 우릴 해코지할 이유가 없잖아요?"

"그렇긴 합니다만."

그래서 우리는 두 명의 경호원을 붙이고 쪽배에 탔다. 이노우에는 데리고 온 다섯 명의 사무라이들을 배에 태우지 않고 모두 이 씨 집에 머물게 했다. 그렇게 해서 사공이 노를 저어서 우리는 강 가운데 있는 큰 배로 갔다. 가까이 다가가니 생각보다 컸다. 마치 군함처럼 웅장했다. 큰 배에 들어가자 갑판이 모두 철로 되어 있고, 배 난간에 그물로 덮어놓은 속에 대포가 보였다. 일반 화물선인데도 대포가 있는 것을 보면 해적선을 상대해서 배를 보호하기 위해 설치해놓은 것으로 보였다. 아니면, 이노우에가 직접 해적질을 하는지 나로서는 모를 일이었다. 우리는 철제로 된 방으로 들어갔다. 큰 방에는 많은 기계들이 보였고, 기술자로 보이는 선원 세 명이 있었다.

"일본 차를 드릴까 하는데 드시겠습니까?"

이노우에가 말하며 우리의 대답이 떨어지기 전에 선원 한 명에게 차를 대접하라고 지시했다. 선원은 밖으로 나가고 우리는 둥근 탁자가 있는 의자에 둘러앉았다.

"이런 큰 배는 처음 타보시죠?"

이노우에 선장이 나에게 물었다.

"물론, 처음입니다. 그냥 강을 건너는 작은 배는 더러 탔지만 이런 큰 기선은 처음입니다. 우리 털보는 일본을 왕래하면서 많이 타보았겠지만."

조금 있자 그들이 일본 차라고 하는 녹차를 가져왔다. 작은 도자기에 파란 풀가루를 넣어 뜨거운 물을 넣어 휘저어 약간 식힌 다음 마시는 것이다. 일본의 차 문화는 중세기에 중국으로부터 들여온 것으로, 도자기 문화와 같이 전래되었다. 도자기 기술이 없어서 도자기는 중국과 조선반도에서 수입해서 사용했으나, 나중에는 도자기 기술도 발전했다. 그래서 작은 찻잔을 만드는 데는 일본을 따라갈 나라가 없을 정도로 예술성이 뛰어났다. 특히 임진왜란 때 조선의 도공들을 많이 데려가서 도자기를 발전시켰는데 그 이후 도자기 기술은 세계에서 인정할 만큼 발전했다. 네덜란드나 영국을 비롯한 유럽에 도자기를 팔아 국가 재정을 높이는 데 이바지 했고, 그 도자기들을 판 돈으로 서구 문물을 수입해서 개화에 박차를 가했다. 일본 차라고 해서 특별한 것은 없었으나 쓰면서 아주 독특한 맛을 주었다. 설탕을 전혀 넣지 않았는데 쓰면서 단맛이 나는 기이한 맛이었다.

일본 차를 마시고 우리는 이노우에가 안내하는 창고로 가서 소총을 구경했다. 그 창고 안에는 소총을 담은 상자가 가득 쌓여 있었다. 상자 하나를 열자 그 안에 소총이 가득 들어있었다. 그것은 모두 신품이고, 총신과 개머리판을 기름으로 닦아놔서 반짝이며 윤을 냈다. 기관총을 보았는데, 그것은 삼각대를 받혀놓은 것으로 보기에는 크지 않았다. 밑에 달린 받침대가 있고, 옆으로 총탄이 들어가는 주입구가 있었다. 총알을 회전하면서 탄창에 박아넣는 회전식 장치가 보였다. 이것을 발명한 맥심은 사격할 때 반동을 이용하면 총알이 자동으로 재장전 된다는 사실을 알고 탄창 자동 재장전 장치를 개발한 것이다. 맥심 기관총은 하이럼 맥심이라는 미국인 과학자가 만든 것이다. 맥심 기관총 이전에도 개틀링이 개발한 개틀링 기관총이 있었으나, 이 기관총은 직접 손잡이를 돌려서 연속으로 발사하는 수동식 형식으로 분당 1백 발 이상 최고 3백 발을 넘어서지 못하는 속도였다. 맥심 기관총은 자동이면서 속도를 극대화시켜서 최고 분당 650발까지 쏠 수 있었다. 나중에 맥심이 영국으로 귀화하면서 이 기관총은 영국에서 본

격적으로 개발하게 되었고, 러시아를 비롯한 유럽에서 비슷한 방식의 기관총이 쏟아져 나왔다. 그러나 원조격인 맥심을 따라가지 못했다. 더구나 일본에서도 맥심 기관총을 모방해서 기관총을 만들었으나, 맥심의 속도를 따라가지 못하는 실패작을 만들었다. 일본에서 개발한 것은 개틀링을 모방한 마식 기관포였다. 그 후에 호치키스 기관총을 개발했으나 그것은 한참 후의 일이었다. 이노우에가 기관총의 성능과 역사를 설명하자 나는 한번 쏘아보고 싶은 생각이 들었다.

"이 기관총 한번 쏴보시겠습니까?"

이노우에가 나의 마음을 읽었는지 불쑥 물었다. 나는 속마음이 들킨 기분이어서 선뜻 대답하지 못하고 어물거렸다.

"갑판 위로 옮기라고 할 테니 한번 쏴보십시오."

그렇게 말하고 이노우에는 다른 선원에게 맥심 기관총을 갑판 위로 올리라고 지시했다. 그 다음 우리를 데리고 선장실로 들어갔다. 선장실에는 두 명의 기사가 자리에 앉아있다가 우리가 들어가자 벌떡 일어섰다. 이노우에는 나에게 어음을 보자고 했다. 어음은 털보가 가지고 있어서 그가 봉투를 꺼내 이노우에에게 주었다. 이노우에는 1만 냥짜리 어음을 꺼내 돋보기로 살펴보았다.

"돋보기로 자세히 보면 가짜와 진짜 정도는 구분합니다. 그러나 확실하게 하려면 배동익 사무실에 연락을 해서 고유번호와 어음 금액이 일치하는지 확인하고, 다음에는 발행한 배동익 사무실만 알 수 있는 암호 표식을 알려달라고 해서 그것이 있는지 확인하면 끝입니다. 가장 중요한 것은 배동익의 직인이나 서명이 아니라 바로 그 암호 표식입니다. 그 암호 표식은 그 사무실에서만 알기 때문에 아무도 모방을 못합니다. 배에 있는 무선 모스 통신을 이용해서 확인하려고 합니다. 확인하는 동안 갑판에 가서 기관총을 한번 쏴보겠습니까?"

당시 무선 통신은 이탈리아 마르코어라는 자가 처음 만들어 유선이 없이 무선 통신이 가능하게 했지만, 그것이 상업적으로 시작한 해가 1895년부터였다. 이노우에가 모스 통신이라고 하는 것을 보면 마르코어의 무선 전화가 아니고, 모스 신호로 보내는 통신이었다. 모스 통신은 1836년에 미국의 새무얼 모스와 조지프 핸리, 그리고 앨프리드 베일이 개발해서 사용하기 시작했다.

이노우에 선장은 어음을 선원에게 주면서 확인해 보라고 하고 일행과 함께 다시 갑판으로 나갔다. 조선에 전화 시설이 개통된 것은 오래 전이었다. 오래라고 해서 한 옛날이 아니라, 십 년 전에 한성과 제물포를 연결하는 전선을 설치했다. 같은 해 10월에 한성과 의주를 연결했고, 다시 한성과 평양을 연결했다. 그리고 그 무렵에 일본 나가사키와 부산을 잇는 해저 전화선을 연결했다. 해저선은 모두 일본에서 한 것이고, 일본 소유였다. 그 무렵에 한성과 부산을 잇는 선이 완공되었고, 3년 후에 한성과 원산이 개통되면서 조선은 전국망 전화선을 갖게 된다. 국왕 고종은 전화에 대해서 상당한 호감을 가지고 있었다. 그래서 궁궐 도처에 전화를 연결하고, 자신이 거처하는 방에다 열두 대의 전화기를 놓았다. 처음에는 열두 대로 시작했으나 나중에는 배로 늘어나 스물두 대의 선을 만들었다고 한다. 자동 변환 장치가 없어 수동으로 전환해야 하는데, 고종은 직통으로 연결하는 선을 만들어 사용했다. 이를테면 첫 번째 전화를 걸면 무조건 승정원이 나오고, 두 번째 전화는 무조건 선전관청이 나오고, 세 번째 전화는 의금부 당상관이 나오고 하는 식이었다. 그러다 보니 스무 개가 넘는 전화기를 가지게 되고, 주로 궁녀나 내관이 받아서 고종에게 전해주었으나, 전화 받는 내관이나 궁녀가 없을 때 전화가 오면 국왕이 직접 받았다. 한번은 일 번 전화, 즉 승정원에서 전화가 걸려왔다. 가장 많이 걸려 오는 데가 승정원이었다. 승정원에 있는 승지들은 국왕의 정책 자문도 해주고 있었기 때문에 가장 통화량이 많을 수밖에 없었다. 그러나 승정원에는 예닐곱 명의 승지들만 있는 것이 아니고, 아래로 당하관 9품까지 내려가는 하급 직원도 근무했다. 오십여 명이 근무하고 있었다. 그 승정원에서 전화가 걸려 온 것을 국왕이 받으면서 말했다.

"아, 나 임금이다."

그랬더니 상대방에서 "니가 임금이면, 이놈아 난 옥황상제다."라는 말이 들렸다. 그 말에 놀란 국왕은 아무 말도 못하고 멍하니 서 있었다고 한다. 뒤늦게 임금이 전화를 직접 받았다는 사실을 알고 승정원에서 전화를 했던 그 하급 직원은 전화기를 팽개치고 도망을 갔다. 도망을 갔으나 잡지 못할 것도 아니고, 찾아낼 수 있었으나, 국왕은 허허 하고 웃어넘겼다. 그리고 이 소문은 대궐 안팎에 퍼졌다. 전화 건 하급 승정원 직원이 퍼뜨린 것이 아니고 국왕이 대신들이 있는 자리에서 말했던 것이다.

"이 전화가 말이야. 때로는 옥황상제를 만날 수도 있어 좋아요."

무슨 사연인지 묻자 국왕은 그 전화 통화에 대해서 말했다. '나 임금이다.'라고 말하니까 상대방이, '니가 임금이면, 이놈아 난 옥황상제다.'라는 말이 들렸다는 것이다. 모두 웃었지만, 사실 무엄하기 짝이 없는 일이다. 그렇지만 모르고 실수한 것이라 그냥 넘어간 것인데, 문제는 그 일을 임금이 떠들며 밝히는 바람에 3백 리 떨어진 문경의 선비인 나까지 알게 된 것이다. 한 달에 한 번씩 경상도 지역 선비들이 모여서 시를 쓰고 품평을 하는 화서회라고 있어 그곳에 나갔다가 한성에 자주 들락거리는 한 선비가 이야기해 줘서 알았다. 모두 배를 잡고 웃었지만 서글프기도 한 일화였다.

갑판에는 여러 선원이 기관총을 올려 난간에 장치했다. 쇠 나사로 고정해서 움직이지 못하게 했다. 탄약 상자는 커서 두 사람이 겨우 들 정도였다. 그 한 상자에 삼천 발이 장착되고, 5분간 발사된다고 한다. 그러나 시험삼아 쏘는 나에게는 2분간 쏠 수 있는 1천2백 발의 탄약이 장착되었다고 설명했다. 방아쇠 강도를 조절하고, 총구 방향을 조절했다. 총구를 강변 쪽으로 하면 그곳에 있는 사람이 맞을 것이라 강의 하구 쪽으로 돌렸다. 모든 점검이 끝나자 안전장치를 풀었다. 그리고 선원이 물러섰다. 물러서면서 나에게 양쪽 귀를 덮는 귀마개를 주면서 쓰라고 했다. 다른 사람들도 귀마개를 하고 뒤로 물러서게 했다.

"자, 선생, 방아쇠를 한번 당겨보시죠. 당기고 있으면 총탄이 알아서 나갑니다. 방아쇠를 놓으면 정지합니다. 아시겠지요?"

왜 이렇게 긴장이 되는가. 기관총 한번 쏴보는데 이렇게 긴장되다니. 내가 신기한 장난감을 만지는 것도 아닌데 왜 이렇게 설레는지 알 수 없다. 그때 이노우에 선장이 엉뚱한 사실을 말하면서 강민호와 나는 동작을 멈추고 그를 쳐다보았다. 이노우에 입에서 김옥균에 대해서 언급했다. 나는 일본어를 잘 모르나, 한자를 허공에 쓰면서 나에게 '김옥균 암살 사건'이라고 했다. 이노우에는 일본말로 한참 이야기했으나 털보를 돌아보니 통역할 생각을 하지 않고 잠자코 있었다. 그는 감정을 추스르며 한참 있다가 말했다.

"이노우에 말에 의하면 전에 김옥균이 이 맥심 기관총을 사려고 했으나 팔지 않았답니다. 그가 죽고 나서 생각하니 자신이 너무 야박했다는 생각이 든다고 합니다. 고균은 지난 3월 28일에 중국 상해에서 조선인 자객 홍종우의 손에 암살되었답니다. 일본에서는 신문에 크게 나서 모두 알고 있다고 합니다. 권총을 든 자객이 호텔 방에서 한 발을 쏘자, 고균은 복도로 도망을 갔지만, 자객은 뒤따라가며 두 발을 더 쏘아 세 발의 총을 맞고 절명했답니다."

나는 멍한 기분이 들었다. 그가 살아서 개혁을 완수하기를 바란 것은 아니지만, 그의 죽음이 왠지 서글퍼졌다. 살아서 친일분자가 되어 일본 앞잡이가 되는 것보다 차라리 그렇게 죽는 것이 조국에 더 도움이 될지 모르겠다. 그러나 나는 털보에게 그 말을 할 수 없었다.

"내가 옆에 있었으면 고균을 살릴 수 있었을까요?"

그걸 나에게 물어보면 어떻게 알 수 있단 말인가. 나는 털보를 위로하기 위해 말했다.

"당신도 할 만큼 했어요. 7년간 옆에 있어 주었잖아? 당신이 그의 죽음에 죄의식을 가질 필요는 없소."

"죄의식이라기보다 한 혁명가의 삶이 그렇게 비참하게 끝날 수 있는가 하는 서글픔입니다."

"그 점은 나도 동감이요. 나는 그와 함께 개혁 운동을 하지는 못했으나, 그를 항상 존경하고 있었소. 그가 가지고 있는 재능과 그 애국심을 말이요."

"애국심이야 누구나 다 있죠. 이 시대가 그를 받아들이지 못했나 봅니다. 운명이겠지요. 우리의 운명이며, 이 나라의 운명이겠지요."

운명이라고 핑계 대기에는 우린 너무 무책임했다. 그러나 털보와 내가 할 수 있는 일이 무엇인지 알 수 없다. 털보는 돌아서서 배 난간 철주에 이마를 대고 아무 소리를 내지 않았다. 울음을 참는 듯했다. 나는 기분을 바꾸기 위해 기관총에 다가서서 방아쇠를 잡았다. 나는 힘을 주어 방아쇠를 당겼다. 그 순간 연발로 총성을 내며 불꽃이 튀었다. 총성도 컸지만, 총알이 연발로 날아갔다. 밤 허공을 찢는 굉음이 터졌다. 나는 탄창에 있는 1천2백 발을 모두 사용하지 못하고 중간에 멈추었다. 1분 정도 쏜 듯했다. 그 정도를 쏘았으나 혼이 모두 빠져나간 것처럼 정신이 얼얼했다. 나는 탄약 상자에 반 정도 남은 탄약을 보면서 뒤에 서 있는 털보에게 남은 것을 쏘라고 했다.

"전 일본 육군사관학교에 다닐 때 쏴봤습니다만."

하면서도 사양하지 않고 강물을 향해 갈겨대었다. 검은 밤하늘을 쏘아보면서 이를 앙다물고 쏘는 것이 마치 왜놈을 향한 사격인지, 아니면 김옥균을 죽인 왕비 민씨 일파를 향한 사격인지 알 수 없는 표정이었다.

2

"형님은 혹시 북관묘 비단 덮기 백동화 굿을 아십니까?"

"무슨 말인지 모르겠소."

"물론 모르겠죠. 그 당굿은 우리가 선전관으로 있을 때는 하지 않았고, 나중에 새로 생긴 굿이라고 합니다. 왕세자의 건강과 복을 비는 굿인데요. 왕세자가 거처하는 세자궁에서 북관묘까지 거리가 1천 보(약 6백 미터) 정도 되는데, 그 길을 비단으로 깔아놓고 그 위에 백동화를 뿌린답니다. 비단도 많이 들어가지만, 백동화도 마차로 수차 실어와야 모두 깔 수 있다고 합니다. 한 번 그 축제인지 굿을 하는데 5만 냥이 들어간다고 하니 알만 하죠. 비단에 백동화를 깔아놓으면 무당 서른 명이 주문을 외우고 춤을 추면서 걸어간답니다. 왕세자의 만수무강과 복을 비는데 백동화를 비단이 보이지 않을 정도로 많이 깔아야 복을 더 많이 받는다고 해서 비단이 백동화에 묻혀 보이지 않을 만큼 뿌린답니다. 그 비단이며 백동화는 뒤에서 오는 시종들이 마차를 끌고 뒤따르며 모두 싣고 가서 무당들이 나눠 가집니다. 신에게 바친 제물은 도로 못 가져가는 관례라서, 바닥에 뿌린 것을 다시 걷어갈 수 없답니다. 그럼 복이 모두 달아난다고 합니다. 돈을 많이 뿌릴수록 복이 있나니 라고 했기 때문에 백동화를 아낌없이 뿌리는데, 모자라면 내수사에 지시해서 백동화 제조창에 연락해서 더 가져오라고 합니다. 내수사에서는 이따금 하는 비단 덮기 백동화 굿 때문에 백동화를 여러 수레 마련해서 대기시켜 놓아야 한다는 말도 있습니다.

나라에 돈이 없어 위로는 판서부터 시작해 아래는 일개 군졸에 이르기까지 3개월 이상 월급을 주지 못하고 있는데, 궁궐에 왕비 민씨는 왕세자의 복을 빌기 위해 그 짓을 하고 있었던 것입니다. 이게 나라가 되겠습니까? 우리가 무엇 때문에 피를 흘리며 나라를 지키려고 하는지 알 수 없습니다."

"우리가 지키려고 하는 것은 국왕과 왕비가 아니라 우리 2천만 동족이요."

"2천만 동족요? 그럼 국왕과 왕비는 지키지 않아도 됩니까?"

"국왕과 왕비는 우리 2천만 동족의 자존심이요. 국왕이 우매하고 왕비가 교만하고 사치하다고 해서 우리의 자존심을 죽일 수는 없잖소."

"그건 사대부의 위정척사 정신이며 사대 유학의 썩어빠진 관습일 뿐입니다."

"사대 관습이며 썩어빠졌어도 우리가 이때까지 지켜온 자존심이 아니요?"

"양반 선비들만의 자존심이겠지요. 대다수를 차지하고 있는 이 땅의 농민이나 쌍놈은 그렇게 생각하지 않습니다."

"그래서 어떻게 하자는 거요? 일본군과 싸우자고 나를 찾아와서 싸우지 말자고 하는 거요? 뭐가 그렇게 앞뒤 말이 맞지 않아요?"

"그래도 싸워야 하겠지요? 국왕과 왕비의 잘못이 있다면 그건 우리가 해결해야 하지 일본이 와서 마음대로 하게 둘 수는 없어요. 그래서 나는 싸우겠습니다."

"털보 당신 말을 듣고 보니 싸울 의욕이 싹 달아나서 조금 전까지만 해도 당신을 따라갈까 했는데 지금 생각하니 그만 둬야겠소. 당신이나 가서 싸우시오, 난 화서회에 가서 시나 쓰고 품평이나 하는 집회에나 참석할까 하는데."

"정말 왜 이러십니까? 나를 도와주십시오. 제가 대장으로 모시겠습니다."

"나는 동학도 접주가 아니라서 당신 부하들이 내 명을 따르지 않을 거요."

"그럼 군사(軍師) 자격으로 모시겠습니다."

"군사 자격? 그게 뭔데?"

"삼국지연의를 보면 이런 이야기가 있지 않습니까. 유비가 어렵게 제갈공명을 모셔와서 군사로 앉혔는데, 관우와 장비가 교만해서 제갈공명의 명을 따르지 않고 콧방귀를 뀌자, 유비가 말했습니다. 공명 선생은 나의 스승이며 군사이다. 앞으로 군사의 명을 어기는 자가 있으면 나부터 시작해서 모든 자가 처벌을 받을 것이며, 군사가 하는 말은 곧 나의 명이니, 그 명을 어기는 자는 나의 명을 어기는 자로 생각하겠다. 저도 부하들에게 그렇게 말해 놓겠습니다. 그리고 정말 명을 어기는 자가 있으면 내 명을 어긴 것으로 간주하고 목…… 목을…….”

"목을 치겠다고? 그렇게 될까요? 그리고 당신이 유비가 되고 내가 제갈공명이면 서열상 당신이 형님이잖아. 나보고 형님 형님 하면서 그러더니, 이제 전쟁터로 끌고 가서 자기가 형님 노릇을 하려는 것인가?"

내가 농담을 하자 그는 내가 참전을 승낙한 것으로 생각하고 활짝 웃었다.

"헤헤헤, 어떻게 아셨지요? 역시 제갈공명이십니다. 어쨌든 제가 부채는 하나 근사한 거 마련해 드리겠습니다."

"이제 곧 겨울이 되는데 무슨 부채가 필요하오? 제갈공명이 활동했던 곳은 형주 일대 장강 부근이라 항상 습기가 많고 무더운 곳이라 부채가 필요했는지 모르지만 난 필요없소. 그건 그렇고, 맥심 기관총은 잘 가지고 있어요?"

"네, 산속 진지에 숨겨놓았습니다."

"그것 가지고 한 번도 싸워본 적이 없지요?"

"아직은 전투다운 전투가 없어서요. 해산령이 내려지고 모두 뿔뿔이 집으로 돌아가고 남은 군사는 고작 해야 5백여 명에 불과합니다. 그들은 고향으로 돌아가면 위험하기도 하고, 사실 집도 없이 갈데가 없는 사람도 상당수 있어 데리고 있습니다. 억지로 내보내면 소수가 모여서 화적질을 할 가능성이 있어서 잡아둔 것입니다."

"잘했소. 그들은 지금 동학군이지만, 나중에는 종교를 떠나 이 나라의 의병이 될 거요."

"나중이 아니라 지금도 의병이나 마찬가지입니다. 종교적인 색채는 점점 없어지는 것 같아요. 기도하면서 싸우는 것도 전처럼 안 하고."

"부적을 달고 다니면서 총알이 피해가게 해달라고 기도하는 것은 안 하는 게 나을 거요."

"이제 그런 군사는 별로 없습니다."

"그렇지 않을 거요. 전투가 벌어지면 말할 수 없는 공포에 시달릴 것이고, 당장이라도 달아나고 싶은 것을 참는 데 그 부적만큼 효용한 것이 없으니까."

"하긴, 맞는 말씀이긴 합니다."

"그런데 방금 급하다고 하면서 나보고 가자고 했는데 모집하는 통문이라도 받았소?"

"네, 모든 교도는 삼례로 집합하라 했습니다. 이번 동원은 지난번에는 배타시 하던 북접에서도 호응하기로 했습니다. 이번 전쟁은 오로지 일본군 격퇴입니다. 일본군을 우리 땅에서 몰아내 조정을 장악하고 내정간섭 하는 것을 막자는 것입니다. 조정의 소식은 알고 있습니까?"

"이번 여름 석달 동안 나는 시나 쓰고 난이나 치면서 보냈기에 전혀 소식을 접하지 못했는데."

"시국이 이런데 시나 읊고 난이나 치면 됩니까? 조정에는 개혁한답시고 모두 바꾸었는데, 삼정승이나 판서니 하는 것은 모두 때려치우고, 무슨 무슨 아문이라 해서 8아문을 설치하고, 옛날 판서가 수장이 된 조정 구조를 신식 정부 편제 내각제로 바꾸었다고 합니다. 일본식 편제가 된 것입니다. 그리고 실제 권력은 군국기무처라고 하는 기관에서 하고 있고요. 옛날 우리 동지였던 박영효도 와서 조정 3인방의 한 사람이 되어 개혁을 한답시고 앉아 있는데, 모두 일본 꼭두각시에 불과합니다."

"박영효는 꼭두각시가 될 사람이 아닌데?"

"처음에 그렇게 생각했지만, 총리대신 서리 벼슬을 주자 일본 고문의 비위나 맞추고 있답니다."

"일본인 고문이 누군데?"

"일본 공사 이노우에 가오루라고 합니다. 삼인방이란 김홍집, 박영효, 그리고 일본 공사 이노우에라고 합니다. 모든 정책은 그 세 사람이 결정한답니다. 세 사람이라고 하지만, 실제는 일본 공사 이노우에에 혼자 다 해요. 이미 조정이 일본 정부 산하 기관이 된 꼴입니다."

"그걸 식민지라고 표현합니다. 벌써 그렇게 되었단 말이요?"

"청국이 아산 전쟁에 패하고, 북양 함대까지 깨지고, 이제 평양 전투도 깨진 상황이라고 합니다. 일본군 2개 사단이 만주로 진격하니, 청나라 땅을 침공한 것이죠. 청나라는 계속 패주하고 있답니다. 그렇게 되자 일본군은 부대 일부를 풀어 조선 궁궐을 장악하고, 점령한 것이나 마찬가지지요. 친일 내각을 세운 것입니다. 그 친일 내각에 박영효가 합세한 것입니다."

"박영효가 그렇게 되었다고? 이 양반이 일본으로 망명했다 미국으로 갔다가 다시 일본으로 돌아오더니 이제 아주 일본 편에 붙어버린 건가?"

"그건 모르죠. 그 속마음은."

"왕비 민씨가 박영효라면 김옥균 못지 않게 이를 갈텐데 받아들일까요?"

"왕비도 어쩔 수 없었나 봅니다. 그 여자는 좀 영리한 데가 있어요. 과거 원수였으나 지금은 일본을 등에 업고 있고, 세상이 일본판이니 박영효를 계속 증오해야 얻을 것이 없지요. 그렇지 않아도 박영효는 제물포에 도착해서 왕비 민씨가 신경쓰여서 한번 떠보았답니다. 국왕에게 사죄하는 편지를 써서 사람을 시켜 보냈어요. 국왕에게 보내는 편지는 곧 왕비 민씨에게 보내는 편지와 다름이 없으니까. 국왕에게 지난 일에 대해서 사과하며 앞으로 남은 인생은 나라를 위해 일하다 죽고 싶다고 하면서, 그래도 분이 풀리지 않았으면 삼가 청하옵건대 저를 죽여주십시오 라고 했답니다. 그 편지를 본 왕비 민씨가 처음에는 화를 내면서, 죽으려고 왔는가, 그럼 죽여 주지 라고 했는데, 다음 순간 마음을 바꿔먹었답니다. 왕비 민씨가 박영효에게 선물을 보냈답니다. 프랑스 파리에서나 구할 수 있는 비단 고급 양복 옷감 한 벌을 보내면서, 이 옷을 입고 빨리 와서 국왕을 알현해서 이 나라를 위해 일해달라고 했답니다. 그 양복을 받고 박영효는 왕비가 이제는 타협도 할 줄 안다고 생각하고 자기를 죽이지 않을 것이라고 믿고 한성부로 왔답니다. 그래서 지금은 박영효와 왕비 민씨가 친하게, 이를테면 한편인 것처럼 지내고 있답니다."

"그렇게 되었나요? 박영효가 좀 실망인데, 고균도……."

고균도 마찬가지일 것이라고 말하려다 나는 털보 마음을 생각해서 입을 다물었다. 털보는 김옥균이라 하면 신처럼 받들고 있었다. 그가 죽고 없으나 그에 대한 신뢰는 영원히 변치 않을 것이다. 그리고 내가 보기에는 박영효와 김옥균은 성격이 달랐다. 김옥균도 교만한 데가 있지만, 그 정도를 지키며 신념이 남다르게 강한 사내였다. 그에 비해 박영효는 교만과 사치는 같을지 모르나 신념에서는 김옥균을 따라가지 못했다. 그래서 김옥균은 일본이 친일을 강요하며 조종하려고 하면 모든 것을 포기하더라도 거부할 수 있는 인물이다. 하지만 박영효는 친일을 받아들이고 있었다. 일본도 그 점을 잘 알고 있었기에 김옥균은 버리고 박영효를 선택해서 이용하는지 모른다.

"지금 조선 조정은 모든 정책이나 중요한 관리 한 명을 인사하는 데도 일본 공사 이노우에 가오루의 결재를 받는답니다. 한 번은 왕비 민씨가 그런 과정을 거치지 않고 아문 협판(차관) 네 명 인사를 감행했다

제5장 동학 농민 항쟁

고 합니다. 국왕의 이름으로 했지만 다른 대신들이나 이노우에와 단 한번도 상의하지 않고 공표한 것입니다. 왕비 민씨가 간을 본 것 같았습니다. 3인방의 태도가 어떤지, 아니면 이노우에가 어디까지 간섭할 것인지 본 것이지요. 그러자 난리가 난 것입니다. 내각 비상 회의가 소집되었는데, 국왕도 불러냈던 것입니다. 국왕을 불러내자 왕비도 나와서 긴 발을 치고 뒤에 앉았습니다. 아니, 그 인사는 국왕이 한 것이 아니고 왕비 민씨의 작품이라는 것을 모두 알고 있었기 때문에 왕비도 나오라고 한 것입니다. 그래서 이노우에는 왕에게 따졌습니다. 부처의 차관은 고위 결재자이면서 동시에 실무 책임자인데, 그것을 다른 대신과 상의도 없이 옛날 임금이 하듯이 그냥 결정하고 내려보내면 무엇 때문에 내각제를 만들었고, 군국기무처를 만들었겠는가 하고 물었던 것입니다. 이노우에는 무엄하게 국왕에게 삿대질하면서 말했다고 하는데 어디까지 진실인지는 모르지만 하고도 남을 놈이었지요. 이제 일본놈들은 우리 조선이라는 나라를 어느 귀퉁이의 한 지방 도시 정도로 보고 있으니까요. 미개하고 지저분하고 가난해서 줘도 안 가진다 라고 조선을 마음껏 깔볼 정도로 무시하기도 했던 일본 정객들입니다. 이노우에는 왕에게 내정개혁안은 국왕의 찬성 하에 채택되었음에도 불구하고 4협판을 왕 개인이 자의로 임명하니 국법 무시이며 월권행위입니다 라고 했답니다. 여태까지 이와 같은 음험한 수단으로 내정 개혁을 방해한 사례가 많습니다. 왕께서는 개혁 조항을 준수한다고 말씀하셨으나 왕비 등의 이면 공작으로 자주 실행되지 못하거나 정책이 뒤집어져 발표되고 있습니다. 암탉이 울면 국가와 집안이 망한다고 합니다만, 이 속담을 어떻게 보고 있으신지요. 만약 이와 같은 사태가 계속된다면 나는 지금 동학당을 토벌하고 있는 일본군을 철수시킬 것입니다. 동학당이 삼례에 집결해서 한성으로 쳐들어 온다며 20만 명이나 모였습니다. 일본군 병력이 청나라와 싸우느라고 지금 평양과 만주로 가서 부족한데, 그래도 조선을 구하려고 군사를 빼서 동학당을 제압하고 있습니다. 지금까지 동학당을 제압하기 위해 일본군 사망자가 1천7백50명이나 됩니다. 이들 사망자는 누가 책임지겠습니까? 일본군이 자기 나라도 아닌 타지에서 이렇게 죽어 나가고 있는데…… 조선은 뭘하자는 것입니까? 우리가 그냥 물러갈까요? 20만 명의 폭도를 감당할 수 있습니까? 그 폭도들이 이 성안으로 쳐들어와 모든 것을 때려부수고 함부로 살상을 저지른다면 국왕께서는 감당할 수 있겠습니까?

일본군이 1천7백 명 전사자를 냈다고 하지만, 동학군의 전사자는 2만 명이 넘었습니다. 2만 명이 넘는 동학군 사망자는 누가 책임지는 것인가요. 하지만, 그 사실을 무시하고 이노우에가 큰 소리로 말했고, 통역관이 따라 하느라고 그랬는지 그도 언성을 높이며 통역했습니다. 국왕이 어쩔 줄을 몰라 하며 대꾸 못하자 보고 있던 왕비 민씨가 발을 약간 치우게 하고 얼굴을 삐죽이 내밀면서 대신 말했다고 합니다. 4협판의 인선은 상감마마께서 마음대로 결정한 것이 아닙니다. 내가 건의드려 결정한 것입니다. 내가 국정 농단을 한다고 생각하는가

본데 아녀자인 내가 정치가 좋아서 그런 게 아니오. 왕실과 세자에 대한 우려만 없다면 여인인 내가 왜 정치 간여 따위를 하겠습니까? 이것이 모두 왕실과 국가의 융성을 바라기 때문이니 양해해주기 바랍니다.

  왕비 민씨는 공개적으로 자기에게 그렇게 면박한 사람이 없었습니다. 감히 왕비에게 암탉이 울면 나라가 망한다는 말을 누가 하겠습니까? 이노우에는 일본 내무대신까지 지낸 노련한 정치가이고, 이토 히로부미와 후쿠자와 유키치와 같은 고향 조슈번 출신이었습니다. 정한론을 내세우는 핵심 인사이며, 내무상의 상급 직책을 가졌으면서도 좌천이나 다름없는 타국의 공사를 자원해서 왔던 것은 조선을 먹기 위해 한판 해보겠다는 의지가 있는 자였던 것입니다. 뒤이어 김홍집이 이노우에에게 왕비의 정치 간여를 엄금하겠다고 했습니다. 이 말은 왕비에게 대놓고 못하니까 이노우에에게 하는 말처럼 하고 왕비가 들으라고 한 말일 것입니다.

  일국의 공사에게 왕비가 호되게 당하고 나서 왕비 민씨는 조용해졌다고 하지만, 들리는 말에 의하면 러시아 쪽에 붙어서 이상한 짓을 한다고 합니다. 매일 같이 웨베르 러시아 공사 부인을 초청해서 연회를 연다고 합니다. 다른 공사 부인들은 들러리로 세우고 오직 러시아 공사 부인만 총애하면서 감싸고 있는데, 상석에 앉을 때도 항상 러시아 웨베르 공사 부인을 옆에 착석시켜서 다른 공사 부인들이 싫어했답니다. 그러자 다른 공사 부인들이 연회에 참석을 피하자 이제는 단둘이 연회를 하면서 함께 무당 굿하는 데도 같이 참석해서 함께 복을 빌었습니다. 이렇게 되자 왕비의 이상한 행동이 일본 공사관의 첩보망에 포착되면서 이상한 소문이 덧붙여졌습니다. 왕비는 이제 청국도 소용없고 오로지 믿을 곳은 러시아라 생각해서 러시아와 밀착해서 어떤 음모를 꾸미고 있다는 것입니다. 공사 부인과 친하다고 음모를 꾸밀 수 있는 것인지는 모르겠지만 소문은 아주 더럽게 나고 있었던 것입니다."

"자아, 식사가 준비된 모양인데 나하고 식사를 마치고 함께 떠납시다. 말로 달리면 삼례까지 한나절이면 도착하겠지요?"

"우리 동학 군사 진지는 삼례에 없고 도옹산 골짜기에 있습니다."

"도옹산이 어디 있는 산인데요?"

"남원에서 남쪽으로 오십 리 내려오면 골짜기 오지가 있습니다. 사방이 강으로 둘러싸여서 숨기 좋은 곳이지요. 삼 개월 내내 그곳에 있었습니다."

"어쨌든 저녁 식사는 하고 갑시다. 밤새 달리면 도착하겠지요."

집사람과 과부가 차려주는 저녁을 먹고 나는 털보와 함께 길을 떠났다. 전쟁터에 가는 길이지만 나는 마치 이웃 마을에 잠깐 들리는 사람처럼 가벼운 마음으로 떠났다. 아내도 내가 태평스럽게 떠난다고 힐책인지 투정을 하였지만 걱정을 감추느라고 웃는 얼굴이었다. 그녀는 내가 일본군과 동학군 간에 벌어지는 전투에 참전하러 간다는 사실을 알고 있었다. 다만 어머니가 걱정을 할 것 같아 숨기라고 했을 뿐이다.

3

삼례에 모인 동학군들은 대충 5만 명을 넘어서고 있었다. 봇짐을 지고 여행을 떠나는 나그네처럼 온 사람도 있고, 무리를 지어 모이기도 했다. 접주가 수백 명의 무리를 인솔하여 왔다. 그들은 대부분 무장을 하지 못했고, 농기구를 들거나 대나무로 창을 만들어 들고 있었으나 사기는 하늘을 찌를 듯이 충천해 있었다. 군사들의 수가 불어나자 지켜보고 있던 전봉준의 표정이 밝아졌다. 그들은 다른 접주들과 만나 군제를 편성하기 시작했다. 완벽한 조직을 지닐 수는 없었으나 전투를 하려면 지휘 계통이 있어야 했던 것이다. 접주를 중심으로 편제를 나누었다. 그리고 나는 강민호의 군사 4천 명에서 2천 명을 편제해서 지휘했다. 처음 5백 명이던 강민호 부대는 시간이 지날수록 수가 늘어났다. 해산되었던 동학군이 다시 모여들었고, 새로운 동학군이 생긴 것이다. 그것은 강민호에게 신식 볼트액션 소총을 구입해서 전 병력을 모두 무장시켰다는 소문 때문이다. 실제는 1백 정에 불과한 소총을 구입했는데 마치 이삼천 점 구입한 것처럼 소문이 났다. 강민호가 일부러 그런 헛소문을 냈는지, 부하들이 그랬는지는 모르겠으나, 무기에 대한 호감 때문에 동학도들이 몰려든 것이다. 그리고 강민호가 가진 비장의 무기인 맥심 기관총은 경천동지할 화기로 알려졌다. 기관총의 위력이 헛소문이 아닌 것은 사실이나, 1기의 기관총이 그렇게 강력한 부대로 표방될 수는 없었다.

나는 2천 명의 동학군을 배당받고 난감하지 않을 수 없었다. 무기가 전혀 없는 군사의 수가 많으면 무엇하는가. 대나무 창과 낫, 곡괭이가 무기가 될 수는 없었다. 물론, 몸과 몸이 부딪치는 육박전이 된다면 그런 무기도 효용이 있겠으나 이 전쟁에서 육박전이 될 가능성은 희박했다. 그리고 그렇게 접근해서 싸우는 일을 일본군은 피할 것이다. 불리하면 빠지고, 그렇지 않으면 강력한 화기로 원거리에서 격파하려고 할 것이다. 2천 명이 아니라 2만 명의 군사를 거느려도 아무 소용이 없다는 것을 알고 있다. 무기 없는 군사를 많이 가지고 있는 것이 오히려 더 부담이 되었다. 2천 명이면 쉽게 접근하기도 어렵고 숨기도 어려운 병력이다. 그래서 강민호에게 말했다.

"군사들이 소총을 모두 가지고 있으면 2천 명이면 굉장한 화력이 될 것입니다. 훈련은 다음 문제고요. 그런데 대충 보니 포수 출신 수십 명이 눈에 띄일 뿐 다른 사람은 모두 곡괭이나 아니면 낫을 들고 그것도 아니면 대나무를 잘라 죽창을 들고 있는데 이런 무기는 아무짝에도 소용이 없습니다."

"그건 알고 있습니다. 형님, 그럼 어떻게 합니까? 제가 데리고 있는 소총부대를 드릴까요?"

"소총부대 150여 명이 강력한 화력인데 그것을 나에게 주면 당신은 어떡합니까?"

"그럼 소총부대 군사를 반으로 나눌까요?"

"그건 화력을 죽이는 짓이라 더욱 안 됩니다."

"그럼 어떻게 해요?"

"4천 명을 나누지 말고 그대로 지휘합시다. 당신이 접주이니 대장이 되고 나는 우후(참모장)가 되겠소. 지금 형님 동생 할 처지가 아니요."

"같이 지휘하자고요? 전봉준 장군은 나누라고 하는데?"

"그 사람도 병법을 잘 아는 게 아닙니다. 그냥 지휘하기 편하게 쪼개려고 하는데 그렇게 잘게 나누면 지휘 계통에 혼선이 옵니다. 지금 대충 보니까 접주가 오십 여 명이 되면서, 자기가 데려온 군사를 자기가 지휘하도록 한 것 같은데, 총대장이야 뽑겠지만 중간 간부가 없습니다. 오십 명이 모두 중대장이라고 생각해 보시오. 대대장이 없고 여단장이 없는 부대를 어떻게 지휘하지요? 신식 군대 편제가 왜 그렇게 편성되어 있는지 그 이유가 있습니다. 우리 식대로 백부장은 있는데 천부장과 만부장이 없는 것입니다. 오십 명의 부대에 모두 지시를 해야 하잖아요? 그게 군편제로 될 일입니까? 당신은 일본 사관학교에 다녀서 잘 알 것입니다. 일본 군편제가 서구식이라는 것을."

"그건 아는데, 그렇게 할 수 있는 장교가 없잖아요. 밭떼기만 일구던 농민이 이렇게 급하게 모였는데, 훈련은 어떻게 할 수 있으며, 지휘할 사람을 어떻게 찾겠습니까?"

"그동안 당신이 경호원처럼 데리고 다니던 백 부장 부대가 있지요? 그들을 장교로 활용하시오."

"그 열두 명 가지고는 지금 형님이 말한 군제는 어림없습니다. 그들의 실력이라면 소대장 정도밖에 되지 않습니다."

대답을 찾지 못하는 문제였다. 그래서 나누는 것은 일단 포기하고 강민호 부대 4천여 명을 함께 지휘하기로 하였다. 내가 자문을 하고 참모로서 작전을 짰다. 그런데 무기도 없고 훈련도 안 된 군사를 가지고 무슨 작전을 짠단 말인가. 그래도 다행스러운 것은 다른 부대에는 없는 볼트액션 보병총이 1백여 점 있는 것이다. 그동안 산속에 들어가 훈련은 마쳤다. 총구에 눈을 대고 방아쇠를 당길 군사는 없다. 강민호의 말에 의하면 기관총 사수도 양성해서 약 이십 명의 사수 조직으로 편성했다고 한다. 기관총 탄약을 나르고 총기를 옮길 때 이동할 수 있는 인력으로는 서너 명이면 된다. 사수까지 한 기관총에 대여섯 명이면 충분했으나, 만약 적탄에 사수가 맞는 경우 대신 방아쇠를 잡아 쏠 수 있는 군사를 보충해야 했기 때문에 기관총 하나에 이십 명을 붙였다고 하였다. 포수들이 가지고 있는 엽총까지 합쳐서 소총에는 두 명씩 붙였다가 군사의 수가 늘어나자 한 소총에 네 명씩 붙였다. 약간의 경험이 있고, 약간의 훈련을 받은 장정들을 뽑아서 중간 간부로 배치하였다. 너는 중대장이고, 너는 대대장이라고 말했지만, 전투 경험이 있는 동학군조차 무슨 말인지 알아듣지 못했다. 털보가 군사훈련을 시킨다고 하면서 재식훈련만 시키고 총 쏘는 것만 가르쳤는지 편제에 대해서 전혀 언급하지 않았던 것이다. 훈련받지 못했으면 다시 훈련하면 되지. 그런 생각으로 나는 뽑은 장정들을 한데 모아놓고 땅바닥에 그림을 그리면서 신식 군대 편제에 대해서 설명했다. 종적인 관계와 횡적인 체계를 이해할 수 있도록 설명하고, 이렇게 종적으로 편제를 해야 작전이 가능한 것이라 하였다. 선발된 동학군들이 알았다고 고개를 끄덕이기는 하지만 뭐가 속도이고 뭐가 생략인지 감을 못 잡는 눈치였다. 그러니 실전을 하면서 배울 수밖에 없었다.

　동학군의 진군은 한꺼번에 움직이지 않고 먼저 선발대가 행군을 시작하였다. 그 뒤로 각 접주가 지휘하는 부대가 뒤따랐다. 그 길이는 30리에 뻗쳤고 아직도 출발하지 않은 부대가 삼례에서 대열을 정비하고 있었다. 5만여 명의 군사가 한꺼번에 움직인다는 것이 어떤 형태인지 짐작할 만하였다. 만약 이들이 무장을 제대로 한 훈련 받은 군사라면 적이 어떤 군대라도 싸워볼 만하였다. 5만 명의 군사가 30여 리에 뻗쳐 움직이고 있었지만 그들의 대부분은 추수를 끝내고 대나무 작대기를 들고 모인 농부들이었다. 한마디로 오합지졸이 떠들면서 행군을 하고 있었다. 그들은 무기가 없었지만 군사의 수가 많다는 사실과 동학도의 지도자들이 법술을 부려 안전할 것이라는 터무니없는 믿음으로 사기가 충천했다. 우리가 떠나고 난 후에 또 다른 접주들이 군사들을 이끌고 모여들어서 거의 십만에 이르렀다. 다른 한편 충청도 보은 지역에서 최시형이 지휘하는 북접 군사들이 모이고 있었다. 그곳에서도 십만 명이 운집했다.

　남접은 공주 방향으로 진군했고, 북접은 보은을 옆으로 돌면서 남접과 합치기 위해 공주로 내려오고 있었다. 정오에 삼례를 출발한 선발 부대는 저녁 무렵에 완주에 도착했다. 관가를 지나면서 동학군에게 맞서 싸우려는 곳은 하나도 없었고, 오히려 눈치를 보며 협조를 하였다. 부대는 완주를 지나 멈추고는 취사를 겸하여 야영하였다. 강민호와 나는 우리가 데리고 있는 부대의 지휘관들과 부수 인원을 선발해서 전령, 서기, 감찰, 보급 담당자들을 선발했다. 소대장급 이상 장교는 전령을 한 명씩 선발해서 전투 중에 그들이 횡적 종적 연락을 할 수 있게 했다. 전투 중에 지휘관이 자기 부대를 이탈해서, 소대장이 중대장을 찾아가고, 중대장이 대대장을 찾아가는 일은 없도록 했다. 모든 연락과 지시는 전령이 맡도록 했다. 물론, 종합적인 작전 계획을 짤 때는 한데 모일 수도 있다.

"기억하기 바란다." 하고 털보가 지휘관들에게 말했다. "소대는 50명이다. 중대는 3개 소대가 모여 150명이다. 대대는 5개 중대가 모여 750명이다. 연대는 5개 대대가 모여 4천 명 정도 된다. 연대장은 나 털보이고, 군사 참모장은 여기 계신 형님이다. 이분은 축지법……."

내가 놀라면서 그의 발을 걷어찼다. 축지법 한다는 거짓말을 하려고 해서 막았다.

"한때 무관으로 장원 급제하여 나라의 녹봉을 받은 분이다. 거기까지만 알아 두기 바란다. 움직일 때는 대대 단위로 움직여라. 대대장이 자기 대대의 중대원들을 잘 통솔하기 바란다. 만약 상관의 지시를 어긴다거나 하극상을 일으키는 군사가 있으면 죽이겠다. 전쟁에서 하극상과 반항은 가장 위험한 일이기 때문이다. 왜군의 소총 볼트액션 보병총은 우리가 가지고 있는 소총과 동일하다. 그러니 명중률이 좋고 속도가 빠르니 조심하라. 위력이 크므로 무모하게 달려들어 희생자를 많이 내지 말 것을 당부한다. 그렇다고 공격을 하지 않을 수 없으니 공격을 하되 가급적 엄폐물을 많이 의지하도록 하라. 나무, 바위, 파인 구덩이를 비롯해 적의 총탄을 피할 수 있는 것이면 최대한 사용해야 한다. 우리는 소총이 적기 때문에 어쩔 수 없다. 소총부대는 제1대대에서 맡는다. 제1대대 제1중대 150명이 소총 사수이고, 그 뒤로 4명이 붙으면서 제2중대, 제3중대, 제4중대, 제5중대는 대기자 사수이다. 앞 사람이 죽으면 바로 뒤의 군사가 소총을 가지고 싸운다. 제1대대는 왜적과 동등한 화력을 가지고 있어서 적과 정면으로 상대하는 것을 원칙으로 한다. 정면 상대한다고 해서 총알받이로 나서지는 마라. 그리고 기관총 사수 스무 명은 연대장 직속이다. 내 지시만을 따르도록 하라. 활과 화살을 가지고 있는 부대는 제2대대의 제1중대이다. 적이 가까이 접근할 때만 활을 쏘도록 하라. 이백보 이상이면 활을 쏘아도 소용이 없다. 항상 엄폐물에 의지해서 몸을 숨겨야 한다. 사정거리가 이백 보 이내이니 만큼 적과 바싹 붙으면서 쏘아야 한다. 화승총 부대는 제3대대가 맡는다. 개별적으로 화승총을 가진 사람은 사용할 때 불빛으로 아군이 적에게 노출되니만큼 조심해야 하며 엄폐물이 있는 곳에서 사용해야 한다."

강민호는 그 밖에 공격과 후퇴의 요령과 신호를 어떻게 사용하느냐는 것을 설명했다. 그들은 그와 같은 기본적인 병법도 모르고 있는 사람들이었다. 털보와 나는 설명하면서도 한심한 생각이 들었지만 지금으로서는 그것을 탓하기는 늦었고, 주어진 상황에서 최선을 다하는 수밖에 없었다. 털보와 내가 설명하고 있을 때 장정 한 명이 질문을 하였다. 그는 나를 장군이라고 부르며 물었다.

"장군님, 왜군이 얼마나 강합니까?"

나는 그 질문을 여러 번 받았던 것 같았다. 전봉준에게서도 들었고, 이름을 알 수 없는 동학군 군사들에게서도 들었다. 얼마나 강한가. 신식 총기로 무장하고 맥심 기관총으로 무장을 하고 있고, 유럽식 대포를 가지고 있고, 제대로 훈련을 받았으니 강할 수밖에 없다.

"왜군은 강하지만 그들이 우리보다 강한 것은 사람이 아니라 무기다. 신식 무기를 지니고 있다는 점이 우리와 다르다. 우리는 열 명이 왜군 한 명을 죽인다면 성공이다. 그러니 왜군은 한 명이 우리 열 명을 죽이려고 할 것이다."

"우리 열 명이 왜군 한 명을 죽이면 성공이라는 말씀은 우리가 열 명이 죽더라도 적을 한 명만 죽이면 이긴다는 뜻입니까?"

다른 동학군이 말했다. 나는 잠깐 망설였으나 그들에게 거짓말할 수 없어 그렇다고 대답했다. 모여 있는 사람들이 동요하는 기색이었다. 그들은 서로의 얼굴을 보며 난색을 표했다. 그럴 리가 없다고 부인하는 모습도 보였다. 내가 그들에게 말해 준 것은 일본군을 만나 전투가 벌어진 후에 느낄 당혹감을 미리 해소시키려는 데 있었다. 나의 말에 겁을 먹고 달아나려는 사람이 있을지 모르겠으나 곧 닥쳐올 사실을 전해 주어야 했다.

지휘관들을 돌려보내고 나는 털보와 함께 진지를 둘러보았다. 동학군이 야영을 하는 들판에는 횃불로 가득했다. 밤의 들판이 온통 횃불과 모닥불로 불꽃을 이루고 있었으며 벼를 베어낸 전답의 저편 지평선까지 이어져 있었다. 산비탈에도 야영을 하는 동학군의 횃불로 빛났다. 전투가 시작되면 잠을 못 잘 수도 있었기 때문에 나는 일찍 막사로 들어가 쉬었다. 막사 안에 한쪽을 막아 나의 방을 꾸며 놓았다. 대부분 동학군들은 천막을 사용하지 못하고 노숙을 했다. 더러는 하늘을 가리는 천막을 쳐서 이슬을 막았으나 그것도 부족하여 노천에 그대로 누워 잠을 잤다. 털보는 잠이 안 온다고 하면서 계속 진지를 돌아다녔다.

새벽이 되어 아침 취사를 마친 동학군 부대는 그날 하오에 논산으로 들어갔다. 논산에서 관군의 저항이 있었지만 동학군의 위력에 관군들은 도주하였고 관가는 동학군의 손에 들어갔다. 관가를 중심으로 동학군은 잠시 머물렀다. 논산으로 오는 도중에 일부 동학군들이 익산과 부여 쪽으로 빠졌는데, 그것은 전봉준의 작전에 없는 일이었다. 접주들이 일방적으로 군사를 데리고 관가를 급습하였다. 부근에 있는 관가를 점령하는 것이 문제가 아니었기 때문에 전봉준은 이탈을 금했으나 그것은 지켜지지 않았다. 그로 해서 1만 명의 동학군이 대군의 대열에서 빠져나가 독자적인 행동을 하기에 이르렀다. 당황한 전봉준은 논산 관가에서 접주들을 불러 모았다. 나는 접주는 아니었으나 강민호와 함께 접주 회의장에 갔다. 접주들이 백 명 가까이 모였다. 호남에 있는 접주들이 모두 모인 듯했다. 전봉준이 접주들에게 말했다.

"충청도 관가를 점거하는 일이 시급한 것이 아닙니다. 우리는 왜군과 싸워야 합니다."

"이탈한 접주들은 곧 우리와 합류할 것으로 봅니다." 하고 접주 한 사람이 나서며 말했는데 나는 그가 누구인지 알 수 없었다. 백 명의 접주들이 모여 있었지만 내가 알고 있는 접주는 십여 명에 불과했다.

"지금부터 싸움인데 언제 합류한다는 것입니까? 이탈하는 접주들은 군기를 정해 벌을 내리든지 해야 할 것입니다."

"당신이 우리의 대장 행세는 하지 마시오." 하고 한쪽에 앉아 있던 손화중이 말했다. 그는 이제 부상이 완치되어 1만 명의 동학도를 이끌고 전투에 참가한 것이었다. 그의 병력이 김개남 다음으로 많았기 때문에 그의 발언도 강했다. 전봉준의 휘하 병력은 손화중 다음으로 세 번째였다.

"우리는 이번 싸움에 당신을 대장으로 하지는 않았소."

"그렇다면 여기서 대장을 뽑읍시다." 하고 어느 구석에서 말했다.

"대장으로 뽑는다는 어떤 기준이 없으니 투표를 하는 수밖에 없을 것입니다." 하고 누군가 나서며 말했다. 투표를 하면 전봉준을 지지하는 접주들이 많기 때문에 유리할 것이라는 생각이 들었다. 그러자 손화중이 반대하고 나섰다.

"투표는 안 되오. 인기만을 기지고 대장을 뽑을 수는 없소. 휘하의 군사 수로 합시다."

군사의 수로 말하면 김개남이 2만 명에 가까운 가장 많은 동학군을 거느리고 있었다. 다른 접주들이 데려온 동학군은 많게는 수천 명에서 적게는 수백 명에 이르는 소수였다. 결국 김개남과 손화중, 그리고 전봉준의 세력이 많았다. 그런데 목전에 일본군과의 전투를 눈앞에 두고 세력 다툼을 하는 것 같아 나는 한심하다는 생각이 들었다

"누가 총지휘를 하느냐는 것은 중요하지 않을 것입니다." 하고 전봉준이 말했다. "그러나 군사를 움직이는 데는 그러한 지휘 계통이 세워져 있어야 할 것입니다."

"나도 동감입니다." 하고 김개남이 말했다. "손화중 접주는 휘하 군사의 수로 정하자고 하는데 그렇게 되면 내가 총지휘를 맡으라는 말이 됩니다. 그러나 나는 군사를 부리는 병법을 모릅니다. 이 일은 역시 전봉준 장군이 해야 할 것으로 믿습니다. 지난번에도 전 장군이 우리 총사령관이 되었지 않습니까? 이번이라고 해서 다를 필요는 없고, 전봉준 장군을 우리의 총대장으로 추대하고 우리는 그의 명령을 따르기로 합시다. 찬성하시는 분 박수 쳐 주십시오."

거의 모든 접주들이 박수를 쳤다. 그러자 손화중이 자리에서 벌떡 일어나 밖으로 나갔다. 김개남이 그를 불렀으나 그는 돌아보지 않고 그대로 나갔다. 잠깐이지만 회의장 안에 찬물을 끼얹은 듯 조용해지며 썰렁한 분위기였으나 김개남 접주가 입을 열었다.

"손화중 접주에 대해서 더 이상 생각하지 말고 일을 합시다. 손화중 접주는 내가 설득하겠습니다."

"왜군이 이인에서 공주 사이의 우금치(牛金峙) 언덕에 진을 치고 우리를 기다리고 있다고 합니다. 우리가 공주로 가려면 이 우금치를 넘어야 합니다. 우리는 크게 셋으로 나누어 공격을 파상적으로 했으면 합니다. 먼저 내가 데리고 있는 주력이 선제공격을 하겠습니다. 밤을 이용하는 것이 좋을 것입니다. 두 번째는 김개남 장군께서 공격하고, 세 번째는 손화중 장군과 다른 장군들이 합세하여 최종 공격을 하면 진지를 빼앗을 것으로 봅니다. 이와 같은 파상 공격의 필요성은 우리가 가진 화승총의 새로운 장전과 새로운 화살, 새로운 화력의 공격력을 키우기 위해서입니다. 또한 희생을 극소화하려는 의도도 있습니다."

전봉준이 말하고 일동을 돌아보았다.

"강민호 장군의 수중에 미국산 기관포가 있다고 들었습니다. 그리고 왜놈 밀수꾼으로부터 볼트액션 보병총도 백 점 사서 가지고 있다고 들었습니다. 일본이 가지고 있는 화력을 가지고 있으니 강민호 장군이 선발대로 공격을 하는 것이 어떻습니까?"

누군지 키가 작달막한 접주가 나서면서 말했다. 전봉준의 키도 작았으나 그보다 더 작은 키였다.

"저번에 사오기로 한 그 무기를 사온 모양이지? 우리에게 쌀 6백 섬을 내놓으라고 했지만 너무 비싸서 안 샀던 그 무기 말이요?"

어느 접주가 지난 번 일을 물었다. 털보는 그에 대한 대꾸는 하지 않고 입을 열었다.

"그렇게 하겠습니다. 제 부대가 선발대가 되겠습니다. 무기는 제가 그때 개인 재산으로 샀습니다. 여러분들이 돈을 안 주어서 말입니다."

털보는 심통한 어투로 말했고 다른 접주들은 아무 말을 못하고 침묵했다. 그때 쌀 6백 섬을 달라고 하자 무기값이 너무 비싸다고 하면서 무기 구입할 돈을 주지 않았다. 어쨌든 신식 무기를 다수 가지고 있고, 기관총을 가지고 있다는 이유로 강민호는 선발 부대로 선정이 되었다. 선발 부대는 가장 위험한 부대였다. 어쩌면 총알받이로 앞세우는 부대라고 할 만큼 희생이 컸다. 선발 부대로 결정이 되자 강민호는 걱정을 많이 하였다. 겁이 나기보다 데리고 있는 군사들을 많이 희생할 수밖에 없는 상황이기 때문이다. 그러나 선발대가 되어 일본군을 깜짝 놀라게 하고 싶은 만용 같은 것이 털보의 얼굴에 번지는 듯했다. 회심의 미소를 지으며 입을 앙다무는 것이 그랬다.

4

우금치는 그렇게 높은 언덕은 아니었고, 산비탈과 이어진 고갯길이었다. 공주로 들어가려면 그곳을 지나야 했다. 길가의 산비탈에는 작은 소나무가 있었고, 단풍이 진 나무들이 들어차 있었으나 큰 나무는 별로 눈에 띄지 않았다. 낙엽이 언덕 아래로 쏟아져 내려와 바람이 불 때마다 길을 가득 메우며 휘날렸다. 낙엽은 마치 물 위로 넘쳐흐르는 흙탕물 같았다. 그곳을 지키고 있는 왜군 병력은 길 양쪽의 산비탈에 구덩이를 파고 들어가 있었고, 바위나 파인 둑에도 몸을 숨기고 있었다. 소총과 기관총, 그리고 대포를 장치해 놓고 2천 명 정도의 병력이 매복해 있었다. 나머지 2천 명은 공주성에 머물거나 뒤의 제2진에 진을 치고 있는 것으로 보였다. 약 1만 명의 동학군을 거느리고 있는 전봉준과 약 4천 명의 군사를 가진 강민호 부대가 함께 제1진으로 우금치의 일본군을 공격할 준비를 했다. 저녁 무렵이 되어 우금치를 바라보는 10리 밖에 진을 친 동학군 부대는 밤이 되기를 기다렸다. 전봉준을 만난 털보와 나는 후미로 가서 공격할 전략을 상의하였다. 우금치의 후미로 가자면 대학리로 돌아 백마강을 거슬러 올라가야 했다. 우리가 돌고 있는 것을 적이 눈치 채면 미리 방비할 것이었기 때문에 밤이 될 때를 기다렸다. 공격은 자정에 하기로 했다.

 전봉준 1만 명 군사는 일본군의 정면을 공격하고, 털보 부대는 뒤로 돌아 후미를 공격한다는 전략이었다. 밤이 되어 주위가 어두워지자 털보는 4천 명의 군사를 데리고 백마강 쪽으로 향했다. 강둑을 따라 올라가다 우금치와 공주 사이의 골짜기로 스며드는 일이었다. 강둑을 따라 올라가고 있는 동안 강가의 마을을 지날 때 사람들이 우리를 보고 놀라는 기색이었다. 그들은 일본군이라든지 동학군에 대해서는 들어 보지도 못하고, 난리가 난 것으로 알고 놀라는 것이었다.

그러나 강가의 농부들이 방해가 되지는 않았다. 강둑에는 고기잡이 배가 매여 있었고, 버드나무가 줄을 지어 서 있었다. 낙엽이 모두 져서 가지는 앙상했다. 동학군은 그 밑을 지나 용성 마을로 꺾어 돌았다. 자정이 가까워 올 무렵 우리는 우금치의 후미 5리 밖까지 접근했다. 농부로 가장한 척후 두 사람을 우금치로 보내고 부대는 골짜기에 잠복시켰다.

잠시 후 다녀온 두 명의 척후는 숨을 가쁘게 쉬며 털보에게 보고했다.

"장군님, 왜놈이 있는 우금치 부근으로는 접근하지 못하게 관군들이 나와 길을 통제하고 있었습니다."

"관군들도 가담해 있었나?"

"그건 알 수 없었지만 말이 통하지 않아서인지 통제는 모두 관군들이 나와 하고 있었습니다. 도처에 관군들이 서서 길을 막고 있었기 때문에 접근이 불가능했습니다."

"후미를 공격할 것이라는 예측을 하고 왜군 병력이 이쪽으로 방비를 한 흔적이 보였나?"

"가까이 접근할 수 없어 그 점은 목격하지 못했습니다."

척후로 나간 동학군은 만족할 만한 정보를 가지고 오지 못했다. 우리는 좀 더 접근하여 우금치가 보이는 곳까지 가기로 했다. 1진과 2진으로 나누어 말이며 보급품은 골짜기의 2진에게 놓아두고 주력군을 이끌고 우금치로 더 다가갔다. 어두워서 잘 보이지는 않았으나 우금치가 시야에 들어왔다. 그곳에 일본군 병력이 보였다. 그 아래쪽에는 관군들이 통제하고 있었고, 마차에 실린 보급품이 큰길을 따라 공주 쪽에서 오고 있었다. 빈 마차가 공주로 향해 가고 있는 모습이 보였다. 우리가 가까이 접근해 있어서 그 마차가 삐그덕거리고 가고 있는 소리를 들을 수 있었다. 털보는 각 조장(지휘관)들을 불러 그들에게 공격로를 지시해 주고 때를 기다렸다. 이인 마을 쪽에서 전봉준의 부대가 공격하는 소리가 들리면 후미를 공격하려고 했다.

  나는 침묵 속에서 우금치의 일본군들을 바라보았다. 그들은 뒤로는 경계하지 않고 이인 쪽을 향하고 있었다. 나는 기관총 자리를 정했다. 기관총의 사거리를 가늠해서 일본 진지가 사거리 안에 들어오게 했다. 기관총 사거리는 소총의 사거리만큼 길지는 않으나 털보가 맥심 기관총 훈련을 하면서 사거리를 재보니 일본군이 만든 볼트액션 보병총보다 사거리가 길었다. 아주 미세한 차이지만 미국의 기술을 실감하게 했다. 소총을 만드는 기술을 보면 러시아는 사거리가 길고 정확했지만, 개머리판 반동이 커서 잘못하면 군사의 어깨를 다치게 하는 단점이 있었다. 일본의 소총은 명중률이 좋고 부드러웠으나 고장이 잦았다. 미국의 소총은 고장도 잘 안 나고 개머리판 충격도 최소화되어 있으며 과녁에도 잘 맞았다. 그러니까 미국 총이 최상급이었다. 미국은 삼십 년 전에 남북 전쟁을 치르면서 총기 개발을 활성화시켰고, 아주 다양하게 개발했다. 소총의 종류가 각 국가 중에 가장 많은 것이다.

바로 그때 이인 쪽에서 함성과 나팔 소리가 들렸다. 뒤이어 총성이 밤공기를 찢었다. 우금치에 있는 일본군의 진지에서 전봉준의 군사가 있는 앞을 향해 포를 쏘아대었다. 동학군의 진영에서는 징 소리가 연거푸 울렸다. 징을 마구 쳐대면 공격하라는 신호였다. 징으로 신호를 보내는 것은 청나라의 주특기였다. 우리나라에서도 옛날부터 징을 가지고 군사를 조련했다. 징소리는 다른 소리보다 깨어지는 소리를 내면서 컸다. 그래서 어지간한 잡음 속에서도 군중에게 소리를 전달하기 쉬웠다. 일본은 주로 나팔을 사용했는데 나팔의 음률에서 공격과 후퇴, 정지 등의 신호를 마치 암호처럼 하고 군사들에게 주입시켰다. 처음 들으면 그것이 공격인지 후퇴인지 잘 모른다. 자주 듣다 보면 적이라고 해도 식별할 수 있었다. 공격은 아주 경쾌하며 힘찼고, 후퇴는 단조로우면서 뒤로 꺼지는 느낌을 주는 소리였다. 정지라든지 뒤로 돌아라든지, 좌로 가라든지, 우로 가라는 나팔 소리도 있는데, 서로 주고받는 약속이라서 단번에 알 수는 없었다.

    나팔 소리와 징 소리, 그리고 북소리도 들렸는데, 그것은 동학군 중에 다른 부대가 오면서 북을 쳐대고 있는 소리였다. 공격 신호로 무엇을 할 것인가는 정해져 있는 것이 아니고 부대장 마음이었다. 교전하는 양상을 보니 일본군은 총을 쏘아대면서 대포를 쏘았는데, 대충 열 문 이상의 대포를 동원한 것 같았다. 열 대의 대포가 연달아 포성을 울리며 날아가자 천지가 진동했다. 대포 포탄이 떨어지는 곳은 전봉준 주력부대가 있는 곳이었다. 바위라든지 언덕, 그리고 참호 속에 몸을 숨기고는 있으나 완벽하게 엄호할 수는 없었다. 대포 탄약이 참호에 떨어지면 그 안에 있는 사람이 모두 살상되는 것이다. 정신없이 포화가 떨어져서 동학군은 총을 쏠 겨를도 없어 보이고, 쏘아 보았자 수십 개에 불과한 소총이라 별로 티도 나지 않았다. 대포 소리에 먹혀버려 소총 소리는 힘없이 잦아들었다. 나는 기회를 보고 있었다. 어느 시점에 공격해야지 가장 효과를 낼지 가늠해 본다. 적의 후방이기 때문에 적이 방심하고 있는 것은 사실이지만, 참호에 들어가 있어 뒷통수를 맞히기 전에는 저격하기 힘들어 보였다. 단번에 뒷통수를 맞힐 정도의 저격수는 거의 없다고 보아야 할 것이다.

  이때, 징 소리가 요란하게 연거푸 울리면서 전봉준 부대 군사들이 참호 밖으로 뛰어나왔다. 나오면 안 되는데 하고 나도 모르게 말했다. 뛰어나온 군사들은 땅바닥에 바싹 엎드려 포복하면서 기었다. 땅바닥이 울퉁불퉁하고 조금 나오면 밭두렁도 있어 엄폐물이 전혀 없는 것은 아니지만, 동학 군사가 나오자 이번에는 나팔 소리가 달라지면서 일본군 소총 부대가 일제히 사격을 퍼붓기 시작했다. 대포도 이따금 쏘아대었으나 주로 소총 사격을 했다. 전체적인 일본군 병력 규모는 2천여 명으로 3개 대대 병력이었다. 여단 병력이 투입된 듯하다. 상당히 많은 군사가 온 것을 보면 동학군 20만 명이 운집한다는 정보가 입수된 듯하다. 동학군 군사들이 뛰어오자 일본군 병사들도 몸을 일으키며 서서 쏘았다. 참호에 있던 모든 군사들이 몸을 일으킨 것은 아니지만, 동학군에서 오는 사격은 미비해서 일어선다고 총에 맞을 것으로 생각하지 않는 듯했다. 참호에서 몸을 일으키는 일본군 군사들이 많아지는 것을 보고 나는 털보에게 기관총과 소총 사격을 동시에 하라고 했다. 그래서 징 소리로 신호를 보내자 공격을 기다리고 있던 소총 사격수들과 기관총 사수가 일제히 방아쇠를 당겼다. 소총 소리는 그렇다고 쳐도 기관총 소리가 우렁차게 울리면서 땅을 뒤흔들었다. 대포와 다른 것은 대포처럼 쿵하고 울리면서 땅을 울리는 것이 아니고, 기관총은 무엇인가 깨어지는 굉음이 연속으로 들리는 것이다. 일본군 진영에도 기관총이 있을 테지만 쏘지 않았다. 그것은 동학군이 육박전이라도 붙으려고 몰려 올 때를 대비하고 있는 것이다. 그때 쏘아대면 서서 걸어 오는 자는 거의 모두 자멸하는 것이다. 소총보다 기관총에서 날아가는 것이 빠르고 많아서 기관총에 저격당하는 일본군이 많이 눈에 띄었다. 참호에 있든 다른 곳에 숨어 있든지, 추풍낙엽처럼 쓰러지는 것이 보였다. 그렇게 무더기로 쓰러지는 모습을 보고 나도 놀랐다. 그러자 일본군은 후미에 적이 있다는 것을 알고 일부 군사가 방향을 돌려 공격했고, 일본군의 기관총도 발사되었다. 그런데, 일본군의 기관총 소리가 우리와 달랐다. 힘도 약했지만 연속으로 울리는 속도가 달랐다. 그래서 나는 현재 일본군 부대에서 가지고 있는 기관총이 그들이 만든 일제 총이라는 것을 알았다. 그것은 맥심 기관총과 비교가 되지 않을 정도로 미약했다. 1분에 3백 발이 나가는 총과 1분에 6백 발이 나가는 총이 어떻게 다른지는 소리를 듣고도 알 수 있었다. 미국의 맥심 기관총이 본래 비싸기도 했지만 미국에서 무제한으로 외국에 수출하지는 않았을 것이다. 맛보기로 수출할 정도였을 것이고, 그렇게 되니 일본군 부대 전체에 골고루 보급될 리가 없다. 아마도 청군과 싸우러 아산에 투입된 부대나 평양 지역에 나간 부대에는 맥심 기관총이 있을지 모르지만, 농민을 진압하기 위해 출동한 부대에까지 보급하지 않은 것을 알 수 있었다.

  털보가 귀마개를 하고 사수 옆에서 이쪽저쪽을 손으로 가리키며 손짓을 했다. 기관총의 방향을 돌리며 골고루 사격하라는 뜻이었다. 후미에서 공격하자 엄폐물이 완벽하게 가려지지 않아서 일본군 군사들은 그대로 노출해있어 총탄에 맞았다. 기관총이 포효하자 전봉준 부대 군사들이 와 하는 함성을 지르면서 뛰어왔는데, 계속 쓰러지면서 계속 왔다. 쏘아 죽여도 계속 동학군이 달려들었고, 뒤에서는 기관총과 소총이 불을 토해내면서 승부는 이미 결정이 난 듯했다. 뛰어오는 동학군 군사들이 일본군 참호 가까이에 와서 육박전이 벌어졌다. 그렇게 되면 기관총 사격이 아군에게도 영향을 미친다. 그것은 전봉준 측에서 고려해야 했는데 그도 기관총 성능이 이렇게 강할지 모르고 있었을 것이다. 하지만, 참호까지 와서 육박전을 벌리는 동학군 군사는 그렇게 많지 않았다. 참호까지 오기 전에 거의 사살되었다. 내가 보기에는 기관총 탄약 상자가 스무 개 정도가 소비된 것 같았다. 약 이십 분간 1만 2천 발을 쏘아대었다. 내가 느끼기에는 지금 일본군 진영에서 당황하는 듯했다. 갈팡질팡하는 모습이 보이고, 군사들이 사격을 멈추고 참호를 기어서 한쪽으로 피하는 기척이었다. 나팔 소리가 달리 들려 오면서 일본군 군사들이 물이 빠지듯이 빠져나갔다. 그리고 잠시 후에 굉음을 터뜨리며 땅을 울리는 폭발 소리가 들렸다. 그 폭발 소리는 일본군이 갑작스럽게 퇴각할 때 남은 탄약이나 무기를 가져가지 못할 경우 다이너마이트로 폭발하는 소리였다. 옮기지 못하는 긴박한 상황이 되면 그렇게 폭발시켜 무기를 못쓰게 하는 것이 그들의 퇴각 규칙이었다. 다이너마이트 폭발 소리가 들렸다는 것은 그들이 급박하게 퇴각한다는 뜻이다. 갑자기 나타난 후미 공격이 과연 동학군 군사였는지 어리둥절할 것이다. 어느 나라 군대가 온 것일까 하고 생각했는지도 모른다. 약 이십 분 동안 1만 2천 발을 쏘자 약 이천 명의 군사 중에 살아서 퇴각한 자가 얼마나 될까. 일본군이 급히 퇴각하자 참호가 텅 비었는데 시체도 그냥 버리고 갔다. 총기는 수거해 가도 시체는 못 가져갔다. 일본군은 전우애를 고양하려고 전사한 자의 시체는 가급적 챙겨 갔다. 전사자의 고향으로 보내 영웅적인 죽음을 다 함께 애도하는 것이다. 시체를 챙겨 고국으로 후송하는 전통을 자랑스럽게 여겼다. 물론, 전사자의 수가 많아서 감당이 안 되면 현지에서 불태워 화장하기도 하였지만, 시체 후송은 국가와 국민이 전사자를 애도하고 기린다는 정신을 고양했다. 그런데 그냥 버리고 갈 수밖에 없었던 것은 급박했다는 것이다. 어디서 난데없이 군사 무리가 나타나서 비 오듯이 총알을 쏘아 대었다. 거의 이십여 분간 쉬지 않고 비 퍼붓듯이 총알이 날아갔다. 3개 대대 병력이 전멸당하는 이상한 일이 벌어졌다.

전봉준 부대가 참호를 점령하고 만세를 외치며 환호했다. 소총과 기관총으로 후미에서 공격했던 털보 부대도 같이 환호했다. 뒤를 이어 공격했던 다른 부대 동학군들도 속속 모여들면서 환호했다. 어느 동학군은 춤을 덩실덩실 추었다. 승리한 것이 그렇게도 좋을까. 어느 동학군은 무릎을 꿇고 업드려 시천주에게 기도했다. 뭐라고 빠르게 주문을 외우는 것이다. 이렇게 완승한 것은 처음이며, 어쩌면 마지막이 될지도 모른다. 마지막이 될 수도 있지만. 어떻게 이 순간을 잊을 수가 있는가. 모두의 마음에는 그런 감격이 솟구치고 있었다. 그리고 감격의 눈물을 흘리는 동학군의 모습도 보였다. 털보는 다른 군사들이 환호하든 말든 별로 관심이 없이 몇 명이나 해치웠나, 그것이 궁금했는지 적군 시체의 수를 세어보았다. 일본군들이 버리고 간 시체는 1천4백99구였다. 중상 입은 자들이 몇 명 있었는데 거의 숨이 넘어가는 상태였다. 경상자들은 일본군 동료들이 데려갔는지 보이지 않았다. 중경상자들까지 계산하면 거의 전멸의 수준이었다. 나는 그제야 맥심 기관총이 그렇게 강렬한지 그 현장을 확인하고 깨달았다. 그리고 전쟁이라는 것은 바로 무기 경쟁이라는 생각을 하기에 이르렀다.

그런데 우리는 기뻐하고만 있을 수가 없었다. 나는 아군의 피해 상황을 알아보라고 했다. 털보는 군사들에게 지시해서 아군과 적군의 사체를 분리해서 모았다. 전투가 있은지 얼마 되지 않았는데 벌써 썩어가는지 냄새가 고약했다. 시체가 이렇게 빨리 썩는지 몰랐다. 시체 썩는 냄새라기보다 피비린내가 그렇게 역겹게 풍기는 것이다. 군사들이 입고 있는 군복이 있으면 일본군이고, 조선 농민 복이면 아군으로 분류했다. 그렇지 않고 인상착의로는 구분이 어려웠다. 생긴 것이 비슷해서이다. 더구나 일본군은 우리가 뒤에서 쏜 기관총에 머리를 맞고 죽었기에 머리 뒤통수 관통은 구멍이 작았으나 앞쪽으로 나갈 때는 커다랗게 파열되어 얼굴의 형체를 알아볼 수 없었다.

털보가 나에게 와서 시무룩한 표정으로 말했다.

"형님, 우리가 이겼다고는 하지만, 우리 전사자가 훨씬 많습니다."

"그래요? 어느 정도?"

"정확한 것은 더 찾아봐야 하겠지만, 지금 확인한 것으로는 우리 아군이 삼천 명이 넘게 죽었습니다. 부상자는 5백 명 정도 되는데 모두 전봉준 부대입니다. 의원 세 명에 의해 치료를 받고 있다는데 의원이 턱없이 부족해서 계속 죽어나가는 군사가 많답니다."

나는 내 이마를 손바닥으로 탁 치면서 한탄했다.

"겨우 한 시간 정도 교전했는데, 3천 명이나 전사해? 우리가 뒤에서 공격했는데도 그렇게 많이 죽어요?"

"그건 무리하게 육박전 돌격을 시켜서 그렇습니다. 1만 명 전위대를 돌격 앞으로 해서 적들이 쏘는 집중 사격에 그렇게 된 것 같습니다. 그때는 그들도 기관총을 사용한 것 같구요."

"전봉준은 대관절 병법을 아는 거야 모르는 거야? 총도 없고, 제대로 된 무기도 없는 사람을 돌격 앞으로 하면 어떻게 해? 그런데 우리 부대 전사자는 몇 명이요?"

"전부 2백50명 정도 됩니다."

"우리도 그렇게 많이 죽었어요?"

"소총부대 제1중대가 전멸했습니다. 뒤에 대기하고 있는 다음 조인 제2중대는 반 정도 전사하고, 그다음 제3중대는 십여 명 전사하였습니다. 다른 부대 병력은 엄폐물에 숨어서 대기했기 때문에 전혀 손상이 없고요. 그래서 소총부대만 피해를 입었는데, 적의 소총부대와 우리 소총부대가 교전하면서 입은 피해로 보입니다. 죽은 우리 전사들이 대부분 이마나 머리를 맞고 절명한 것을 보면 우리 전사들이 총을 쏘면서 얼굴을 너무 드러낸 것이 아닌가 하는 생각입니다."

거기까지는 생각못했다. 일본군 소총부대 군인들은 대부분 오랜 훈련을 거친 정예병이었다. 이를테면, 대부분 저격수였다. 그래서 명중력이 뛰어나다고 한다. 그런 자들을 상대할 때는 서로 마주 보며 교전하는 것은 위험하다. 우리가 쏘는 것은 명중률이 훨씬 떨어지고, 저격수인 일본군 사수들이 쏘는 것은 정확했다. 그래서 처음 교전에 투입되었던 제1중대 152명이 모두 전멸하고, 그 뒤에 총을 받아들고 싸웠던 제2중대도 반이나 죽었던 것이다.

"훈련 지시를 제대로 못 내린 내 탓인 듯 하오."

"그렇지 않습니다. 형님, 아무리 지시를 내리고 훈련을 시켜도 그 짧은 기간에 저격수를 양산할 수는 없잖아요."

"그렇다고 해도 제1중대 전원이 모두 죽다니."

"모두 죽은 것은 아니고 부상자가 열 명 정도 있으나 아무래도 죽을 것 같고, 그리고 한 명이 생생하게 살아남았습니다."

"그자는 어떻게 살았어요?"

내가 묻자 털보는 주변을 두리번거리더니 한쪽을 손짓하며 누군가를 불렀다. 그러자 젊은 청년이 달려와서 털보와 나를 향해 거수경례를 올려붙였다. 그것은 장교들에게 그렇게 하라고 지시를 내렸는데 지키는 사람도 있고 무시하고 안 지키는 사람도 있었다. 내가 그에게 물었다.

"너는 제1중대 사격수인가?"

"네, 그렇습니다, 장군님."

"모두 전멸했는데 너는 어떻게 살아남았느냐?"

"미안합니다."

"뭐라고?"

"저 혼자만 살아남아서 미안합니다."

그는 울먹이면서 그렇게 대답했다. 나는 어처구니가 없어 빙끗 웃으면서 물었다.

"아니다. 네가 미안해할 것은 없다. 너도 최선을 다해 싸웠잖은가."

"네, 그렇습니다. 전 열 명 정도 죽였습니다."

"열 명씩이나? 대단하군. 상대방을 저격해서 죽였다는 것을 어떻게 알았나?"

"어두운 밤이지만 사방에서 불꽃이 튀어서 볼 수 있었습니다. 제 총에 맞는 자는 옆으로 픽쓰러지는 것을 보았습니다. 그래서 저는 한

놈, 두 놈 하고 세면서 쏘았죠. 모두 맞은 것은 아니지만, 숨을 들이쉬고 딱 멈추면서 조준을 하고 집중, 집중 그렇게 쏘았습니다."

"그런데 손에 들고 있는 것은 무엇인가?"

"이거요? 헤헤헤, 이거 우리 집에 있는 철바가지를 가져온 것입니다. 무쇠 철로 된 바가지인데 어디에 쓰는지는 모르지만 필요할 듯해서 가져와서 머리에 눌러쓰고 싸웠지요. 여기 보세요. 일곱 방이나 적의 총탄이 튕겨져 나간 자국이 남아있습니다. 이게 없었으면 저는 일곱 방이나 맞았을 것입니다. 아니, 일곱 방까지 가지 못하고 죽었겠지요."

나는 그 청년이 들고 있는 철바가지를 들어보았다. 묵직한 것으로, 무엇에 쓰는지 모르겠으나 철로 만든 바가지였다. 그것이 철모 역할을 하여 그의 생명을 지킨 것이다. 그래서 나는 군인들이 철모를 쓰는 이유를 실감했다. 그 일로 다음 전투에 무쇠 솥뚜껑 방패를 사용해 보았다. 완벽한 효과는 없었으나, 없는 것보다는 유용했다.

"아주 잘했다. 그래, 너는 앞으로 훌륭한 저격수가 될 것 같다. 네 이름이 무엇인가?"

"민진호라고 합니다."

"여흥 민씨 가문인가?"

"네, 그렇습니다만, 우린 가난해서 별로 양반 행세를 할 수 없었습니다. 제 형이 나무꾼으로 장작을 해다 팔아서 먹고 살았는 걸요."

나는 여흥 민씨 양반이 나무꾼으로 땔감을 해다 먹고 살았다는 사실이 신기했다. 여흥 민씨라고 모두 부자거나 벼슬을 한 것은 아니었다.

"어쨌든 좋아. 난 여흥 민씨를 싫어하는 사람이지만."하고 털보가 말했다. "너는 앞으로 소대장이 된다. 소대를 맡아라. 다시 제1중대를 편성할 것인데 그 중대 제1소대장이다."

"감사합니다. 장군님."

"너는 고향이 어딘가?" 하고 내가 물었다.

"저는 남원이 고향입니다. 광한루 바로 옆에 살아요. 춘향이가 그네를 탔던 곳이 바로 앞에 보여요."

"그래서 춘향이가 그네 타는 것을 보았나?"

"엥, 춘향이는 제가 사는 시대와 다른 시대 아낙네잖아요."

"춘향이가 정말 있었나?"

"그럼요, 우리 남원에 가면 모두 그렇게 믿고 있어요. 이몽룡도 실존 인물이에요. 실제 이몽룡의 이름이 성이성이라고 하는데, 임진왜란 직후 성이성의 아버지 성안의가 남원에 부사로 내려왔어요. 성이성이 12살 때요. 그 후 성이성은 남원에서 17세까지 5년간 살았는데, 16살 무렵에 광한루 앞에서 그네 타는 춘향을 보았답니다. 그래서 연분이 시작된 것인데, 부사의 아들과 기생의 딸, 딸이라기보다 실제 기생이었다는 사람도 있어요. 어쨌든, 신분의 차이로 맺어지지 못한 것이죠. 그 성이성 아버지가 동부승지가 되어 한성부로 옮겨 가면서 두 사람은 헤어지죠. 나중에 성이성이 남원을 떠난 4년 후, 22살에 예비 과거시험 생원에 합격합니다. 그러나 그가 암행어사가 되어 남원에 내려간 것은 세 번째 암행어사였던 44세 때니 한참 후였지요. 그때는 춘향이가 죽고 없을 때였죠."

"춘향이가 일찍 죽었나?"

"남원에서는 두 가지 설이 있습니다. 한양으로 떠난 성이성이 아무 소식도 없이 입 싹 닦아서 홀로 애태우다 광한루 기둥에 목을 매고 자결했다는 소문과 다른 하나는 남원 사또가 수청 들라 하는 것을 거부하다 맞아 죽었다는 설이 있어요. 누군가 그 이야기를 소설로 만든 것이 춘향전입니다. 더 자세한 것을 듣고 싶다면……."

"아니, 되었네. 춘향전에 나오는 인물이 실제 인물인지 아닌지는 관심이 없네."

"그런데 장군님 저를 모르시겠습니까?"

"글쎄, 난 자네를 처음 보는 것 같은데?"

"엥, 몇 개월 전에 전주 입성 성전(聖戰)이 있을 때 저의 부대에 오셨잖아요. 그때 저에게 총을 쏘지 못하는 사람에게 함부로 총기를 주지 말라고 야단치셨잖아요."

잘 생각이 나지 않아서 그를 멍하니 보자 그가 다시 말했다.

"그때 동학군 한 명이 제 총기를 보자고 해서 주었더니 그 총구에 눈을 대고 들여다보다가 방아쇠를 건드려 총알이 눈에 들어박히며 직사한 일이 있었죠?"

"그래, 생각난다."

"그때 총기를 빌려준 사람이 저였습니다."

"그런가? 그러고 보니 자네가 기억나는군. 지금도 총기를 보자고 하면 빌려주나?"

"엥, 아닙니다. 그 일이 있은 후에 그 친구를 제가 죽인 듯해서 얼마나 가슴이 아팠는지 모릅니다. 절대 그러지 않습니다."

"알았다. 그만 가봐도 좋다."

내가 말하자 그는 경례를 올려붙이고 떠났다. 떠나면서 돌아보며 그가 말했다.

"장군님, 진짜에요."

"뭐가?"

"춘향전에 나오는 춘향과 이몽룡은 실제 인물이었어요."

그런 쓸데없는 소문이나 믿지 말고 열심히 싸워라 하고 나는 중얼거렸다. 그러자 옆에서 듣고 있던 털보가 말했다.

"형님, 남원 사람들은 모두 사실로 믿고 있습니다. 춘향과 이몽룡이 실존 인물이라는 것을요."

"글쎄, 나는 관심이 없다니까."

털보와 함께 진영 지휘소로 가고 있는데 일본군 참호가 있는 쪽에서 노인 한 명이 대성통곡하였다. 들판에 피워놓은 모닥불에 비쳐 노인의 모습이 보였다. 머리가 하얀 것으로 보아 고령인 듯했다. 고령인 노인이 전장에 있는 것이 특이해서 뒤따라오는 털보에게 물었다.

"저기 노인은 왜 저렇게 통곡해요?"

"아마, 자기 아들 시체를 찾은 거 같습니다."

"그럼 부자가 같이 동학군에 가담한 거요?"

"네, 그렇습니다."

"저렇게 머리가 허연 노인을 받아서 뭐하려는 것입니까? 부자가 참전하려고 하면 막아야지요."

"막아요? 어떻게 막습니까? 자발적으로 와서 성전(聖戰)을 하겠다는 것을."

동학도들은 이렇게 참전하는 것을 성전이라고 표현했다. 성스러운 전쟁이란 뜻인데, 시천주의 뜻에 따라 세상을 더 좋은 태평천국으로 만들기 위해 전쟁을 한다는 개념이다. 내가 서서 통곡하는 노인을 물끄러미 바라보자 털보가 나의 곁에 서서 말했다.

"형님, 너무 신경쓰지 마세요. 지금 우리 부대에도 부자(父子)가 온 사람이 적지 않습니다. 그보다 형제간에 온 사람은 더 많습니다."

"그건 아닌데. 그건 막아야 하지 않겠오?"

"막으면 이렇게 말합니다. 내 아들을 지키기 위해 왔다. 아들은 아버지를 지키기 위해 왔다고 합니다. 형제는 형을 지키기 위해 자기가 옆에 있어야 한다고 하고, 형은 동생을 보살피기 위해 자기가 옆에 있어야 한다고 합니다."

"무슨 말인지는 알겠는데, 그들을 한꺼번에 죽게 하는 것은 도리가 아닌 듯하오."

"그렇지만 어쩔 수 없습니다. 법으로 막으면, 남은 동학도들은 왜 저들은 돌려보내냐, 왜 사람 차별하느냐고 하면서 군기가 무너집니다. 사기가 떨어지죠. 그래서 그렇게 못하고 있습니다."

내가 끙하고 신음을 뱉으며 허공을 멍하니 보고 있을 때 북쪽에서 나팔 소리가 울렸다. 나는 그 나팔 소리에 깜짝 놀랐다. 사방에 척후병들을 보내서 경계하고 있으나, 갑자기 일본군이 기습한 것으로 이해했다. 내가 당황하고 있는 것을 보며 털보가 웃으면서 말했다.

"형님, 왜 그렇게 놀라세요? 저 나팔 소리는 일본군이 낸 소리가 아닙니다. 접주 김개남이 언제부터인지 나팔로 신호를 하기 시작했습니다. 아마, 지금 막 자기 부대가 진영에 도착했다는 신호를 보내고 있는 것입니다."

"하아, 나는 깜짝 놀랐네. 저 사람은 좀 이해하기 힘든 사람 같아요. 말을 들으니 자기가 개남왕국 국왕이라고 한다면서요?"

"자기를 국왕이라고 하면서 다닌다는 말은 들었습니다. 처음부터 그런 게 아니고 지난번 전주에 입성한 동학군에서 각 고을에 집강소를 내면서 지배할 때 저 친구가 갑자기 머리가 해까닥 했는지 그렇게 하고 설친 것 같습니다. 그도 서당에서 아이들을 가르치던 몰락한 양반인데……."

"전봉준도 그렇고 모두 서당 훈장들이 나섰네요. 계속 아이들이나 가르치지 고생이 많군요."

"뭐, 동학교리에 푹 빠지다 보니 그렇게 되었겠지요. 여기서 잠깐 회동했다가 곧 방향을 틀어서 삼 개 대진영을 이끌고 진출할 것입니다. 우리는 전봉준 진영에 귀속되게 되었습니다만, 김개남은 남원 대도소의 장두이면서 무주, 진안, 용담, 장수, 순천, 낙안, 고흥을 관할하는 전라좌도 총수입니다. 전봉준 부대는 이제 충청감영이 있는 공주로 진격할 것이고, 김개남은 청주로 갈 것입니다. 손화중은 나주로 진격하고요. 여기서 하루 묵고 모두 흩어질 것입니다."

그때 진영으로 들어오는 김개남이 보였다. 동학군 수백 명이 양쪽 호위를 하며 둘러싸게 하고, 가운데서 사인교 가마에 타고 있었다. 가마 전후에 횃불을 밝히고 수 명의 나팔수들이 따라붙어 있었다. 그의 뒤로 끝이 보이지 않는 행렬이 따라오고 있었는데, 거의 2만 명이 넘은 군중이었다. 부대는 조용히 움직이는 것이 원칙인데, 그렇게 떠들썩하게 나팔을 불며 긴 행렬을 지어 오는 것이 전쟁의 개념이나 알고 있는지 의심스러웠다.

5

아침 취사를 마치고 부상자를 치료하며 대열을 정비하느라고 부산할 때 공주 쪽으로 나가 있던 척후 병력이 말을 타고 달려왔다. 마차에 수십 문의 대포와 기관총을 앞세우고 일본군 병력이 이쪽 우금치를 향해 오고 있다고 하였다. 동학군 진영은 긴장이 감돌며 단번에 전투 태세로 바뀌었다. 김개남과 손화중은 이미 그들이 공격 목표로 잡은 곳으로 떠난 후였다. 남은 전봉준 부대의 병력은 대충 2만 명은 되었으나, 대부분 소총이 없는 비무장 군사였다. 소총 하나에 열 명의 군사를 줄 세웠다. 앞의 군사가 총을 들고 싸우다가 죽으면 뒤에 있는 군사가 그 총을 들고 싸우라는 것이다. 그것이 총 하나에 열 명이라고 한다. 언뜻 들으면 그것은 전쟁이 아니라 전쟁놀이를 하는 것처럼 들릴 상황이었다. 우리는 전쟁놀이를 하는 것이 아니고 생명을 걸고 싸우는 전쟁을 한다. 털보 부대는 소총 하나에 네 명의 군사를 배치시켰고, 기관총에는 스무 명을 배치했다. 저번에 기관총으로 큰 전과를 올린 바가 있어 모든 사람들은 그 기관총에 기대를 걸었다. 기관총은 언덕 꼭대기에 설치했다. 적병이 보여야 쏠 수 있기 때문에 시야를 확대했다. 이것이 잘못된 판단이라는 것을 깨달았다. 우리의 시야가 넓어지면 반대로 적의 시야도 넓어진다는 것을 몰랐다. 언덕 꼭대기에 기관총을 보란 듯이 장치해서 아래에서 보면 기관총이 허공으로 드러나 있다.

  일본군은 며칠 전에 기관총 세례를 받고 1천 5백 명이라는 군사를 잃었다. 그 총이 미국의 맥심 기관총이라는 것을 파악했다. 그래서 이번에는 그 기관총을 파괴하기 위해 대포를 많이 끌고 왔다. 스물다섯 문 정도였다. 병력은 2천여 명에 불과했는데, 그 병력 가운데 포병부대가 끼어있는 것 같았다. 털보 부대는 3천 명의 병력으로 맞섰다. 이틀이 지나면서 5백여 명이 달아나고 없다. 전쟁을 처음으로 겪었던 동학군들이 밤사이에 달아나버린 것이다. 달아나는 것은 어쩔 수 없는 일이었다. 3천 명으로 편제를 다시 짜지 않을 수 없었다. 전봉준 부대 약 2만 명은 주로 야산을 중심으로 두렁이나 하천을 끼고 있었다. 엄폐물 많은 두렁이나 바위가 많은 곳을 택하여 진지를 구축했다. 그러나 그곳에 그냥 숨어있으면 많은 희생은 없겠지만 전쟁은 적을 상대해서 싸워야지 그냥 숨어 있는다고 해결되는 일은 아니었다. 그렇다 보니 격렬한 전투가 벌어지면 흥분이 되어 뛰어나오게 되고, 그로 해서 많은 희생자가 생겼다.

　털보 부대의 기관총 사수들은 의기양양한 태도로 겨누고 있었다. 그러나 아직은 총을 쏘지 않게 했다. 다가온 일본군들은 모두 엄폐물을 중심으로 몸을 숨기거나, 우리가 지켜보고 있는데도 참호를 파서 긴 터널을 만드는 것이다. 그들은 포대를 앞세우고 있었다. 일본군의 위용이 햇빛을 받아 번쩍였다. 멀리 떨어져 있으나 그들이 지니고 있는 무기에 반사된 빛이 눈을 부시게 하며 위압적이었다. 그들은 더 이상 다가오지 않고 일정한 거리를 두고 있었다. 그 거리는 소총의 사정거리를 벗어났다. 대포의 사정거리였다. 그래서 나는 그들의 의중을 알 수 있었다. 소총이나 기관총의 사정거리 밖에서 대포만 가지고 우릴 공격하려고 했던 것이다. 포병들로 보이는 일본군들은 빙 둘러 포대를 설치하고 쏘기 시작했다. 예측했던 대로 소총 사정거리 밖에서 우리를 맹공격했다. 그리고 가장 우려되는 것은 언덕 꼭대기에 설치해놓은 우리의 기관총이었다. 포탄이 일제히 그 언덕 꼭대기로 날아갔다. 이십여 개의 폭탄이 언덕 꼭대기로 집중했다. 엄청난 폭발이 일어나며 기관총 사수들은 물론이고 부근에 있는 군사들까지 폭약에 맞아 죽는 것이 보였다. 동시에 기관총도 산산조각이 났다. 멀리서 보고 있었으나 기관총이 하늘로 솟구쳤다 땅으로 곤두박질쳤다. 기관총이 포탄에 맞아 박살 난 것이다. 털보와 나는 자식을 잃은 심정으로 가슴이 아팠다. 아직 기관총 총탄이 남았는데 더 사용하지 못하고 한번에 그 위용을 끝내야 한다는 것이 가슴이 찢어지는 듯했다. 어떡하지, 우리 모두 그 기관총을 믿고 있었는데, 놈들은 작정을 하고 포병대를 보내서 기관총을 박살 낸 것이다. 포탄은 기관총을 설치해 놓은 언덕뿐만이 아니라 동학군이 있는 모든 지역을 골고루 포격했다. 그제야 나는 교전의 최상 무기는 기관총이 아니라 대포라는 사실을 깨달았다. 실전 경험이 없는 나로서는 그것을 경험하기 전에 모를 수밖에 없었다. 그러나 우리는 단 한 대의 포대도 없었다. 관아 무기고에 남아있는 대포가 한두 점 있었으나 수 년 동안, 수년이 아닌 수십 년 동안 쓸 일이 없어 녹이 짠뜩 쓸어 하나도 사용할 수 없었다. 무기고의 무기는 매일같이 기름칠하고 닦고 청소해야 하는 것이 정석이다. 그런데 관리들은 딴짓이나 하고 무기를 청소해야 된다는 사실조차 모르고 녹봉만 받아먹은 것이다. 나는 관리들을 욕하지 않을 수 없었다.

　포탄이 날아오고 있었지만 우리는 소총은 물론이고, 그나마 조금 가지고 있는 활을 사용하지도 못했다. 포탄의 사거리는 그런 자잘한 무기의 사거리와는 어림도 없을 만큼 멀었다. 이 전투에서는 일본군이 포병부대를 끌고 와서 우리를 파괴했다. 그래서 거의 반에 가까운 전사자와 부상자를 내면서 해가 저물 무렵에 우리는 제대로 싸워보지도 못하고 퇴각해야 했다. 일부 동학군 부대가 소총을 들고 기어가서 일본군을 공격하려고 했으나 그때는 일본군 진영에서 기관총과 소총으로 일제히 사격해서 접근하기 전에 모두 죽었다. 기관총을 믿고 있었던 우리 부대는 그것이 박살나자 우리 진영도 박살났다는 것을 깨달았다. 할 수 없이 털보는 나에게 퇴각해야 하냐고 물었다. 전혀 상대가 되지 않는 전투를 계속 하는 것은 무모했다. 그러나 퇴각을 할 때는 우리 부대만 빠지면 안되고 전봉준을 비롯한 다른 접주들의 부대와 상의하라고 했다. 퇴각도 공격 못지않게 작전을 짜야 했다. 전봉준을 만나고 온 털보가 나에게 말했다.

"전 장군이 우리보고 알아서 퇴각하라고 합니다. 자기도 빠진다고 합니다. 전봉준 부대에서는 군사의 반에 해당하는 1만 명이 죽었답니다. 포탄에 맞아서."

"우리 군사의 사상자도 파악해 보시요."

"조금 전에 파악해 봤는데 우리 군사는 약 3천 명이 전투에 임했는데 지금 남은 군사가 1천 5백 명 정도 됩니다."

"하루 동안에 1천 5백 명씩이나 전사해요?"

"모두 전사한 것은 아니고 산속으로 달아난 자도 상당수 됩니다. 반은 달아난 군사이고요. 반은 포탄과 소총에 맞아 죽은 자일 것입니다."

무슨 전쟁이 아군의 죽은 숫자나 세다가 시간을 다 보내야 하는지 알 수 없었다. 군사의 화력이 약하다고 해서 이렇게 해서는 안 된다. 그렇다고 지금으로서는 어떻게 할 도리가 없었다. 일단 적이 따라붙지 못하게 밤을 이용해서 퇴각하기로 했다. 어디로 갈 것인가. 내 생각은 보은 방면으로 빠져서 속리산으로 가든지, 괴산 쪽으로 빠지는 것이 어떨까 하였다. 보은과 괴산은 북접의 주력군이 있는 곳이다. 그곳으로 가서 그들과 합세하든지, 아니면 독자적이 전투 부대를 꾸미든 해볼만 했다. 털보도 동의하여서 우리는 1천 5백 명의 동학군을 이끌고 보은으로 퇴각하기로 하였다.

우리는 밤에 퇴각을 시작했다. 십여 리 움직이며 골짜기에 접어들었을 때 앞에 일본군 복병이 감지되었다. 일본군 병력이 앞서 가서 앞을 막은 것이다. 왔던 길을 돌아가려고 했으나 그곳에도 일본군 병력이 보였다. 가파른 산비탈을 제외하고 우리를 세 방향으로 둘러싼 것을 알았다. 골짜기에서 산비탈을 의지하며 산등성으로 올라 갔으나, 산정상에 적의 무리가 보였다. 우리를 둘러싼 일본군들은 움직이지 않고 그 자리에 그대로 박혀있었다. 산비탈 아래 쪽에 2백여 호가 있는 마을이 있는 것이 보였다. 나는 털보에게 말했다.

"아우님, 나에게는 특별한 전략이 있는 것은 아니지만, 밤을 이용해서 포위망을 뚫읍시다. 엄폐물이 별로 없기 때문에 좀 위험하긴 한데, 산개해서 공격하는 것도 필요한 조치라고 봅니다. 그런데, 이 지형이 엄폐물이 없다는 것도 희생이 커지는 요소인데, 방패를 만들어 지니면 어떨까요?"

"방패요? 적이 사용하는 것은 화살이 아니고 총탄입니다. 총탄을 막을 방패가 있습니까?"

"무쇠 솥뚜껑을 들고 막는 것은 어떨까요?"

"아, 민진호가 쇠바가지를 머리에 덮어쓴 것을 두고 하는 말씀인가요?"

"그렇습니다. 원시적인 수법이나 그것도 하나의 방법일 수가 있어요."

"형님 말씀을 듣고 보니 일리가 있군요. 그런데 그 무쇠 뚜껑을 어디서 구하죠?"

내가 산 아래 마을을 내려다보자 그가 고개를 끄덕였다.

한참 후에 마을로 내려간 동학군이 올라왔다. 그들은 무쇠 솥뚜껑을 새끼줄로 엮어 울러매기도 하고 가슴에 안고 왔다. 그들이 가져온 것이 모두 삼백서른 다섯 개였다. 짐작한 숫자이긴 했으나 1천 5백 명이 방패로 쓰기에는 많이 모자랐다. 그래서 적군을 향해 제일 앞쪽에 가는 사람이 솥뚜껑 방패를 쓰기로 하고 뒤의 사람들은 그 뒤를 따르거나 엄폐물을 찾아 숨는 것으로 하였다. 털보는 일동을 돌아보더니 수고했다고 하고, 저항하며 솥뚜껑을 주지 않으려는 사람도 있었느냐고 물었다.

"당연히 있었어요."

뚱뚱한 동학군 한 명이 대답했다.

"그래서 어떻게 했나?"

"칼을 빼들고 협박을 했죠. 그랬더니 내주더군요."

"양민한테 그러지 말라고 했잖아?"

"양민을 죽이지 말라고 했지 칼로 협박하지 말라고는 안 했잖아요?"

"뭐, 그랬던가?"

털보는 우물거리며 머슥한 표정을 지었다. 그러자 키가 큰 동학군이 나서면서 말했다.

"우리가 동학군이라고 설명을 했지만 이 동네 사람들이 동학군을 싫어하는지 별로 반응이 없었습니다. 동학군이니 어떻게 하란 말이냐고 오히려 묻더군요. 그래서 일본군이 지금 우리를 포위해서 죽이려고 하는데 방패로 쓰겠다고 하니까 하는 말이 그럼 일본군이 우리를 보고 방패를 주었다고 행패를 부리면 어떻게 하느냐고 물었습니다. 젊은 놈인데 상당히 이기적인 자로 보였습니다. 완력으로 눌러서 어떻게 해볼까도 생각했지만 장군님이 폭력을 쓰지 말라고 해서 참았습니다. 그 대신 마을의 어른을 찾아갔어요. 박 진사라고 하는 노인인데, 그에게 상황을 설명하고 도와달라고 하자, 그 노인은 우리와 함께 다니며 마을 사람들을 설득했습니다. 내주라고 분부하자 그 노인이 이 마을에서 존경받는 사람인지 아무도 반대하는 사람이 없더군요. 그래서 순조롭게 솥뚜껑을 구해왔습니다. 내가 마을 사람에게 우리가 이것으로 여길 탈출하면 이것을 바로 산에다 모두 버릴 테니 나중에 가져가라고 했습니다. 후천개벽 태평천국에 와서 찾아가라고 하고 싶었지만 말이 먹힐 것 같지 않아 주워가라고 했어요."

그 말에 동학군들이 웃음을 터뜨렸다. 그들도 후천개벽 태평천국이 우스꽝스런 말이라는 것을 알고 있는 듯했다. 우리는 날이 새기 전에 작전을 시작했다. 솥뚜껑으로 방패를 만들어 가슴에 걸었다. 어느 것은 크고 어느 것은 작았기 때문에 방패가 일률적이지 않았으나, 일단 가슴을 가리는 것은 가능했다. 골짜기 샛길로 해서 산을 돌아 빠지자 그 앞을 지키고 있던 일본군이 총을 쏘기 시작했다. 사정거리에 들어오자 우리도 소총부대를 앞세워 사격했다. 소총부대의 일부는 가슴에 솥뚜껑을 차고 있어 여간 불편한 것이 아니었다. 그러나 총탄이 솥뚜껑에 맞으며 핑하는 소리를 내고 튕겨져 나가는 것을 보고 불편하지만 효과가 있다는 생각이 들었다. 그러나 솥뚜껑이 있다고 해서 적병의 총탄을 모두 막아내지는 못했다. 얼마나 효과가 있었느냐는 것은 가늠할 수 없었다.

동학군은 솥뚜껑을 엄폐물로 해서 조금씩 올라갔다. 그곳이 전주성 앞의 완산 봉우리처럼 경사가 있는 곳이 아니었기 때문에 올라가는 데는 어려움이 없었다. 일본군이 쏘는 총탄이 들고 있는 솥뚜껑에 와서 핑핑하는 소리를 내며 부딪쳤다. 총탄이 부딪칠 때마다 손잡이를 잡고 있는 손이 저려 왔고 엉거주춤 앉아 있을 때는 주저앉기도 했다. 총탄의 힘이 그렇게 강할 줄은 미처 몰랐다. 더러는 총탄의 탄력에 밀려 솥뚜껑을 놓치는 모습도 보였다. 솥뚜껑으로 앞을 가리고 있었지만 온몸을 완전히 가리는 것이 아니었기 때문에 총탄에 맞아 죽는 동학군도 있었다. 그러나 솥뚜껑을 앞세운 부대는 언덕 위로 거의 접근하게 되었고, 그들이 올라간 진지가 뚫릴 것이라는 예감이 들었다. 그것은 일본군도 마찬가지 판단인지 동요가 일어났다. 일본군은 진용을 옮기면서 일부가 퇴각하는 눈치가 보였다. 그들은 퇴각할 때는 엄호하기 위해 더욱 극성을 부리며 사격을 해대었다. 조준해서 쏜다기보다 동학군의 공격을 저지하기 위해 아래를 향해 무차별 사격했기 때문에 동학군들은 땅에 엎드려 몸을 움직이지 못했다.

　털보가 지휘하는 솥뚜껑 부대도 비 퍼붓듯이 쏟아지는 적의 총탄 때문에 주춤했다. 솥뚜껑에 여러 발의 총탄을 맞고 구멍이 뚫려 숨지는 사람도 있었다. 가까워지자 사정거리가 좁아져서 솥뚜껑의 방패 효과가 약해지는 것이었다. 그러나 일본군이 퇴각을 하는 것은 솥뚜껑을 뒤집어쓴 3백여 명이 바짝 다가오자 당황했기 때문으로 보였다. 쏘아대는 총탄 속에서도 우리는 거북이가 기어가듯이 그들에게 다가갔던 것이다. 한바탕의 육박전이 벌어지면 그들이 총기를 사용하지 못하는 틈을 타서 뒤에 있는 주력 부대가 올라올 것이었다. 그러나 일본군은 전투 상황에 대한 판단이 놀라울 정도로 빨랐고, 그러한 상황이 전개되기 전에 후퇴해 버렸다. 특공대가 적과 육박전을 벌일 사이도 없이 적은 언덕을 비우고 공주 쪽으로 물러갔다. 고지를 다시 빼앗은 우리는 만세를 외치지는 않았으나, 모두 희열에 젖은 표정이다. 겨우 포위망을 뚫었을 뿐인데 감격하는 것을 보고 안타까운 마음이 들었다.

　우리가 한 시간 정도 교전을 하면서 겨우 그 골짜기를 벗어나 폭이 좁은 하천을 따라 보은 쪽으로 행군했다. 포위망은 뚫었으나 죽은 군사가 상당수 나왔고, 부상자도 생겨서 퇴각하는데 어려웠다. 적을 완전히 따돌렸다고 생각하였으나 알 수 없었다. 그래서 우리는 하루종일 걸었다. 어느 마을을 지날 때는 마을 사람들이 동구 앞에 나와서 우리를 멍하니 바라보았다. 하루가 지나고 밤이 되었을 때 하천 변에 멈추었다. 군사들은 추운 날씨인데도 목이 타는지 하천의 물을 마셨다. 장마철도 아니고 겨울철로 접어들면서 하천의 물은 깨끗하고 맑았다. 어두워지자 임시 군영을 차리고 인원 점검을 하였다. 그 사이에 반이 없어졌다. 반이 없어졌다는 것은 죽은 자도 있고, 부상으로 쳐져서 이탈한 사람도 있고, 그리고 도망간 자들을 포함한 수이다, 반이 빠져나가 군사의 수는 7백여 명이 되었다. 하천 변에서 우리는 취사를 준비해서 며칠 만에 주린 배를 채웠다. 반찬은 무와 소금과 시래기와 멸치가 전부였고, 충분한 쌀로 밥을 많이 해서 실컷 먹으라고 하자 어느 군사는 두 그릇을 해치우고 한 그릇 더 달라고 했다. 이틀 정도 굶고 강행군하자 모두 시장했던 모양이다.

식사를 마치고 털보와 나는 한쪽 강둑에 앉아 군사들이 듣지 않게 조용히 상의했다.

"형님, 앞으로 어떻게 하죠? 여기서 해산해야 할까요? 아니면 끝까지 싸울까요?"

"보은이나 괴산으로 간다고 하지 않았소?"

"네, 그럴 생각이었으나 군사의 수가 자꾸 줄어드는 것을 보니 도망병이 생각보다 많은 듯합니다. 이제 일본군을 완전히 따돌렸으니 이들을 편안하게 가도록 해야 되지 않겠어요? 전봉준이 사발통문을 보내며 모이라고 해서 봉기는 했지만, 우리가 며칠 전에 일본군과 싸워서 알겠지만 포병부대가 와서 대포를 쏘아대니 우린 맥을 못추잖아요. 우리에게 대포가 없으면 승산이 없어요. 기관총도 사실 대포만큼 위력이 없고요. 그나마 맥심 기관총이라도 있으면 그걸 의지해서 붙어보겠는데 포병대가 작심하고 와서 기관총을 박살 내니 어떻게 방법이 없네요."

"맥심 기관총의 그 위력은 나에게도 영원히 잊지 못할 추억이랄까, 역사였소. 하지만, 맥심 기관총이 해답은 아니요. 동학군들의 의지가 꺾인 것이 문제요."

"수만 명의 사람이 파리떼 죽듯이 죽는 것을 본 동학군들이 어떻게 용감할 수 있겠습니까? 갈 사람은 가라고 합시다."

"지금 남은 식량은 어느 정도요?"

"쌀이 백 섬 정도? 백 섬이면 칠백 명의 군사가 얼마나 버틸지. 아까 저녁 취사를 하면서 보니까 2섬의 쌀이 들어가는 것을 보면 하루 두 끼씩 먹는다고 치면 서너 달 정도 버틸 것입니다. 식량은 나중에 보충할 수 있습니다. 안 되면 내 돈으로 사서 해결할 수 있는데 문제는 동학군의 사기와 앞으로 승산이 있는지 하는 점입니다."

"일단은 말이요. 전부 해산할 수는 없지 않겠소? 갈 데가 없는 사람이 문제요. 그러니 집으로 돌아갈 사람은 가라고 하시오. 가는 동안 여비 하라고 쌀을 좀 주고 보내시오. 남는 사람을 데리고 우선 보은으로 가서 그곳의 사정을 보았다가 움직입시다."

털보가 고개를 끄덕였다. 그날 밤에 털보는 칠백 명의 동학군을 모아놓고 일장 연설을 했다.

"동학군 여러분, 나는 지금 이 부대 대장으로서 연설하는 것이 아니고 조선 백성의 한 사람으로서 연설하는 것이오. 4천 명이나 되던 군사가 단 며칠 만에 칠백 명으로 줄어들었습니다. 그리고 우리는 우금치에서 일생 맛볼 수 없는 영광스런 승리를 쟁취하여 적을 1천5백 명이나 죽이는 대승까지 거두었습니다. 맥심 기관총 때문이라고 하지만 어쨌든 우리가 해냈던 것입니다. 그렇게 승리를 쟁취한 뒷면에는 희생자도 있었습니다. 우리 부대원 약 5백 명이 죽었습니다. 그리고 일본군 포병부대가 와서 집중 포격을 가해서 우리는 패했습니다. 이렇게 우리는 승리하기도 하고 패하기도 하면서 전투를 치렀습니다. 모두 누구를 위해서겠습니까? 저 깊고 깊은 궁궐에 계시는 상감마마와 중전마마를 위한 것입니까? 허구한 날 무당굿을 하며 자기 자식 왕세자의 건강과 복만 챙기고 있는 왕비를 위해서 이렇게 싸웠습니까. 그들은 나라의 안위보다 자신의 남은 생애의 행복을 먼저 챙기는 사람들입니다. 나라가 망하면 국왕은 자결을 해서라도 백성에게 사죄하는 것이 순리입니다. 왜 그렇게 하지 않습니까? 명나라 마지막 황제 숭정제는 이자성의 반란군에게 자금성을 빼앗길 때, 이 나라의 패망은 모두 나 때문이다 하고 뒷산에 가서 나무에 목을 매고 자결했습니다. 최고의 권력을 가진 절대권력자는 절대적인 책임도 있는 것입니다. 숭정제가 가지고 있는 개인적인 결함, 남을 의심하는 성격 때문에 산해관의 맹장 원숭환을 능지처참시킨 우를 범했지만, 그는 황제로서 멸망해가는 명나라를 부흥시키려고 나름대로 애썼으나 능력 부족이었습니다. 그래도 그는 나무에 목을 매고 죽을 수 있는 용기를 가졌기에 비열한 군주로 평가하지 않습니다. 내가 이렇게 말하면 역적이라고 하겠지만, 나는 사실 지금도 역적입니다. 나는 김옥균과 함께 갑신년 혁명을 일으켰던 사람입니다. 같이 일했던 지도부 5인방 중에 한 명인 박영효 대감이 귀국해서 높은 벼슬을 차고 앉았다고 하는데 아마 그때의 역적들을 사면했나 봅니다. 그렇다면 나도 사면되었겠지요. 그러나 여기서 우리는 역적과 충신이라는 한계는 종이 한 장 차이밖에 안 난다는 것을 알아야 합니다. 혁명이 승리하면 충신이 되는 것이고, 실패하면 역적이 된다고 했습니다.

여러분은 임금을 위해서가 아니라 우리 2천만 동포를 위해서 싸운 것입니다. 일본의 정객들은 우리를 가리켜 정복할 가치도 없는 야만인이라고 합니다. 그러면서도 정복하기 위해 혈안이 되어 있는 자들입니다. 왜놈들은 말하는 겉과 속이 다릅니다. 내가 7년 동안 망명생활을 하면서 일본에 있어 잘 압니다. 그들이 하이 하고 고개를 숙이며 긍정한다고 그것이 긍정이 아닙니다. 조심해야 합니다. 김옥균이 일본에 가서 조선을 개화하려면 돈이 들어가니 차관을 빌리려고 했습니다. 당연히 국왕 허락을 받고 국왕 위임장도 가져갔지요. 그가 외무상과 총리대신, 그리고 야인이지만 일본에서 막강한 영향력이 있는 후쿠자와 유키치를 만나서 차관 문제를 이야기하자 하이 하이 하고 고개를 숙이면서까지 긍정적으로 답했습니다. 그런데 된 것은 아무 것도 없습니다. 왜놈들은 앞에서 안 된다고 반대하지를 않습니다. 아닙니다, 반대하면 당장 목이 짤릴 것 같아 모두 긍정적으로 대답하는 것이 일본 민족의 관습이고 습관입니다. 그 습관이 생긴 것은 아스카(飛鳥) 시대부터 사무라이 신분 제도가 생기면서 그 이후 1천5백 년 동안 나라 시대, 헤이안 시대, 가마쿠라 시대, 무로마치, 모모야마, 에도 시대에 이르는 천 년이 넘는 세월 동안 사무라이 전통이 신분 세계를 장악하면서 아군이 아니면 적군이라는 개념에서 살았습니다. 그래서 사람들은 나를 누르고 적에게 굴복해야 살아남기 때문에 안 된다 라는 말을 못하고 하이 하이 하고 고개를 숙였지요. 그것이 이제는 일본 민족성의 한 형태가 되어 있는 것입니다. 김옥균은 그것도 모르고 하이 하이 하고 고개를 숙이니까 일이 된 줄 알았습니다. 그러나 그것은 천만의 말씀. 왜놈들의 이중성을 몰랐던 것입니다. 겉으로는 하이 하고 웃으면서도 속으로는 이새끼 왜 빨리 돌아가지 않지, 귀찮아 죽겠네 하는 것입니다.

여러분들은 우리 2천만 명의 적인 일본과 아주 잘 싸웠습니다. 일본을 적이라고 하는 것은 그들이 우리나라를 침공했기 때문에 하는 말입니다. 그렇지 않으면 이웃 나라를 왜 적이라고 하고 싸우겠습니까. 이제 집으로 돌아가서라도 우리가 같이 싸웠던 이 순간을 잊지 말기를 바랍니다. 모두 수고 많았습니다."

이별하는 동학군 앞에서 왜 김옥균 이야기를 하는지 모르겠다. 나는 털보의 입에서 김옥균 말만 나오면 짜증부터 났다. 그러나 그의 입을 막을 권리는 나에게 없을 것이다. 아침이 되어 해산 명령을 내리자 털보와 생사를 같이 하자고 하면서 남은 군사가 2백 명이 되었다. 생각보다 많이 남았다. 모두 집으로 돌아간다면 우리도 홀가분하게 털고 집으로 가겠지만, 이렇게 2백 명이나 되는 사람들이 죽어도 함께 죽고, 살아도 함께 살겠습니다 하고 버티니 그들을 버릴 수가 없었다. 5백 명은 집으로 돌아간다고 해서 여비(쌀)를 주어 보내고, 남은 2백 명을 데리고 보은으로 향했다. 나는 아직 풀어야 할 숙제가 남은 듯해 털보와 함께 하기로 했다.

6

털보 동학군 부대가 보은에 도착했으나 보은의 북접 동학군 부대는 일본군에게 패하여 모두 다른 지역으로 피신한 후였다. 일본군 잔류 병력이 보은 지역에 남아 있다가 충주로 옮기려고 하고 있을 때 우리를 발견하고 방향을 돌려 공격해 왔다. 처음에 붙어 교전했으나 일본군의 화력이 강해서 우리는 상대하기 어려웠다. 우리는 보은을 벗어나 속리산으로 들어갔다. 우리가 퇴각하고 있는 중에도 일본군이 추격해 온다는 것을 보고 받았다. 뒤에 남겨둔 척후병들이 일본군이 따라오고 있다고 하였다. 그래서 우리는 깊은 산속으로 피신하기 위해 속리산을 택했다. 우리는 속리산으로 들어가기 전에 청천을 지나 하천을 따라 올라갔다. 하천을 따라가면 계속 골짜기가 나왔다. 삼십 리 정도 들어갔으나 마을은 보이지 않고 산으로 이어지는 계곡이었다. 그곳은 높은 산은 아니었으나 계속 골짜기가 이어졌다. 골짜기 길은 그 어느 곳도 수레가 다닐 수 없는 협곡이고, 말도 겨우 빠져나갔다. 이런 길은 군사가 들어오면 조난당할 수 있는 곳이었다. 그러니 일본 군이든 관군이든 이 골짜기에 들어서지 못할 것이다. 그래서 우리는 골짜기를 거슬러 안으로 들어갔다. 골짜기를 벗어나 산등성에 올랐더니 멀리 속리산 봉우리 바위가 희미하게 보였다. 한낮이었으나 날씨가 우중충해서 사방이 어두웠다. 가파른 협곡 위에 길쭉하게 뻗쳐 있는 터가 보였다. 아주 오래된 소나무 고목이 무성하고, 참나무도 많이 눈에 띄었다. 허리까지 차는 풀이 우거졌으나 모두 죽어 옆으로 쓰러져 있었다. 평평한 평지였으나 거친 지형이었다. 그런데 우리 눈에 띈 것은 오래된 성곽이었다. 나는 평소에 우리나라 역사에 관심이 있어 역사서나 지리서를 자주 보는 편이다. 그러나 청천 북쪽에 이런 큰 성이 있는 것은 들어보지 못했다. 성곽은 모두 돌로 쌓은 것인데, 그 형태가 고구려 성곽의 겹쳐 짜기 형식을 띄고 있었다. 그러나 성벽이 산봉우리까지 뻗쳐 있는데 위쪽을 살펴보니 그곳의 성곽 수성 양식은 고구려 식이 아닌 백제식이었다. 또한 다른 곳을 보니 그곳은 신라 식으로 둥근 돌을 많이 쌓았다. 그렇다면 이 성곽은 2천 년에서 1천8백

년 전쯤에 축성된 성으로 고구려 땅이 되었다가 백제 땅이 되기도 하고, 더러는 신라 땅이었다고 보여진다. 삼국의 국경지대였다. 삼국이 땅을 차지하고 국경 지역에 수비군을 두면서 허물어진 성을 개축해서 쌓은 것이 지금까지 남아 있었던 것이다. 지리지에 관심이 있었던 나는 약간 흥분하면서 털보에게 성곽에 대해서 말했다.

"털보, 이거 오래된 성곽 같은데? 우리는 지금 삼국의 유적지에 와 있는 거요."

"이거 옛날에 쌓은 성이겠지요, 뭐. 형님, 난 옛날 성곽에 대해서 관심이 없습니다."

"옛날 성곽은 우리의 과거 흔적인데 관심이 없소?"

"현재도 엉망인데 과거 흔적은 뭐하려고 살펴요."

"그러지 말고 잘 봐요. 여긴 분명히 군사들이 머문 흔적도 있을 거요. 한번 위로 올라가면서 살펴봅시다."

나는 털보가 관심이 있든 말든 상관하지 않고 성곽을 따라 위로 올라갔다 성곽은 산등성을 따라 위로 뻗쳐 있었다. 좌우로는 가파른 협곡이 이어졌다. 동학군 군사들은 쌀을 비롯한 장비를 등짐 지고 오느라고 모두 지쳤는지 성곽에 등을 기대고 퍼져서 앉아있거나 누워있다. 부대가 가지고 있는 말은 열 필 정도 되지만 이 협곡으로 오면서 말을 겨우 끌고 왔다. 말이 다니기도 불편할 만큼 험악한 지형이었다. 키 작은 관목과 마른 풀을 걷어내고 임시 군영을 만들었다. 진지를 살필 겸 성곽의 상태를 보기 위해 나는 계속 올라갔다. 그렇게 중간쯤 올라갔을 때 군사가 머문 장소로 보이는 터가 나왔다. 그곳의 성곽은 돌출형으로 불쑥 튀어나와 있고, 성곽 위에 집을 올렸음직한 주춧돌이 여러 개 놓여 있었다. 그리고 안쪽으로 움푹 파인 곳이 보였다. 그곳은 군사들이 거주하는 군영이었을 것이다. 지금은 흙이 덮여서 거의 매꿔져있으나 그 흔적은 눈에 들어왔다. 그 옆으로 움푹 파인 곳이 또 다시 눈에 들어오는데 그곳에는 깨어진 기와가 많았다. 기와뿐만이 아니라 깨어진 도자기들도 상당수 있었다. 그리고 불에 탄듯한 시커먼 돌이 널려 있었다. 불에 탄 돌은 이곳이 집이라면 건물이 타면서 생긴 그을음일 것이다. 그때 나는 땅에 널려있는 도자기 조각을 파내다가 손에 잡히는 불에 탄 쌀을 발견했다. 그 쌀은 1천8백 년이 넘었을 터인데 아직도 남아 있었다. 시커멓게 타서 마치 흙처럼 오랫동안 변질 되지 않고 땅에 묻혀 있었던 것이다. 다른 한쪽에는 가마 같은 불구덩이도 보였다. 그 불구덩이 사방에 녹은 쇠붙이 파편이 널려 있었다. 그곳은 가마터였던 곳이다. 이런 깊은 산중에 불을 피워 무기도 제련하고 도자기도 구웠던가. 그렇다면 이곳은 상당히 많은 군사가 있었을 것이다. 내 눈짐작으로는 5천 명 이상은 주둔할 수 있는 넓이였다. 1천8백 년 전이라면 5천 명은 상당한 병력이었다. 그러나 적을 공격하기 위해서라면 모르겠으나 이곳을 지키기 위해서는 그렇게 많은 병력이 주둔할 필요는 없을 것이다. 많으면 5백 명 정도가 되지 않을까. 성곽 형태가 외성과 내성이 이중으로 형성된 것을 보니 이 성곽은 고구려가 만든 것으로 추측되었다. 누가 만들었든 우리는 이곳에 당분간 주둔하기로 결정했다.

이 진지에 대군이 주둔했다면 이곳 어딘가에 샘이 있을 것이다. 2백 명의 우리 군사들도 물이 없으면 장기간 머물 수 없는 일이었다. 그래서 나는 사방을 살피다가 큰 바위가 있는 곳에서 걸음을 멈추었다. 바위 밑에서 물이 흐르는 소리가 들렸다. 나는 그곳으로 다가가서 살펴보았다. 커다란 바위에서 물이 흘러 아래로 내려갔는데, 물줄기가 세차고 물의 양이 많아 아래에 도랑을 만들어놓았다. 나는 무릎을 치면서 소리쳤다. 그렇군, 여기가 삼국시대 중요한 진지였어. 그런데 역사서에는 아무 곳에서도 이곳에 대해서 왜 나오지 않지? 역사서에 나오든 말든 그것은 상관이 없었다. 나는 밑으로 내려가서 털보를 붙들고 올라왔다. 털보는 왜 그러느냐고 실실 웃으면서 나를 따라왔다. 내가 옛 군사들이 머문 집터와 물이 나오는 큰 바위를 가리키자 그는 고개를 끄덕이더니 말했다.

"과거에 군사들이 머문 곳은 틀림없군요."

"우리가 명당을 찾은 거 같소. 물이 있고, 임시 천막을 올릴 집터도 있네요. 2백 명이 당분간 지낼 수 있겠소. 쌀은 백 가마(50 섬) 가지고 올라왔으니 한 계절은 충분히 견딜 수 있겠네요."

"한 계절까지 있을 필요는 없고, 한 달 후에 내려갑시다. 그때까지 일본군이 따라오지는 않을 테니까요? 우리가 사라진 것을 알면 일본군들은 당장 물러갈 것입니다."

한 달도 길다고 했으나 말이 씨가 된다고 우리는 한 계절을 지내야 하는 일이 발생하고 말았다. 날씨가 우중충하더니 저녁이 되어 눈이 내리기 시작했다. 그 눈이 그치지 않고 밤새도록 내렸다. 우리는 눈이 쏟아지기 전에 밤에 잠을 자야 했기 때문에 열 개의 천막 숙소를 만들었다. 성곽을 이용해서 돌로 벽을 쌓기도 하고, 위를 천막으로 덮어 비교적 안전하고 튼튼하게 임시 군영을 십여 개 만들었다. 한곳에 스무 명씩 자게 하고, 한 천막은 사령부로 하였다. 사령부에는 회의실을 만들고, 그 옆에 털보와 나의 숙소를 만들었다. 그리고 그 옆에 붙여서 솥을 걸고 취사할 수 있는 곳도 설치했다. 그러고 나자 눈이 본격적으로 내렸다. 밤새도록 내린 눈은 아침에도 내렸는데, 자고 일어나 밖으로 나간 군사들은 눈이 사람의 키를 넘게 온 것을 보고 깜짝 놀랐다. 나도 밖으로 나가려다가 눈이 천막 문을 가로막고 열리지 않아서 당황했다. 우리는 삽으로 천막 주변의 눈을 치웠다. 성벽 때문에 천막 주변의 눈이 높게 쌓인 점도 있지만, 다른 곳에도 사람 키만큼 눈이 쌓여 있었다. 우리는 눈에 갇혀버린 것이다.

1천8백여 년 전에 신라, 백제, 그리고 고구려가 이곳에 주둔해 있으면서도 이런 눈을 만났을 것이다. 그들도 겨울이 지나기 전에 내려가지도 못하고 갇혔을 것이다. 이런 폭설이라면 적이 쳐들어 오지도 못할 것이지만, 이곳에서 나가지도 못할 상황이다. 마치 1천8백여 년 전으로 소급해서 살고 있는 기분이 들었다. 그런데 우리는 어느 나라가 될까. 신라 군사인가 백제 군사인가. 아니면 고구려 군사가 될까. 쓸데없는 생각을 하며 눈을 치웠다. 성벽을 이어 만든 천막 친 곳을 중심으로 눈을 치웠으나 산 아래는 수북히 쌓여 조금만 나가도 눈에 빠져 나올 수 없는 상태였다. 그러나 큰 바위 아래로 흐르는 물은 얼지 않았다. 그 물은 도랑을 이루며 그대로 흘러 내려갔다. 밑으로 조금 내려가면 물이 흐르는 위로 눈이 덮여 물은 눈 속으로 흘러 들어가 보이지 않았다. 나는 평생 이렇게 많이 쌓인 눈을 처음 보았다. 동학군들도 입을 모아 처음 본다고 떠들었다. 우리는 아침 취사를 준비하면서 눈이 언제 녹을지 걱정을 했다. 이렇게 쌓인 눈이라고 해도 한달 안에는 녹을 것으로 생각했다. 군사가 2백 명이라면 그들을 동원해서 눈에 굴을 뚫고 내려갈 수는 있었다. 하지만, 지금 나가 보았자 특별히 숨을 곳도 마땅치 않아서 그대로 있기로 했다. 한달 지나면 눈이 녹을 것으로 생각했으나, 오히려 중간에 자주 눈이 와서 그 위에 덮이면서 눈의 높이는 더욱 높아졌다. 한 달이 지나도 눈이 녹을 생각을 하지 않았다. 그렇게 무료한 시간을 보내자 동학군들은 투전판을 벌였다. 가지고 있는 엽전이 없으면 돌조각을 주워 그것이 돈이라고 하고 나중에 깊아 준다는 조건을 달고 돈처럼 사용했다. 그렇게 투전판을 벌리자 군영 안은 노름판으로 변했다.

 털보는 군사들의 나태함을 없애기 위해 자주 비상을 걸어 훈련을 시켰으나 계속 훈련만 할 수 없어 쉬게 하면 또 다시 노름을 하는 것이다. 더러는 팔씨름을 하기도 했으나 그때도 편을 갈라 돈내기를 하였다. 자기가 돈을 건 사람이 이기면 환호성을 질러서 군영 여기저기서 환성이 터졌다.

"이것들이 여기 노름하러 왔나. 허구한 날 도박이야."

털보가 못마땅한지 눈을 히번득거리고 군영 쪽을 흘겨보며 지껄였다.

"내버려 두시오. 여기서 그냥 잠만 잘 수도 없고, 할 일이 없으니 저렇게라도 풀어야지요. 마치 감옥에 갇혀있는 것 같을 거요."

"여기서 수양한다고 생각하고 있지요. 해가 바뀌었을 텐데 세상은 어떻게 돌아가고 있는지 모르겠습니다."

"잘하고 있겠지, 뭐."

"저는 믿지 못하겠습니다."

털보가 긴 한숨을 쉬었다. 무료한 시간을 보내면서 나와 털보는 지난 일은 회상하며 이야기를 나누었다. 이야기를 나누다 보면 궁궐에서 생활했던 선전관 시절 일이 많이 화제에 올랐다. 더러는 최근 정세에 대해서 이야기 하기도 했으나 모두 부정적인 이야기뿐이라서 사람을 우울하게 만들었다.

화서회에서 술잔을 나누며 이야기 하다 보면 이런 이야기 저런 이야기가 나온다. 그러다 보면 소식이 빠른 선비는 궁중 소식을 듣고 와서 우리에게 전하기도 했다. 그의 입에서 나온 말이지만 국왕과 두 신하가 붙들고 울었던 이야기를 하였다. 그냥 조용히 눈물을 흘린 것이 아니고 세 사람이 통곡을 했다고 한다. 무슨 일이기에 국왕과 두 명의 신하가 울었을까. 그래서 귀를 쫑긋하고 들었다. 김홍집과 박영효가 신정부 개혁안을 마련해서 국왕에게 가서 재가를 받았다. 신정부 개혁안은 많이 있었지만 그중에서 백성들에게 도움이 되는 개혁안도 없지 않아 있었다. 그래서 일본 공사 이노우에는 그것이 공표되고 나서 조선 백성들을 비밀리에 민정 사찰(여론 수집)했다. 그런데 백성들을 위한 개혁안을 잔뜩 공표하면 백성들은 좋아할텐데 좋아하기는커녕 계속 일본을 원망하며 원수처럼 생각하는 것이었다. 그래서 그 보고를 받고 이노우에는 이해할 수 없다고 하면서 김홍집과 박영효 두 대신에게 말했다.

 조선의 백성들은 참 이상합니다. 백성들을 이롭게 하는 선정을 베풀었는데도 우리를 원망하고 원수처럼 여긴다고 하니 대관절 어떻게 해야 그들을 사로잡을 수 있단 말입니까. 이를테면 좋은 정책을 펴면 좋아해야 하는데 왜 일본을 미워하냐는 것이었다. 그런데 이노우에는 한 가지 모르는 것이 있었다. 그것은 일본이 아무리 좋은 개혁안을 만들어 백성들에게 이롭게 한다고 해도, 일단 나라를 빼앗고 한 일이다. 군대를 보내지 않고 평화스럽게 이웃나라로 존재하면서 좋은 정책을 추천했다면 일본은 참 좋은 나라라고 칭송했을 것이다. 그러나 일단 정복한 다음에는 어떤 좋은 정책을 내놔도 원수일 뿐이다. 그것을 간과하고 좋은 소리를 들으려는 것이 염치없는 짓이었다. 더구나 지금 세운 백성을 위한 개혁은 이노우에가 생각한 선정이 아니라, 이미 십 년 전 갑신정변 때 김옥균이 내건 개혁안에 모두 들어가 있었고, 그 후 바로 전에 동학교도들이 내세운 정강에도 들어가 있는 정책이었다. 똑같이 열거한 것에 불과한 것인데, 일본이 조선 백성을 위해서 생색낼 일은 아니었다.

　김홍집과 박영효가 국왕 앞에 가지고 간 개혁안의 골자는 다음과 같았다. '학정을 박멸할 목적으로 관리의 부정행위에 대한 통제를 강화하고, 봉건 관료 기구를 개편한다. 신분의 귀천과 관계없이 인재를 등용한다. 죄인의 처벌은 본인만 하고 가족의 연좌를 인정하지 않는다. 조혼을 금지하여 남자는 20세, 여자는 16세 이상에 혼인하도록 권고한다. 과부의 재혼은 귀천에 관계없이 자유로워야 한다. 공사 노비의 계약을 파기하고 인신매매를 금지한다.' 등이었다. 누가 들어도 혁신적인 것이었다. 그런데 다음에 두 가지가 첨부되었는데, 그것이 단발령과 양복을 입는 법안이었다. 남자는 상투를 자를 것이며, 의상을 간소화하기 위해 한복을 축소하고 가급적 서양인처럼 양복을 입을 것이라고 하였다. 그러면서 그에 대한 모범을 보여야 하기 때문에 제일 먼저 국왕부터 상투를 자를 것이며, 곤룡포를 벗고 양복으로 된 제복을 입어야 한다고 했다. 임금이 먼저 보여줘야지 백성들이 따를 것이라고 한 것이다. 임금은 그 자리에서 그건 못하겠다고 거부했다.

　그리고 한동안 아무 말을 하지 않고 있던 국왕이 흐느껴 울기 시작했다. 울면서 중얼거리기를, 나보고 상투를 자르라는 말인가 하는 것이었다. 국왕이 울자 앞에 앉아있던 김홍집도 따라 울었다. 김홍집이 울자 동지가 생겼다는 듯 국왕이 다가와서 김홍집의 옷자락을 잡더니 엉엉 하고 소리내어 울었다. 그러자 김홍집도 크게 소리내어 울었다. 지켜보던 박영효도 눈물을 참지 못하고 같이 울었다. 세 사람이 서로 붙들고 대성통곡을 하자 내관들이 놀라서 바라보았으나 어떻게 할 수 없었다. 왕과 두 신하가 운 것은 저마다 다른 이유가 있을 것으로 보고 있다. 국왕이 운 것은 이제 국왕도 본래 기능대로 마음대로 할 수 없고, 상투를 자르라면 자르는 일개 쌍놈처럼 되어버린 신세를 한탄하며 억울해서 울었던 것이다. 김홍집이 운 것은 국왕의 울음이 영향을 주었지만, 이제 개혁이 이렇게 완성되어 간다는 감격이 포함되었다는 울음으로 보았다. 한편, 나라가 이렇게 망한 것에 대해서 국왕과 함께 공감한 눈물일 수도 있었다. 그리고 마지막 박영효의 울음은 십 년 전에 개화파로서 그 조항을 모두 선포했는데 하나도 채택되지 못하고 실패했다. 이제 십 년이 지나 그것이 결정되자 지나간 세월이 억울해서 울었던 것이다. 더구나 부모와 아내, 자식들이 아무 죄도 없이 연좌되어 무참하게 죽어 나간 것이 떠올랐을 것이다.

 그 이야기가 끝나자 어떤 선비는 울먹거리면서 우리도 상투를 잘라야 하는가 하고 한탄하고, 또 어떤 선비는 세상 말세라고 한탄하며 흐느꼈다. 그런데 한 선비가 벌떡 일어서며, "꼴값떨고 있네."라고 뱉고는 휑 나가버렸다. 그 선비가 김상태였다. 꼴값 떤다고 했는데 누구를 향한 것인지 알 수 없었다. 따라나가며 누구에게 한 소리냐고 물어볼 수도 없었다. 국왕과 두 대신들을 두고 한 말인지, 지금 그 말을 듣고 울먹이는 방 안에 있는 두 선비를 두고 하는 말인지 모르겠다.

 "어쩌면 모두에게 꼴값 떨지 말라고 경고한 것이겠지요."

 내 이야기를 듣던 털보가 입을 비죽거리며 그렇게 말했다.

"꼴값 떤다? 우리 모두에게 한 경고라고 생각할까?"

"그렇습니다. 우린 모두 꼴값을 떨고 있는 것입니다."

자조 섞인 대화를 나누고 너무 허전한 기분에 나는 더욱 우울해졌다. 그렇게 우울한 시간을 석달이나 보내고 나서야 눈이 녹아 우리는 산 아래로 내려갈 수 있었다. 청천 마을로 내려갔다. 평지의 눈은 거의 녹았으나 그늘에는 아직도 눈이 쌓여 있었다. 마을에 노인 여러 명이 서서 지나가는 우리를 보더니 물었다.

"당신들은 동학군입니까?"

"그렇소."

누군가 큰 소리로 그렇게 대답했다. 그러자 노인들의 입에서 엉뚱한 말이 한탄처럼 흘러나왔다.

"동학군은 이제 망했소. 전봉준과 김개남, 손화중이 모두 잡혀서 처형당했소."

마을로 내려와 보니 그동안에 세상이 바뀌어버린 느낌이 들었다. 우리가 산속에 갇혀 있을 무렵 전봉준이 김개남을 만나러 순창에 갔다가 피로리라는 동네에서 한신현을 비롯한 세 명의 동학도들에게 잡혔다. 전봉준을 잡는 자에게 커다란 상금이 걸려있었다. 그 상금을 노리고 동지를 팔았다. 전봉준은 순창에 있는 일본군 부대에 넘겨졌다가 한성으로 가서 고문을 받았다. 그를 고문한 것은 대원군과의 밀착 관계를 캐려고 했기 때문이다. 그러나, 전봉준은 의리를 지키려고 그랬는지 끝까지 입을 다물고 아무 관련이 없다고 했다. 김개남도 동학교도 손에 체포되어 관군에게 넘겨졌는데, 관군 대장이 현장에서 죽여버렸다. 죽인 다음에 한성으로 올려보내라는 지시가 떨어졌다. 이미 죽였기 때문에 시체만 올려보내서 죽은 것은 전봉준보다 빨랐다. 손화중도 수강산 산당에서 관군에게 체포되어 처형되었다. 동학군 주도 세력 3인 이외에 김덕명, 성두한, 최경선 지도부 인물도 모두 체포되어 처형되면서 동학군은 완전히 깨어졌다.

나는 청천에서 털보와 동학군들과 헤어졌다. 내가 말을 타고 떠날 때 2백 명의 동학군들이 털보의 구령에 맞춰 부동자세를 취하고 경례를 했다. 나는 말 위에서 그들의 경례를 받았다. 털보하고 헤어지는 것은 물론이고, 군사들과도 이별을 하기에 다시 언제 볼지 알 수 없었다. 그러나 그들이 1년 후에 나를 찾아왔다. 내가 의병을 일으키고, 마성면 모곡리에서 제천 방향으로 군영을 옮기고 있는 도중에 그들을 다시 만났다. 털보가 그 2백 명을 모두 데리고 의병이 되겠다고 찾아온 것이다. 내가 고모산성에서 일본군과 전투를 치르고 나서 제천 의진 방향으로 부대를 이끌고 가는 도중에 털보를 만났다. 헤어질 때는 전혀 예상하지 못했던 일이었다. 그들과의 인연이 다시 맺어진 것이다. 그래서 나는 털보를 별동대(특공대) 대장으로 봉했다. 그가 데리고 온 2백 명 모두 그의 부하로 편제해서 그가 지휘하게 했다. 그렇게 되어 나는 강력한 2백 명의 군사를 얻게 되었다. 그들은 모두 동학군 출신으로 여러 차례 일본군과 전투한 경험자들이다. 더구나 볼트액션 보병총을 지니고 있는 최정예 부대였던 것이다.

제6장

여우 사냥

1

 이조 참판이면서 의원으로 있었던 의성 민성규가 거의 십 년 만에 나를 찾아왔다. 을미년이 가고 있던 동짓달 초였다. 그의 말로는 대구 약전 시장에 가는 길에 잠깐 들렸다고 한다. 일행이 두 명 더 있었는데, 그들은 비어있는 두 수레를 끄는 말을 몰고 있었다. 빈 수레에는 대구 약전에서 약초를 사서 싣고 가려고 한다고 하였다. 나에게 잠깐 들렸다고 하지만 십년 만에 보니까 감회가 새로웠다. 그는 왕비 민씨의 후원을 받고 있는 여흥 민씨 세력의 한 사람이지만, 나보다 다섯 살 나이가 많아 나에게는 형 같은 사람이었다. 그리고 같은 선전관으로 있었던 수년 동안 친하게 지냈다. 내가 알고 있기로 그는 갑신정변이 일어나던 해에 이조 참판 직을 물러나서 광혜원, 즉 제중원 외과 의사 알렌의 밑에서 외과 수술 공부를 하고 그곳에서 근무했다. 갑신정변으로 내가 의금부에 끌려가서 고문받고 다리가 부러졌을 때 그가 와서 고쳐주었다. 당시만 해도 외과 수술 전문의가 아닌 그가 무슨 용기로 내 몸을 꿰매주었는지 알 수 없다.

"어떻게 의성 공이 나를 잊지 않고 찾아주었습니까?"

"내가 어떻게 운강 공을 잊겠습니까? 십 년 전 같이 선전관으로 있으면서 지냈던 일들이 새록새록 떠오르는군요. 내가 한성에 따로 병원을 차렸습니다. 알고 있는지 모르겠지만."

"아, 그렇습니까? 축하합니다. 그런데 난 워낙 세상 돌아가는 일에 어둡고, 한성에는 거의 가지 않아 소식을 못 듣습니다."

"대구 약전에 가는 길입니다. 전부터 운강 공을 한번 찾아본다고 늘 생각하고는 있었으나, 병원 일이 워낙 바빠서 이제야 찾아뵙게 되었습니다."

"잊지 않고 찾아주신 것만도 고맙습니다."

"그동안 어떻게 지냈습니까?"

"늘 시나 쓰고 학문 연구에 시간을 보냅니다."

나는 내가 동학군 전쟁에 참전하였다는 말을 하지 않았다. 남원 접주로 동학군 대장이 된 강민호를 그도 잘 알고 있을 것이다. 그와 같이 선전관으로 함께 있었으니 당연히 잘 알고 있어 화제에 올려도 무방했으나, 십 년 만에 만나 동학군 이야기를 하고 싶지 않았다. 집에 있는 하녀 과부가 조그만 상에 녹차를 끓여 가져왔다. 지금 밖이 춥기 때문에 뜨거운 녹차를 대접했다. 문득 대문 밖에 있는 두 명의 일행이 생각나서 과부에게 그들을 들어오게 하고 옆의 사랑방에 모시고 차를 대접하라고 했다.

"그 두 사람은 내 제자이며 외과 의원입니다."

"제중원에 외과 과장으로 근무하신 것으로 들었는데 어떻게 따로 병원을……."

"이야기하면 깁니다. 작년에 미국 북장로 선교 본부에서 제중원의 경영을 자기들이 맡아서 한다고 해서 넘겨주었습니다. 국왕은 지금 그런 일에 신경을 쓸 처지가 아니라서 아문 당상관이 처리했습니다. 제중원에 환자는 차고 넘치지만, 돈을 못 벌어요. 외과 치료라는 것이 돈이 많이 들어 치료비가 비싼데 대부분 사람들은 부자가 드물고 모두 가난해서 치료비를 못내죠. 그러다 보니 치료비커녕 오히려 여비까지 보태줄 형편이니 적자가 날 수밖에 없었습니다. 그런 판에 선교회에서 인수한다니까 조정에선 잘 되었다고 넘긴 것이죠. 그렇게 넘겨 받은 장로교 선교회에선 새로운 의료진을 배치하면서 나보고 나가라고 합디다. 내가 정식 의학대학에서 외과 교육을 받지 않고 수술을 집도하여 불법이라는 것입니다. 거의 십년 동안 봉사하다시피 일했는데 괘씸한 생각이 들어, 좋다. 그럼 내가 북촌 부근에 외과 병원을 차리겠다 하고 차린 것이 지금 의성 외과 병원입니다. 병원은 차렸지만, 제중원처럼 외과 의료 도구가 구비되지 않아 큰 수술은 못해요. 수술에는 두 가지가 있는데 전신 마취를 하는 큰 수술과 국부 마취를 하는 작은 수술이 있어요. 유방을 잘라내고 암을 꺼내는 것과 같은 큰 수술은 못해요. 그냥 다리가 부러졌다거나, 넘어져서 살점이 뜯겨 나갔다거나 하는 것은 꿰맬 수 있어요. 병원 차리는데 우리 중전마마가 돈을 많이 보태주셔서 차리긴 했습니다. 그런데…….”

"큰일을 하십니다. 그런데…… 유감이지만, 우리 중전마마가 그런 환란을 당해서…….”

"뭐, 그분의 팔자겠지요.”

남의 팔자로 돌리기에는 분한 일이다. 나는 왕비 민씨에 대해서 경원의식을 가지고 있었다. 그러나 그녀가 변을 당했다는 소식을 듣고 비분강개하지 않을 수 없었다. 어떻게 일국의 임금 부인을 그렇게 살해할 수 있는 것인가. 그것도 전쟁을 하는 적국도 아니고 도와준다고 하면서 가까이 지내겠다고 한 국가가 이웃 국가의 왕비를 야만적으로 살해할 수 있는지 알 수 없다. 나는 털보 강민호가 동학군들을 모아놓고 헤어지는 연설을 하면서 했던 말이 떠올랐다. 일본은 이중성을 가지고 있다. 보는 앞에서는 하이 하고 고개를 숙이고 웃지만 뒤에는 칼을 품고 있다는 말이었다. 이 이중성이 여실히 드러난 사건이었다. 나는 용서할 수 없다고 생각하고 최근에 봉기할 생각을 하고 이곳저곳 탐색하였다. 이미 일부에서는 나의 뜻과 같은 생각을 하고 거병을 준비하고 있었다. 이번 거병은 동학군처럼 농민이 주동이 되는 일이 아니고 선비들이 주축이 되었다. 영남에서는 화서학파가 주축이 될 조짐이었다. 나는 가을부터 내내 집에 있지 못하고 연고가 되는 인척이나 지인들을 찾아다니며 의견을 수렴하였다. 그러나 모처럼 찾아온 민성규에게 그 말을 할 수는 없었다.

"내가 제중원에 있을 때 하루에 백 명 가까이 환자가 찾아오고, 일년 간 3만 명이 넘었어요. 그 추세는 지금까지 계속되고 있으며, 지금은 더 많은 환자가 몰리지요. 외과 전문 병원이라고 해서 모두 꿰맬 사람만 오는 게 아닙니다. 학질(말라리아) 환자가 제일 많고, 소화불량으로 배탈 난 사람, 피부병, 성병, 결핵, 나병, 기생충병, 각기병 환자가 많고, 아편 중독자들도 찾아오지만, 아편에 중독된 자는 고칠 방도가 없습니다."

"부인은 별고 없이 잘 계시죠."

"요즘 제 집사람이 불만이 아주 많습니다. 병원에 여자 간호부를 구할 수 없어 대부분 기생이나 젊은 과부를 고용해서 쓰는데, 그들도 오래 버티지 못하고 나갑니다. 일이 고달프기보다 기생의 경우는 환자 중에 잘생긴 남자를 만나면 연애를 해서 결혼을 하는 바람에 나가고, 과부 역시 재혼하는 경우가 생깁니다. 병원에는 불특정 남자들이 무수히 많이 오는데 그중에 별의별 사람들이 다 있어요. 기생이나 과부하고 눈이 맞는 것을 말릴 수도 없고, 그러다 보니 할 수 없이 제 집사람에게 도와 달라고 집사람을 간호부로 썼더니, 힘들다고 안 하겠다고 해서 야단입니다. 월급을 올려주겠다고 해도 안 하겠다고 하니 어떻게 할지."

그는 한숨을 푹 내쉬고 고개를 들어 천정을 바라보다가 입을 열었다.

"많은 사람들이 중전마마를 욕하고 있다는 것을 나도 알고 있습니다. 국가적인 차원으로 볼 때 우리 중전마마는 잘못한 일이 많습니다. 마마는 잘해 보려고 했다고 하지만 그건 분명히 잘못하였던 것입니다. 내가 말하는 것은…… 민씨 일족에게 권력을 주어서 독차지하게 한 인사권이 잘못되었어요. 그러나 민씨 일족에게 벼슬을 주었다는 것까지는 용서할 수 있을지 모릅니다. 추천한 민씨 일족이 정치를 얼마나 잘하는지, 백성을 위해 얼마나 잘 일 하는지, 탐관오리는 없는지, 착복하는 악덕 관리는 없는지 감시하고 감찰해서 그런 자가 있으면 가차 없이 숙청해서 당신이 추천한 그 민씨 일족이 정치를 잘했다면 왜 욕하겠습니까? 그러나 중전마마는 그런 일을 아예 할 생각도 안 했고, 그들과 어울려 정권의 강화에만 신경을 쓰고, 같이 탐관오리처럼 돈을 착복했고, 모든 죄악을 알면서도 방임했습니다. 그것이 잘못되었다고 생각합니다."

"나는 왕비 민씨가 민씨 일족에게 권력을 독점시킨 것부터 잘못 되었다고 생각합니다. 그래서는 안 됩니다. 민씨 일족에게 벼슬을 주고 감시하기보다 아예 벼슬을 주지 않으면 되잖아요. 벼슬을 받은 사람이 같은 민씨라는 이유로 왕비의 권력을 자신들이 가지려고 했던 것입니다. 그리고 왕비는 그것을 방임했습니다. 힘없는 일개 백성이라면 방관과 무관심이 죄가 되지 않겠지만, 권력을 가진 자는 방관과 무관심에도 책임이 있는 것입니다. 그래서 오늘날 같은 불상사가 발생한 것입니다."

"민씨 일족에게 권력을 집중시킨 것은 아마도 대원군 때문이 아닌가 하는 생각을 합니다만."

"아닙니다. 그것은 잘못 생각하시는 것입니다. 왕비 민씨와 대원군이 정적이 된 이유가 무엇 때문입니까? 민씨가 권력을 독점하면서 국왕을 기만하는 국정 농단을 하니까 대원군이 막으려고 한 것이겠지요. 단순히 시아버지와 며느리 간의 싸움이 아니고, 권력 싸움인데, 그 단초를 만든 것이 민씨입니다. 국정에는 관여하지 말고 조용히 내전이나 지키며 우아하게 궁정 뜰이나 산책하고, 심심하면 공사 부인들과 다과회나 열고 말입니다. 궁전에서 무당 굿하지 말고 말입니다. 그렇게 하면 어느 시아버지가 며느리를 싫어하겠습니까. 자기 아들 머리 위에 올라타고 이래라저래라 하면서 국정을 농단하니까 시아버지가 나섰던 것으로 봅니다."

"시아버지가 권력에서 물러났으면 그냥 영원히 은퇴해야지, 계속 권력을 휘두르려고 했으니 며느리가 나서서……."

"왕비 민씨의 권력욕은 대원군 때문만은 아닙니다. 아주 체질적으로 국왕 뒤에서 모든 정사를 장악했던 것입니다. 이번의 왕비 민씨 시해 사건도 대원군이 주도했다고 하는데, 나는 그것도 잘못 되었다고 생각합니다. 일본 측에서 자기들의 죄를 덮으려고 그렇게 꾸민 것으로 봅니다."

"이번 사건은 대원군이 관여한 것은 확실합니다. 대원군이 사건 당일 그 시간에 건청궁에 있었다고 합니다."

건청궁은 경복궁에 있는 국왕 부처의 침실이 있는 궁전이었다. 그곳에 대원군이 있었다고 해서 이 일이 대원군이 꾸민 일은 아닐 것이다. 대원군이 주도해 한 일이라면 대원군이 바보인가. 훗날 며느리를 죽였다는 말을 듣기 싫어 그 현장에 얼씬도 하지 않았을 것이다. 사고 현장에 버젓이 나가서 지켜보았다면 그런 바보 같은 자가 어디 있겠는가. 대원군이 나이가 들어 망령이 들었다면 모르지만, 시해 현장을 지켜보았다는 터무니 없는 말을 할 필요는 없다. 납치한 일본인 폭도들이 대원군 가마를 궁궐 안까지 모시고 들어갔다는 말은 있다. 여기서 대원군이 민씨를 죽이기를 원했는지 아니면 피하고 싶었는데 억지로 끌고 들어갔는지는 모르겠다. 들리는 말에 의하면 대원군은 아소정을 떠날 때 그를 납치한 자들에게 한 가지를 약속하면 궁궐에 가겠다고 했다. 그것은 국왕과 왕세자를 절대 다치게 하지 않겠다고 하면 간다고 했다는 것이다. 통사로부터 그 말을 듣고 폭도들을 지휘하는 오카모토가 오십여 명의 패거리에게 그 사실을 말했다. 현장에서 절대 국왕과 왕세자를 다치게 하지 말라. 약속을 했으니 모두 명심하라고 했다. 그러자 폭도들이 알았다고 박수를 쳤다고 한다. 알았다고 박수를 친 것이 명령을 수행하겠다는 뜻인지, 대원군의 뜻에 감격했다는 것인지 모호한 일이었다.

대원군이 왕비 민씨를 시해하는 데 얼마만 한 역할을 했는가는 나와 민성규 간에 약간의 의견 차가 났다. 견해가 완전히 다른 것이라기보다 민성규는 대원군이 적극적으로 민씨 암살을 주도했다고 보고 있었고, 나는 그렇지 않다고 보는 차이가 있었다. 대원군이 아소정에서 나갈 때는 일본 폭도들이 왕비를 시해할 것이라는 것을 알았다고 보여진다. 미리 주도했는지, 그때 처음 알았는지 그것은 모르겠으나 그의 말투와 자꾸 시간을 끌며 화장실을 들락거린 태도를 보면 알 수 있다. 그 현장에 자기를 데려가는 것은 그 모든 죄를 자기에게 뒤집어 씌우려고 한다는 것도 알았을 것이다. 그러나 총과 칼을 차고 있는 오십여 명의 괴한들에게 납치를 당했는데 어쩔 수 없었던 것이다.

민성규는 내가 모르는 대원군의 다른 음모를 알고 있는 듯했다. 민성규의 말을 들으면 그는 왕비 민씨가 시해 당한 모든 과정을 자세히 알고 있는 인상을 주었다. 그래서 나는 그에게 그 과정을 알면 들려달라고 청했다. 그는 망설이다가 고개를 끄덕이며 입을 열었다. 그는 그날 대구 약전 시장에 가는 것을 하루 뒤로 미루고, 나의 집에서 한나절 쉬면서 나에게 그 현장 이야기를 들려주었다. 지금 그가 나에게 들려주는 이야기는 조정에서는 이미 알고 있었다. 그것은 그 현장을 지켜본 외국 공사나 궁궐 내부에서 식당을 하는 외국인, 그리고 외국인 공사관 직원들의 목격담이 사람들에게 알려지고, 러시아 공사 웨베르가 현장에서 사건을 파악하고 러시아 황제에게 보고를 올리면서 러시아 신문에 사건의 진상이 자세하게 보도되었다.

"을미년 10월 7일 아침(양력) 군부대신 안경수가 일본 공사관을 방문해서 미우라 공사에게 민영준이 궁내부 대신이 되어 들어가는 것과 내일 훈련대 해산이 결정되었으니 승인을 얻고 싶다고 했습니다. 미우라는 알았다고 고개를 끄덕이고, 왕비에게 잘 말씀드려 달라고 했습니다. 조정의 모든 결정에 일본 공사의 허락을 맡아야 했고, 동시에 조선국 왕비의 동의를 얻어야 했던 것입니다. 국왕은 모든 일에 이름만 빌려주는 존재였지요. 작금의 조선이 그렇게 되어 있었습니다. 그 직후에 훈련대 제2대대장 우범선이 공사관에 달려와서 국왕의 이름으로 이미 훈련대가 해산되게 되었다고 하면서, 일본이 압력을 넣어서 해산을 며칠만 연기하게 해달라고 했습니다. 이 우범선이라는 놈이 악질적인 매국노로, 왕비 민씨의 시해에 앞장선 자입니다. 내일 거사를 치를 때 훈련대를 이용하려고 하는데 벌써 해산 명령이 떨어지면, 이 거사가 훈련대와 대원군이 한 일이라고 할 수가 없었기 때문이었습니다. 예상보다도 이른 훈련대의 해산으로 미우라의 거사가 차질이 벌어지려고 했습니다. 궁궐에 침입해서 왕비 민씨를 암살하고 친일정부를 수립하기 위해 훈련대의 도움 없이 일본 수비대만으로도 가능했지만, 훈련대가 해산되면서 무기를 빼앗긴다면 그들이 대원군을 옹립하면서 정변을 일으켰다는 위장을 할 수가 없었기 때문입니다.

그러자 미우라 공사는 아직 훈련대에 해산 명령이 내려진 것이 아니니까, 즉 내일 낮에 내려질 것이니까, 거사를 하루 이틀 앞당겨 당장 하기로 하자고 했습니다. 오늘 밤에 시작해서 내일 이른 새벽에 끝내자고 하는 것이었습니다. 미우라는 모든 거사의 총책임을 서기관 스기무라에게 지워주면서 일본 수비대 병력을 즉시 움직일 수 있는지 점검하라고 했습니다. 수비대 책임자 마야와라 소좌가 불려왔습니다. 그는 부동자세로 서서 미우라 공사에게 괜찮습니다, 할 수 있습니다 라고 대답했습니다. 수비대 병력을 즉시 출동시킬 수 있다면 8일 이른 새벽에 여우 사냥을 시작한다는 결정을 하였습니다. 작전 암호가 여우 사냥이었습니다. 일본 공사 미우라를 위시해서 공사관 사람들은 평소에도 왕비 민씨를 여우라고 호칭했습니다. 여우 사냥이 즉시 결행된다는 통지가 각 조직에게 전달되자 분주하게 움직였습니다. 여우 사냥을 위해 건청궁 습격이 8일 새벽 4시로 결정이 되자 시간적 여유가 없는 일당들은 정신없이 헤맸습니다. 마야와라 소좌, 오기하라 경부, 아다치 겐조(한성신보사 사장) 낭인 패들에게 전달이 된 시간이 오후 3시 경이었습니다. 결행이 10일이라고 알고 제물포에 가 있는 구스노세 중좌, 대원군을 담당한 오카모토 류노스케에게는 급히 한성으로 돌아오라는 전문을 보냈습니다. 오카모토는 과거에 사무라이로 활동했고, 현재도 낭인이라고 칭하기도 하지만, 현직은 군부 겸 궁내부 고문관이었습니다. 그는 개인적으로 당시 외무대신 무쓰 무네미쓰(陸奧宗光)와 절친한 사이였습니다. 무쓰 무네미쓰도 오카모토와 같은 사무라이 출신인데, 현장에서 행동대장으로 왕비 시해를 주도한 오카모토가 외무대신과 절친한 사이였다는 사실이 두 사람이 사전에 모의했다는 말도 있습니다.

그 밖의 민간인은 낭인 생활을 하지도 않았고, 낭인이라고 칭호를 붙일 이유도 없는데 어쩌다가 왕비 민씨를 죽인 자들이 낭인이라고 알려지게 되었습니다. 집도 절도 없는 불량배 낭인이 한 짓으로 위장하려고 일본인들이 붙인 칭호였습니다. 민간인 중에 결행을 10일이라고 생각하고 이날 한성을 벗어나 있었던 사람들도 있었으나 연락이 되지 않아 내버려 두었습니다. 한성신보사 편집장으로 있던 고바야가와 히데오는 경복궁 정찰을 하고 오후 4시경 신문사로 돌아왔습니다. 이때 신문사 사내 분위기가 긴장이 감돌고 있었습니다. 삼십여 명의 남자들이 왔다갔다하면서 수런거렸습니다. 오늘 밤 쳐들어 간다 하고 어느 사내는 소리치며 한 팔을 추켜들었습니다. 모여 있는 자들은 신문 기자, 신문사 편집 직원, 교열부 직원, 신문사 사장, 상점 주인, 술집 주인 등인데, 이들의 특징은 모두 극우 지사들이었습니다. 스스로 지사라고 하면서 대단한 애국자처럼 행동하고, 그런 자부심을 가지고 있었습니다. 청일 전쟁을 해서 일본이 승리하고, 시모노세끼에서 이홍장과 휴전 협정을 했습니다. 그 협정안 가운데 야오동(요동) 반도는 일본이 점령한다는 구절이 있었습니다. 그러자 러시아, 독일, 프랑스 삼국 간섭으로 취소되게 되었습니다. 동시에 여순과 텐진을 점령했다가 내놓게 생긴 것입니다. 그래서 목숨바쳐 전쟁했는데 삼국이 간섭하면서 토해내게 되어서 일본 국민들은 기가 꺾였습니다. 그 탓을 왕비 민씨에게 돌렸습니다. 삼국 간섭의 맹주는 러시아였는데, 왕비 민씨가 러시아 공사 부인을 가까이 하면서 그렇게 뒤집었다고 생각하는 것입니다. 원망을 왕비 민씨에게 뒤집어 씌운 것은 일본 위정자들의 일본 국민 달래기 수법이었습니다. 조선 국왕 왕비를 시해할 수밖에 없는 당위성을 만들어낸 것입니다. 신문사에 모인 낭인이라고 자칭한 자들은 거의 모두 유서를 썼습니다. 궁궐에 쳐들어 가는 일인만큼 살아나올지 장담을 못했던 것입니다. 그들은 옷과 소지품의 이름을 비롯해 단서가 될 모든 표식을 뜯어 버렸습니다. 출발하기 전에 신문사 편집장인 고바야가와 일동을 모아놓고 연설을 했습니다.

조선과 러시아의 관계를 이대로 방치 해둔다면 일본의 세력은 완전히 반도 땅에서 배척당해 조선 운명은 러시아가 장악하게 될 것입니다. 이 일은 단순히 반도의 위기일 뿐만 아니라 진실로 동양의 위기이며 또한 일본 제국의 일대 위기라고 말하지 않을 수 없습니다. 이 형세의 변동을 눈앞에 보는 사람이면 어떻게 분연히 궐기하지 않을 수 있겠습니까. 일본의 온화한 대조선 정책으로는 도저히 러시아에 대항할 수 없습니다. 그렇다면 이에 대처할 길은 오로지 비상 수단에 호소하여 러시아와 조선의 관계를 끊고 러시아의 믿는 바를 없애는 수밖에 다른 길은 없을 것입니다. 바꾸어 말하면 궁중의 중심이며 정권의 대표적인 인물 민비를 제거하여 러시아와 결탁할 당사자를 없애는 수밖에 다른 좋은 방법은 없습니다. 만약 민비를 궁중에서 제거할 수만 있다면 러시아 공사 웨베르라고 할지라도 누구를 통해 조선의 상하를 조종할 수 있겠습니까? 우리가 지금 하려고 하는 일은 동양 평화를 위하는 일이고, 조선 반도의 안정과 더 나아가 대일본의 미래를 위한 거사입니다. 다 함께 가서 죽읍시다.

그러자 듣고 있던 사내들이 죽읍시다 하고 소리치며 한 팔을 쳐들었고, 어느 사내는 눈물까지 흘리고 있었습니다. 이 거사에 자신이 참가했다는 사실이 감격스러웠던 것입니다. 모두 모이자 그들은 공덕리로 가서 대원군을 모시고 숭례문(남대문)으로 향해 갑니다. 거기서 일본 수비대와 합류하고, 다시 조선 훈련대와 합쳐 경복궁을 침입할 계획이었던 것입니다. 그렇게 용산에서 아소정을 향해 일행은 출발했습니다. 밤이 깊어 거의 자정이 넘었으며, 날씨는 아직 겨울이 되지 않았으나 밤이 되자 추워졌습니다. 그들이 가고 있는 동안 차가운 밤공기에 모두 얼굴이 얼얼했으며, 어디선지 들리는 다듬이질 소리가 울렸습니다. 양복을 입은 사람, 전통 기모노 차림, 큰 칼을 어깨에 맨 사람, 허리에 칼을 길게 늘어뜨리고 두 개의 칼을 차고 으스대는 사람이 있는가 하면, 달랑 권총을 차고 있는 사람, 가벼운 차림에 짚신을 신은 사람, 양복에 조리(일본 나막신)를 신고 있는 사람도 있었습니다. 가지각색의 차림과 제각기 다른 인상을 쓰면서 걸어갔습니다. 밤늦게 길가에 나왔다가 그들을 발견한 조선인 주민들이 신기한 듯이 바라보았습니다."

2

운강 공, 공은 흥성대원군이 왕비 민씨를 암살하는 일에 깊게 관여되었다고 보지 않는 모양인데, 그에 대한 증거는 없습니다. 하지만,

일국의 왕비를 죽이는 음모가 그렇게 쉽게 노출되겠습니까? 어쨌든, 나는 왕비 암살에 대원군도 한몫을 했다고 생각하는 사람입니다. 그러나 당시의 내외 정세를 보면 일본 위정자들이 왕비를 없애야만이 제대로 된 국정을 운영할 수밖에 없다는 생각을 할 수 있는 일이 있습니다. 그것은 청일 전쟁이 종식되고 휴전 조약이 된 후, 시모노세키에서 중국측 이홍장과 일본측 이토 히로부미가 강화 회의를 했는데, 그 결과 다음의 조약을 체결했습니다. 첫째, 청국은 조선이 완전한 독립국임을 확약할 것. 둘째, 청국은 일본에게 랴오동(요동) 반도와 타이완 및 펑후섬을 할양할 것. 셋째, 청국은 2억 위안을 배상하며 이를 7개년에 나눠서 지불할 것. 넷째, 청국은 구주 제국과의 사이에 존재하는 조약과 같은 조약을 일본과 체결할 것. 그리고 부수 조약으로, 새로 사스(沙市), 충칭(重慶), 쑤저우(蘇州), 항저우(抗州)의 각 항구를 일본 신민을 위해 열 것. 양쯔강의 항행권을 일본에 줄 것, 일본 신민은 청국에서 각종 제조업에 종사할 수 있는 권리를 줄 것 등이 첨부되었습니다. 그러자 이홍장은 일본군이 타이완에 한발도 들여놓지 않았는데 할양을 요구하는 것은 조리에 맞지 않다고 그 조항을 거부했지만, 일본은 양보하지 않고 밀어붙여 받아들이게 했습니다. 강화 조약 후 일본은 해군대장 가바야마를 타이완 총독에 임명했고, 군사적 저항을 예상해서 근위사단을 타이완에 보냈습니다. 타이완 주민들이 식민 지배를 거부하며 항쟁을 일으켜 수만 명의 사람들이 죽었고, 일본 군인들도 상당수 죽게 됩니다. 그러나 그것은 문제가 되지 않았는데, 갑자기 러시아, 독일, 프랑스 삼국이 그 강화 조약에서 요동반도를 할양하는 문제를 들고 간섭을 했습니다.

청국과 싸우는 동안 국력을 모두 소모한 일본은 러시아, 독일, 프랑스 연합군과 싸울 힘이 없었습니다. 세 나라의 힘보다 우선 러시아 한 나라와도 싸워서 승산이 없었기에 일본군은 요동반도를 할양하라는 강화 조약을 취소할 수밖에 없었고, 그래서 텐진과 여순에 주둔한 일본군 함대와 병력을 철수할 수밖에 없었습니다. 러시아가 이렇게 강력하게 나오는 것을 일본에서는 조선 왕비 민씨가 러시아 공사 웨베르를 통해 외교 교섭을 한 것으로 점쳤던 것입니다. 그것이 사실인지 일본의 짐작에 불과한 것인지는 나로서는 모르겠습니다만 왕비가 러시아 공사에게 신경쓰며 웨베르 부인을 자주 만났다는 사실은 알고 있습니다. 러시아를 비롯해서 열강 제국은 이 기회에 이권 문제를 들고 나오면서 일본에 압력을 넣었습니다. 러시아, 미국, 영국, 독일, 프랑스 공사들이 공동 합의문으로 만든 항의서를 조선 정부 외부대신 김윤식에게 제출했는데, 당연히 일본 공사가 보라고 한 것입니다. 조선 정부는 철도, 전선, 광산 등의 중요 권익을 장기간의 약정으로 어느 한 나라에만 부여하고 있다고 들었다. 이것은 명백히 불공평하며 또한 이 방법은 조선에게도 매우 불리하다. 왜 입찰 등의 공정한 방법에 의해 이 사업을 담당할 나라를 정하지 않는가. 더욱이 제물포의 조계는 각국인이 평등한 권리를 가진다고 규정되어 있음에도 불구하고 항구에 가까운 가장 좋은 지역을 특정한 외국인에게만 사용시키고 있다. 이 불평등한 조치를 우리 정부는 좌시할 수 없다. 이번에 조선 정부의 선처를 바란다.

　이 항의문을 본 이노우에 공사는 어쩔 수 없이, 귀국의 충고에 감사하며 선처하겠다고 회답할 수밖에 없었습니다. 그 여파로 이권은 각 나라로 분산되어 처결하게 되었습니다. 평안도 운산의 광업권은 미국인 모르스에게 허가되었고, 경인철도 부설권은 미국으로 돌아가고, 함경북도 경원, 종성 광산 채굴권은 러시아에 돌아갔으며, 평북의 운산 금광 채굴권은 미국에게, 경의철도 부설권은 프랑스에게, 무산, 압록강, 울릉도 벌목권은 러시아에게, 강원도 금성군 당현 금광 채굴권은 독일에게 넘어갔습니다. 이렇게 되자 일본은 눈이 뒤집어지는 낭패를 겪게 되었습니다. 그 원망을 모두 왕비 민씨에게 돌렸습니다. 마침, 그즈음 박영효의 왕비 민씨 암살 음모 건이 첩보망에 걸려들었습니다. 박영효가 심복인 이규완, 신응희 등과 한강에 배를 띄우고 술을 마시며 주고받은 대화 가운데 왕비를 암살해야만이 이 나라가 살아나겠다고 말했다는 것입니다. 그 말을 누군가 엿듣고, 일본인 사사키에게 말했고, 사사키는 그 사실을 조선인 친구 한재익에게 전했고, 한재익이 그 정보를 심상훈에게 전했던 것입니다. 심상훈은 왕비의 측근으로 현재 궁내 특진관으로 있었습니다. 왕비는 노발대발하며 박영효를 역적으로 몰아 잡아들이라고 했습니다. 그런데 궁궐에도 박영효의 첩자(내관)가 있었는데, 그 명령을 첩자로부터 전해듣고 잠자다가 벌떡 일어나 일본군 영사관으로 피했습니다. 그것이 사실이냐 아니냐 라는 사실 규명을 할 겨를도 없었지요. 박영효는 역적으로 몰렸습니다. 일본 공사관에 있는 스기무라 대리공사가 박영효를 잠시 숨겨주었다가 인천으로 도망가게 하고 다시 배를 태워 망명시켰던 것입니다. 박영효의 두 번째 망명 사건입니다.

이렇게 같은 조선인끼리도 암살해야 한다고 하면서 왕비 민씨를 저주하는 지경이 되자 일본 공사 이노우에는 엉뚱한 상상을 하게 됩니다. 그래, 좋아. 조선인들에게도 왕비는 별로 인기를 못 얻고 원망을 듣고 있는데, 이 여자를 아예 죽인다고 큰 문제는 없겠다는 생각을 한 것입니다. 왕비가 죽으면 가장 좋아할 사람이 대원군이란 생각이 머리를 스치고 지나갔습니다. 그래서 이노우에는 먼저 대원군을 설득해서 그의 손으로 왕비 민씨를 제거해야 되겠다고 생각한 것입니다. 그 후에 이노우에는 사무라이 출신 오카모토를 불러 왕비 민씨를 죽이는 일에 동조해 달라고 했습니다. 사무라이 출신들을 모집하는 일도 해주고, 먼저 공덕리 별장에 가 있는 대원군을 만나 왕비 암살에 동조하게 해보라고 했습니다. 오카모토는 자신이 궁내부 고문관이라고 소개하고 대원군을 만나 한문으로 글을 주고 받으며 대화를 했습니다. 처음에야 왕비 암살에 대해서 비치지 않았지만 여러 번 만나면서 설득을 시도했습니다. 오카모토는 대원군 역시 왕비 민씨가 죽어 없어졌으면 하는 의중을 파악했지만, 막상 같이 힘을 합쳐 죽이자고 하면 꼬리를 빼는 것을 느꼈습니다. 죽이고는 싶지만 이제 75살의 나이에 며느리를 죽였다는 오명을 쓰고 싶지 않았던 것입니다. 이 의중을 파악한 오카모토는 이노우에 공사에게 그 사실을 보고 하였고, 이노우에는 대원군의 손을 빌려 왕비를 죽이기는 어렵다고 생각하고 다른 계획을 구상했습니다. 왕비 민씨는 처음 생각했던 대로 일본군 수비대의 지원을 받아 낭인 불량배들이 일을 하기로 했습니다. 다만, 대원군을 관여시켜 표면적으로는 대원군이 한 일로 꾸미기로 했던 것입니다. 그는 이 일을 총리대신 이토 히로부미에게 보고하고, 일본 정부는 개입하지 않은 선에서 자기 선에서 일을 처리하겠다고 하였습니다. 이웃나라 왕비를 암살하는 일은 단순한 일이 아니었습니다. 그래서 총리는 비밀리에 외무대신 무쓰를 만나 상의했습니다. 무쓰는 러시아가 조선을 너무 싸고도는 것은 왕비 민씨가 뒤에서 작용하고 있다고 믿고 있어서, 그녀를 제거하는 일에 찬성했습니다. 이토 히로부미는 이런 일은 군대에서 하는 특공 작전처럼 무력을 앞세우는 일이니만큼 군인 출신 관리가 하는 것이 좋다고 생각해서, 예비역 육군 중장 미우라 고로(三浦梧樓)를 공사로 보내기로 결정합니다. 이노우에에게 그 사실을 미리 통보하고, 미우라가 먼저 한성에 가면, 바로 귀국하지 말고 계속 한성에 남아서 준비한 작전을 미우라가 수행할 수 있도록 도와주고 오라고 했습니다. 그래서 미우라가 공사로 부임하게 되었습니다. 내용을 잘 모르는 미우라는 처음에 조선국 공사직을 사양했다고 합니다. 그러자 외무대신 무쓰가 왕비 암살 건을 말했다고 합니다. 그 말을 듣자 사명감을 느낀 미우라는 공사직을 수렴하면서 다음과 같은 공한을 총리대신 이토 히로부미에게 보냈습니다.

나는 외교를 잘 모르지만 우선 정부의 진의를 알고 싶습니다. 한국의 독립을 돕는 것인지, 병합할 것인지, 또는 일본과 러시아가 공동 지배할 것인지 알고 싶습니다.

일본 정부는 미우라가 떠날 때까지 이 질문서에 대한 회답을 주지 못했다고 합니다. 그때까지만 해도 일본은 정한론을 주장하는 자와 조선 지배는 아직 시기가 빠르다고 하는 자와 러시아가 세력이 강해지면서 제압하기 불가능하다고 할 경우는 조선을 러시아와 나눠서 차지하는 것도 논의된 것입니다. 한성 이남은 일본이 차지하고, 개성 이북은 러시아가 차지하게 하는 것입니다. 러시아 같은 땅덩어리가 큰 나라가 조선이란 작은 나라에 욕심을 내는 것은 국토 자체가 아니라 부동항 때문이라는 것을 잘 알고 있었기에 바다가 얼지 않는 원산이나 남포 항만은 러시아로 볼 때 최상의 횡재였던 것입니다. 그때만 해도 그 대답을 안 한 것은 상황에 따라 변화하는 국제정세 때문일 것입니다. 약소국을 합병시킬 때는 당사국만의 일이 아니라 열강의 눈치도 봐야 합니다. 이를테면, 나도 먹고 싶어 벼르고 있는데 네가 왜 선수를 치는가 하고 트집을 잡으면 본의 아니게 강국과 전쟁이 일어날 수도 있습니다. 중국의 요동반도를 취하려고 하자 삼국이 간섭해서 게워낸 일과 같습니다. 어쨌든, 미우라는 한성에 와서 이노우에의 안내를 받아 함께 조선 국왕을 만납니다. 그 자리에서 그는 시침을 떼고 이렇게 말합니다.

저는 오랫동안 군인으로 있으면서 군공을 세운 적도 없는 무능한 군인입니다. 이번에 공사로서 부임해 왔습니다만 외교의 일은 아무 것도 모릅니다. 앞으로는 국왕 폐하의 부르심이 없으면 관저에 틀어박혀 사경(寫經) 따위나 하면서 이 땅의 풍월이나 즐길 작정입니다. 앞으로 관음경 일부를 청사(淸寫)하여 왕후께 올리려고 합니다.

정치나 외교 문제는 전혀 언급하지 않고 불경 이야기나 하다가 물러갔습니다. 국왕의 뒤에서 발을 치고 왕비 민씨가 함께 접견했는데, 미우라 공사의 겸손한 태도를 보고 왕비 민씨는 민영익에게 이렇게 말했습니다.

공사는 금강산의 스님 같은 사람이다. 이노우에는 좀 수다스러웠는데, 이 사람은 무인다운 풍모에 과묵한 것이 마음에 든다. 좋은 사람인 것 같다. 그러나 왠지 조금 기분 나쁘고 무서운 느낌도 들었다.

왕비 민씨는 이때 미우라로부터 살기를 느꼈는지 모릅니다. 그 후 미우라는 말 그대로 공사관 2층 거실에 틀어박혀 독경으로 나날을 보냈습니다. 그래서 주위로부터 염불 공사라는 별명을 얻습니다. 외출도 하지 않고 조선 조정의 인사와도 거의 만나지 않고, 각국 외교관과도 만나지 않아 태만한 태도를 취했습니다. 그렇게 염불 공사 짓을 35일간 하고는 드디어 국왕 부인을 암살하는 일을 실행하게 되었습니다. 미우라를 정점으로 해서 1등 서기관 스기무라 후카시, 오카모토 류노스케, 공사관 무관이며 조선 정부 군부 고문인 구스노세 사치히코 중좌, 한성신보 사장 아다치 겐조가 중심이 되어 작전에 들어갑니다. 특히 자객의 실무를 맡은 아다치 겐조는 구마모토 출신으로 같은 동향의 구마모토 출신 30여 명을 규합했습니다. 어디나 마찬가지지만, 타향에 사는 사람들은 같은 출신 동향에 대해서 상당히 친밀하며 조직을 만들어 교류하는 편입니다. 낭인 무리에서 구마모토현 사람이 많은 것은 그런 연유일 것입니다.

오십여 명의 일행이 버드나무 숲으로 우거진 길을 따라 언덕 하나를 넘자 저 멀리 한강이 보였습니다. 공덕리에 도착한 것입니다. 달빛이 밝아 일행이 움직이는 그림자가 땅에 찍혔습니다. 버드나무 가로수 끝나는 곳에 대원군의 별장 아소정이 나왔습니다. 남쪽으로 세워진 정문 앞에 잡초가 무성했고, 사람이 다닌 자국은 보이지 않은 폐가처럼 썰렁한 기와집이 있었습니다.

별장 아소정에는 왕비 민씨 일파가 파견한 십여 명의 경리(警吏)가 경비를 서고 있었는데, 그들을 깨워 모두 창고 속에 몰아넣고 문을 잠갔습니다. 오카모토와 호리구치, 그리고 통역사 스즈키와 함께 큰방 침실로 들어갔습니다. 별장 건물은 정문에서 다시 중문으로 들어선 곳에 긴 마루가 있고, 사람 키 하나 정도의 돌계단을 올라가 빗장을 열면 본 건물이 나왔습니다. 오카모토는 지난날 여러 차례 왕래했던 집이라서 망설임 없이 대원군의 침실을 찾아 들어섰습니다. 한성신보 사장 아다치와 편집장 고바야가와는 침실 밖 응접실에 앉아서 기다렸습니다. 침실 문이 활짝 열려 있어 아다치가 침실을 바라보니, 한 늙은이가 침대에서 엉거주춤 일어나 그대로 비스듬히 앉아서, 마치 누운 것인지 앉은 것인지 알 수 없는 태도로 있으면서 뭐라고 지껄였고, 통사가 통역하는 말소리가 들렸습니다. 안에서는 이야기가 계속되었고, 응접실을 비롯한 집 밖에 대기하고 있는 낭인 패거리들에게는 별장 집사가 끓여온 차를 마셨습니다.

국태공 각하 하고 오카모토가 침대 아래쪽에 무릎을 꿇고 앉아 말했습니다. 이 어려운 난국에 각하가 나서지 않으면 일본과 조선은 모두 곤란한 처지에 놓이게 됩니다. 러시아가 일본과 조선 내정에 자꾸 간섭하는 것은 그 이유가 있습니다. 왕비가 중간에 나서서 이간질하며 부축이고 있습니다.

스즈키가 오카모토의 말을 통역했습니다. 비스듬히 누워서 통역의 말을 듣고 대원군은 말했습니다.

왕비가 뭘 이간질했다는 것이요? 그 증거가 있소? 당신네들이 괜히 추측하는 거 아니요?

아닙니다. 우리 첩보망에 의하면, 이번의 삼국 간섭 사건이 러시아가 주도한 것이며, 그 발단은 왕비에게 있는 것이 밝혀졌습니다. 왕비가 러시아 공사 웨베르의 부인에게 부탁하고, 부인은 웨베르에게 그 안건을 부탁해서, 웨베르는 러시아 황제에게 보고를 올렸습니다. 이대로 가면 일본이 아시아를 석권할지 모르니 처음부터 억눌러야 한다고 하고, 프랑스와 독일을 끌어들여 삼국 간섭을 하게 한 것입니다. 러시아 황제는 일본 주재 러시아 공사에게 지시해서 프랑스와 독일 공사에게 협력을 요청해서 모두 본국에 승낙을 받고 그렇게 삼국 간섭이 이뤄진 것입니다.

글쎄, 그게 정말인지 당신네들이 지어낸 일인지 그건 내가 모르겠지만, 공사 부인이 나서서 될 일이라고 생각하오?

못 믿으시겠다면 나중에라도 러시아 공사에게 내려진 러시아 황제의 훈령 사본을 보여드리겠습니다.

내 말은 러시아 황제가 공사에게 내린 훈령 내용이 아니라, 민자영이 웨베르 공사 부인에게 부탁하고, 그 부인이 웨베르를 움직여 일을 만들었다는 증거가 있느냐는 것이오.

그래요. 증거는 없습니다만, 증거가 있으면 어쩌고 없으면 어쩝니까. 그것은 명확한 사실입니다. 때문에 일본과 조선의 안위를 위해서도 여자가 나서서 국정을 농단하게 놔둬서는 안 됩니다. 국태공 각하께서 다시 집정하셔야 수습이 될 것 같습니다.

지난번에 내가 집정을 다시 했지만, 뭐 되는 것은 없었잖소. 나보고 해보라고 해놓고 당신들이 간섭하는 통에 뭐 되는 일이 있었소? 그때 자영이를 제거하려고 했지만 왕세자가 울면서 하소연하고 다른 중신들도 막고 해서, 그리고 당신네 공사도 봐주자고 해서 넘겼던 것이 아니요. 그런데 이제 와서 잘 안 되니까 다시 나보고 나서서 어떻게 하라고요? 자영이를 죽이기라도 하라는 것입니까?

그 말에 오카모토는 아무 말을 못하고 잠깐 침묵했습니다. 오카모토는 통역하는 스즈키를 돌아보며 자영이가 누구냐고 물었습니다. 조선국 왕비의 이름이라고 하자 그는 고개를 끄덕이며 말했습니다.

왕비를 폐위시키고 다시는 국정 농단을 하지 못하게 해주신다면…….

폐위? 그게 그렇게 쉬운 일이요? 자영이 패들이 조정에 얼마나 많이 깔려있는지 아시오? 당신네들이 국정 간섭을 하면서 그 패거리들을 고용했기 때문에 이렇게 된 것이 아니요?

그럼 각하께옵서는 어떤 조치를 취해 주실 수 있습니까?

난 아무 생각도 없소. 이제 내 나이 75살인데 내가 얼마나 살겠다고 며느리를 죽이면서까지 다시 집정하겠소? 나를 끌어들이지 마시오.

지난번에 제가 뵈었을 때 각하께서 왕비 제거에 대한 의지를 표명하셨잖아요? 그래서 저에게 약정서를 써주었고요.

그 약정서는 내가 주장한 것이 아니고 당신이 우리 준용이를 어떻게 예우할 것인가를 써준 것이 아니요. 그 조건으로 자영이를 제거하는 것에 찬성했을 뿐이요.

자영이를, 아니, 왕비를 제거해야 하는 일은 각하와 우리 일본에서도 바라는 바입니다. 뜻이 일치하는데 뭘 망설이십니까?

이때 응접실에서, 안에서 들리는 대화 소리를 듣던 아다치가 불쑥 들어와서 참견했습니다.

어차피 우리는 결단을 내렸습니다. 이제 돌이킬 수 없습니다. 조선국은 왕비를 제거하지 않으면 조선을 잃을지도 모릅니다. 각하, 한 여인을 살리려고 조선을 포기하시겠습니까?

그런 겁박은 하지 마시오. 자영이와 조선을 비교해서 말하지 마시오. 그 애는 욕심이 많은 아낙네에 불과하오. 꾀가 많고 영리한 것은 있지만, 어리석은 애요. 그 애를 두고서 조선을 운운하는 것은 망발이오.

어쨌든 지금 일어나셔서 같이 가 주셔야 합니다. 시간이 시급합니다.

난 갈 수 없소.

애들아, 들어와라.

아다치가 문을 향해 소리치자 밖의 마루에 대기하고 있던 십여 명의 낭인 패거리들이 우르르 뛰어 들어왔습니다. 침소에 비스듬히 앉아있던 대원군도 그들이 뛰어들자 움찔 놀라는 기색이었습니다. 이제 막 덤비는 것을 알고 그의 표정도 굳어졌습니다. 안으로 들어온 낭인 패거리들은 비스듬히 누워있는 대원군을 잡아 일으켜 끌고 가려고 했습니다. 대원군은 잠옷 차림 그대로였습니다. 그는 몸이 아프다는 핑계를 대고 누워서 담화하고 있었던 것이었습니다. 처음에는 몸이 아파서 갈 수 없다고 했지만, 그것이 통하지 않자 아예 갈 수 없다고 잡아떼었는데 이렇게 막 나오니 그도 대책이 없었습니다. 그때 지켜보던 오카모토가 대원군을 강제로 끌고 나가려는 일동을 향해 소리쳤습니다.

이 무슨 무엄한 행동인가? 멈추어라. 이분은 조선 국왕 아버님이시다. 너희들은 물러가라.

오카모토가 소리치자 낭인 패거리들은 쭈빗거리며 방을 나갔습니다. 그들이 방을 모두 나가자 아다치가 오카모토에게 나지막한 목소리로 말했습니다.

고문관님, 지금 시간이 너무 지체되었습니다. 우리가 만나기로 했던 약속 시간을 넘기고 있습니다. 그러면 일이…….

알았소. 내가 알아서 어떻게 해볼 테니 잠깐 나가서 기다리시오.

그때 밖에서 대원군의 손자 이준용이 들어왔습니다. 이준용이 할아버지에게 엎드려 절을 하자 대원군이 말했습니다.

너는 왜 들어왔느냐, 너와는 관계없는 일이니 나가 있어라.

할아버님, 밖에서 이야기 다 들었습니다. 듣고 보니 일본 측의 말도 일리가 있는 듯합니다. 그러니 함께 가셔서 거사를 치르소서.

네가 뭘 안다고 그러느냐? 네 일이 아니니 나가 있으래도.

할아버님, 나라의 일인데 왜 저와 관련이 없겠습니까? 저도 조선의 백성 중에 한 사람입니다.

이준용은 대원군의 장남 이재면의 아들입니다. 그러니까 장손인 셈입니다. 준용의 나이 이제 25살입니다. 그는 짧은 생애지만 여러 가지 풍상을 겪습니다. 어려서부터 기억력이 좋고 총명했습니다. 그래서 할아버지 대원군이 특별히 눈여겨보면서 아꼈습니다. 대원군은 이명복(고종)을 폐위시키고 손자 준용을 왕위에 올릴 생각도 하였습니다. 그런 일로 역적에 몰려 죽을 고비도 겪었습니다. 준용은 반정부 세력들로부터 끊임없이 고종과 세자를 대신할 왕재로 주목을 받았습니다. 그로 말미암아 여러 차례 역적으로 몰리기도 하고, 자객의 피습도 받고, 폭탄 공격이나 탄핵 대상자로 수난을 겪었습니다.

아다치가 밖으로 나가고 나자 오카모토가 자리에서 일어섰습니다. 그는 사무라이 전통의상을 입고 큰칼과 작은 칼을 모두 차고 있었습니다. 갑자기 큰칼을 빼어서 옆에 치우고 자리에 앉더니 작은 칼을 빼어 앞에 놓았습니다. 그리고 상의 끈을 풀어 헤쳤습니다. 옷은 솜이 들어가 있는 동복으로, 풀어헤치자 바로 배가 드러났습니다. 배를 드러내고 나서 대원군을 향해 절을 하며 말했습니다.

국태공 각하, 저를 여기서 죽이려고 하십니까? 저는 일본 정부에 각하의 의지를 정확히 전달했습니다. 만약 각하가 저와의 약속을 어기고 가지 않으면 제가 정부에 거짓말을 한 것이 되고, 저는 그 거짓으로 해서 죽어야 합니다. 정년 가지 않으면 이 자리에서 죽겠습니다.

옆에서 지켜보던 호리구치가 놀라면서 소리쳤습니다.

오카모토, 이게 무슨 짓이요. 이것도 각하를 욕보이는 짓이오이다.

각하를 욕보이지만 나는 죽는 것이요. 호리구치, 내 목을 당신이 쳐주시오. 부탁이요.

그렇게 말하고 오카모토는 방바닥에 있는 칼을 집어 들었습니다. 실제 배를 가를 것만 같은 기세였습니다. 그 순간 대원군은 그를 구해야 한다는 생각보다, 그를 죽게 내버려 두면 같이 온 패거리들이 분노하며 자신과 준용이를 해칠 것이 염려되었습니다. 그래서 자리에서 일어나 그의 몸을 잡으며 말했습니다.

왜 이러시오. 이런 식으로 날 협박하려는 것이요?

협박이 아닙니다. 이것은 나 사무라이의 자존심입니다.

좋소, 갑시다, 그러나 한 가지 분명하게 약속해 주시오.

네, 말씀하십시오.

절대 조선의 국왕이나 왕세자를 해치지는 말아 주시오. 손끝 하나 다치게 하지 말아주시오.

당연한 말씀입니다. 우린 조선 정부를 전복하려는 것이 아니고, 간신 한 명을 제거하려는 것뿐입니다.

대원군은 집사를 불러 따뜻한 물을 받아오라고 했습니다. 조금 기다리자 집사가 물을 가져왔고, 그는 세수를 하고 옷을 갈아입었습니다. 그리고 밖으로 나가자 네 사람이 메는 사인교 가마가 대령해 있었습니다. 가마에 타기 전에 대원군은 변소에 다녀왔습니다. 이때부터 대원군은 궁궐에 도착할 때까지 약 두 시간 동안 12번 변소를 들락거리며 소변을 보았다고 합니다. 75세 정도 나이가 되면 자주 소변이 마렵기는 하지만 지나치게 자주 소변을 본 것이 됩니다. 그것은 아마도 두 가지 측면의 이유가 있을 것입니다. 하나는 너무 긴장을 해서 자주 소변이 나온 것이고, 다른 하나는 막상 며느리를 죽이려고 가고 있지만 마음이 내키지 않아 의식적으로 시간을 지체해서 일이 틀어지게 하려는 의도가 있었는지 모릅니다. 이유가 무엇이든, 그는 궁궐에 들어갔습니다. 자의반 타의반 일지는 몰라도 그는 며느리를 죽이는 일에 관여한 셈입니다.

3

궁궐의 남쪽에 있는 광화문이 활짝 열렸다. 광화문 앞에 대기하고 있던 오기하라 경부가 부하들을 시켜 사다리를 걸치고 넘어가서 궁문을 연 것이다. 궁안에서 궁문을 수비하고 있던 십여 명의 수비병들은 수십 명의 일본군들을 보자 그대로 도망갔다. 문이 활짝 열리자 조선인 훈련대 병사들이 안으로 뛰어들었고, 그 뒤를 이어 대원군이 탄 가마가 들어갔다. 가마 양옆에는 칼을 빼어 든 민간인들이 가마를 호위하는 형식으로 에워싸고 들어갔다. 뒤에 일본군 공사관 수비대 주력 부대가 수백 명 따라갔다. 장교들은 말을 타고 지휘하였고, 일본군들은 볼트액션 보병총에 대검을 박은 상태로 앞에 총하고 발을 맞춰 갔다. 대충 6백 명 정도의 2개 대대 병력이 제식훈련을 받듯이 질서 정연하게 걸어갔다. 일본군 부대는 1개 연대가 들어와 있었는데, 다른 2개 대대는 분산해서 다른 문으로 진입하고 있었다. 그들이 지금 차고 있는 소총은 최근에 개발한 반자동 소총으로 탄창에 5발을 장전하고 쏘도록 되어 있다. 이 총으로 청일 전쟁을 치르면서 상당한 효과를 보았다. 아산과 평양 전투에서 이 소총은 청나라에서 사용한 소총을 압도하면서 승리를 쟁취하는 데 도움을 주었다. 이 소총은 조선군, 일본 장교에게 훈련을 받고 있는 훈련대 병사들조차 휴대를 하지 못했다. 새로 개발한 것이어서 그 수요가 부족한 것도 있지만 당시로서는 이 우수한 총기가 일본군의 비밀 병기나 마찬가지였다.

　광화문 안으로 들어갔지만, 궁궐 안은 궁이 많이 있고, 문도 상당히 많다. 길을 잘 모르면 찾기도 힘들었다. 그러나 오기하라 경부는 미리 궁내부를 탐색해서 궁과 길을 자세하게 숙지하고 있었다. 망설임 없이 국왕과 왕비가 기거하고 있는 건청궁 방향으로 행군해 갔다. 건청궁은 대궐의 북쪽 끝에 있는 국왕의 편전이었다. 끝에서 끝으로 가는 길이어서 한참 걸어가야 했다. 앞서 가던 훈련대 병력 중에 우범선이 지휘하던 제2대대 병력이 뒤로 빠지면서 지나온 성문을 모두 봉쇄하는 일을 했다. 제2의 중문을 막 지나고 있자 뒤에서 총성이 울렸다. 정체 불명의 군인과 민간인이 광화문을 무단으로 들어오자 궁 수비군 연대장 홍계훈과 군부대신이 왔다. 연대장 홍계훈은 궁 수비군 1천5백 명을 지휘하는 대장이었다. 궁안에는 그가 지휘하는 1천5백 명의 병력이 있었다. 그러나 그 시각에 군을 지휘해야 할 소대장을 비롯한 장교들은 모두 집에 퇴근하거나, 출타 중이었다. 남은 사병들도 출타 중이어서 성안에 남은 군사는 모두 해야 5백 정도 되었다. 그들은 교대로 불침번을 서는 군사였으나, 각 궁문을 지키기 위해 적게는 서너 명씩, 많게는 십여 명씩 분산해 있었다. 궁 내부의 병영이 있었으나 그곳에 남아있는 병력이라고 해야 오십여 명에 불과했다. 홍계훈은 급하게 오십여 명의 병력을 이끌고 마침 군영에 머물고 있는 군부대신과 함께 왔다. 군부대신이 군에 머문 것은 그날 밤에 민영준이 재기용되자 왕비 민씨가 축하해주려고 밤새도록 잔치를 열었기 때문이다. 다른 대신들은 모두 돌아갔으나, 군부대신이 군영에 남아 있었다. 홍계훈은 말을 타고 왔다 갔다 하면서 궁문을 점령한 훈련대 부대를 향해 소리쳤다.

"여기가 어디라고 이게 무슨 짓인가? 군부대신이 여기 계신다. 연대장 나도 여기 있다. 함부로 움직이지 마라. 성문을 함부로 들어오면 역적이라는 사실을 모르는가?"

제2대대를 지휘하고 있던 우범선이 입을 실룩하면서 옆에 있는 중대장 강호에게 물었다.

"저 새끼 방금 뭐래니?"

"성문을 무단 침입하면 역적이랍니다."

"역적 좋아하네, 개새끼. 없애버려."

"궁궐 수비 대장인데 죽여도 될까요?"

"이 새끼야, 우리가 여길 놀러 온 줄 알아? 죽이라니까. 내가 다 책임지겠다."

중대장 강호가 부하에게 지시하였다. 그러자 뭐라고 계속 연설하고 있는 홍계훈을 향해 십여 발의 총탄이 날아갔다. 그때는 이미 양쪽에서 교전이 시작되었다. 말 위에 있던 홍계훈은 여러 발의 총탄을 맞고 말에서 떨어져 절명했다. 그러자 교전을 하던 오십여 명의 수비군에서 총성이 멈추었다. 그리고 수비대 진영에서 도망가는 모습이 보였다. 도망가면서 군복을 벗어 던졌다. 총기도 버리고 갔다. 군부대신 역시 달아나고 없다.

"도망가는 저놈들 쫓아가서 죽일까요?"

중대장이 우범선에게 물었다.

"넌 어떻게 그렇게 멍청하니? 하긴, 너 같은 놈을 중대장에 앉힌 내가 잘못이지. 저들도 우리 조선 사람들이 아니더냐. 쫓아가서 죽이자고? 너 저들과 뭐 원수진 거 있어?"

"그게 아니고 제압을 하려면……."

"됐어. 이곳이나 잘 지키고 있어. 나는 안에 들어가 봐야 할 일이 있다. 시팔, 여우 얼굴을 아는 사람이 하나도 없다잖아. 그래서 나보고 오라는 거야. 내가 여우와 몇 번 만난 일은 있어도 나도 잘 몰라. 여우가 항상 발 뒤에 숨어 있어서 얼굴을 볼 수 있어야지. 그래도 내가 그년 상판대기를 알고 있으니 가야 하겠지?"

"초상화나 사진이 준비되었다고 들었습니다."

"초상화를 믿을 수 있냐? 사진도…… 궁녀들 얼굴이 모두 비슷비슷하다는 걸 몰라? 똑같은 옷을 입혀놓고 보면 다 그년이 그년인 거야."

그렇게 말하고 우범선은 중대장을 흘겨보며 말했다.

"여기 잘 지키고 있어. 부하들 다른 데로 돌리지 말고."

중대장이 알겠다고 대답하면서 경례를 올려붙였다. 경례할 때 손바닥이 너무 위로 젖혀진 것을 보며 우범선은 걸어가며 중얼거렸다.

"경례도 제대로 못하는 저런 놈을 중대장으로 세운 내가 잘못이지."

광화문 일대에서 홍계훈 부대와 우범선 훈련대 사이에 교전이 벌어지고 있을 때 대원군의 가마 일행은 중문을 모두 지나 장안당 앞마당에 당도했다. 총성을 듣던 대원군이 갑자기 가마를 멈추게 했다. 옆에서 따르던 오카모토가 가마 옆에 가서 허리를 굽혀, 가마 문을 열고 내다보는 대원군을 바라보았다. 대원군을 바라볼 때 그는 땅바닥에 무릎을 꿇고 있었다.

"각하, 무슨 일입니까?"

"난 여기서 기다리겠소. 저 앞에 국왕 폐하의 편전이 있는데 신하된 도리로 윤허 없이 들어갈 수 없소."

"각하, 다 왔는걸요. 들어가셔서 국왕 폐하를 만나 보시는 것이 옳을 줄 압니다."

"방금 말하지 않았소. 국왕 폐하의 명이 없이는 한 발자국도 옮길 수 없소."

대원군은 며느리를 살해하는 장면을 보고 싶지 않았다. 그래서 더이상 들어가지 않겠다고 버티는 것이다. 오카모토는 성질이 더럭 났지만 그래도 참아야 할듯해 고개를 숙이며 대답했다.

"국태공 각하의 명을 받잡고 따르겠습니다. 그냥 여기 계십시오."

오카모토는 낭인 일행들을 향해 안으로 들어가 여우를 찾으라고 지시했다. 이미 건청궁 부근에 왔을 때는 일본군 군사는 일개 소대 병력에 불과했고, 훈련대 병력을 포함해서 모든 군사들은 다른 곳으로 빠져 궁궐을 에워싸고 건청궁으로 들어오지 않았다. 건청궁 앞에는 군복을 입은 공사관 병사 일개 소대와 사복을 입은 일본 공사관 순사,

경비병, 그리고 한성신보 기자들로 구성된 낭인 무리 오십여 명이 전부였다. 오카모토는 경비대를 지휘하고 있는 소대장 미야모토 소위에게 대원군을 지키라고 지시했다. 미야모토 소위는 부동자세로 서면서 알았다고 하였다. 오카모토는 미야모토의 상급자는 아니었지만, 그가 한때 포병 소좌로 있었기에 군인들에게 있어 그는 상급자나 다름이 없었다. 오십 명의 낭인 가운데 나이가 지긋하게 들어있으면서 직책이 있는 자는 대여섯 명이었는데, 그들은 민간인 낭인들을 지휘한다고 할까, 무리들이 해야 할 일을 이끌고 있었다. 그중에 총지휘자는 오카모토 류노스케였다. 그는 마흔세 살이었다. 다음으로 낭인 패들을 지휘하는 자는 사무라이 출신 시바 시로였다. 오카모토와 함께 다니는 인물로 호리구치 구마이치가 있는데, 이자는 도쿄제국대학 법학부를 나온 준재 출신으로 공사관 영사관보로 근무한다. 오오무라와 하시모토 두 사람은 통역관으로 있으면서 이번에 낭인 패거리에 합류했다. 통역관은 아니지만 오카모토의 개인 통역을 하는 스즈키 준켄이라고 있다. 이자는 27세의 젊은이로 조선에서 수년간 생활하면서 통역이 가능한 자였다. 이번에 조선 왕비를 죽이는 일에 가담해서 공훈을 세우려고 한다. 통역하는 일을 하는 것이 아니고 칼을 차고 지사 입장에서 들어온 것이다. 오기하라 히데지로는 외무성 경부로 이번 일을 공적으로 처리하는 창구 역할을 하고 있었다. 정체불명의 낭인 패거리를 통솔하는 자는 한성신보 사장 아다치 겐조였다. 그는 아직 31살이라는 젊은 나이였으나, 이 거사를 지휘하고 나섰다. 미우라 공사와 직접 연결이 되고, 미우라 공사가 낭인 소집을 부탁한 사람도 바로 아다치였던 것이다. 아다치는 신문사 편집장 고바야가와 히데오, 그리고 주필 구니토모 시게야키와 상의해서 낭인 그룹을 모았다. 비밀이 새어나가지 않게 하기 위해 주로 동향과 지인 중심으로 뭉치게 했다. 낭인 그룹 가운데는 농업을 하는 농부도 있고, 소학교 선생도 있었으며, 잡화상 주인, 약장수, 다케다 한시처럼 문필가도 있었다. 한성신보 기자와 사원들이 가장 많았다. 한성신보뿐만이 아니라, 국민신문, 일본신문 특파원도 섞여 있었다. 국민신문과 일본신문은 일본의 대표적인 언론매체였고, 조선에 특파원을 보내 조선 소식을 전하고 있었다. 이런 사람들이 칼을 차고 이웃나라 국왕의 부인을 죽이려고 들어온 것이다. 이들은 보편적인 도덕감은 버리고 오로지 조국을 위해 한몸 바치겠다는 사명감에 젖어 야수가 되기로 한 것이다.

　건청궁으로 진입하는 길에는 두 가지 길이 있다. 하나는 본도로써 공식적인 행사나 국왕이 행차할 때는 항상 이 길을 이용했다. 다음은 사잇길로 나무와 담벽을 타고 들어가는 좁은 길이다. 이 길은 왕비 민씨가 산책을 하면서 다른 궁으로 갈 때 주로 사용했다. 이 길 옆에는 연못 향정원이 있다. 봄이 되면 화초가 화려하게 피어오르는 화단도 있었다. 이 연못과 화단은 왕비가 주로 사용하는 건청궁 내부의 옥호루와 연결되었다. 본도 쪽으로는 일본 수비대와 훈련대 병력이 갔는데, 국왕을 지키기 위해 있는 궁궐 시위대와 마주쳤다. 시위대 병력은 유사시에는 많이 늘어나지만, 평소에는 많지 않았다. 오십여 명의 국왕 시위대 병력은 수백 명의 일본군 영사관 수비대와 수백 명의 훈련대 병력을 막아낼 재간이 없었다. 처음에는 교전이 벌어져 총알이 오고 갔으나 곧 일본 영사관 수비대에 점령당하였다. 교전이 벌어지고 있는 사이에 오기하라 경부가 안내하는 대로 오십여 명의 낭인 부대는 샛길로 들어가 아무런 저항 없이 건청궁 안으로 들어갔다. 국왕을 호위하는 시위대 병력은 그 수가 너무 적고 화력이 약해 상대가 되지 않자 포기하고 모두 도망을 갔다. 건청궁 안에 국왕과 왕비, 왕세자, 세자비 등의 왕족이 있다는 사실을 잊은 듯이 모두 달아났다. 결사항전해서 죽기로 싸운다는 것은 아예 없었다. 홍계훈 같은 대장은 죽기로 나서면서 싸우는 것이 가능하나, 시위대 나졸은 국왕과 왕비로부터 은혜를 입었다고 생각하지 않는 듯했다. 월급도 제때 주지 않고 삼 개월씩 밀리면서도 궁안에서 무당과 잔치를 하며 돈을 탕진하는 것을 그들도 옆에서 보았던 것이다. 무당이 걸어가는 길에 비단을 깔고 비단보에 백동화를 뿌려 관우 신에게 바치는 돈은 있지만, 나졸들이 당연히 받아야 하는 급료는 없었다. 국왕과 왕비의 절제된 생활이 사라지면서, 민심은 흉흉해졌다. 더구나 궁안에는 하나의 이상한 기류가 돌았다. 그것은 임오년 군인 폭동 이후 지금까지 거의 십 년에 걸쳐 궁안에서 거들먹거리고 다니는 새로운 부류가 생겼다. 그들은 무당이었다. 무당뿐만이 아니라, 점쟁이, 도사, 승려에 이르기까지 궁안에서 행세를 했다. 그 정점에는 진령군이라는 높은 벼슬을 가진 무당이 있었다. 진령군의 위세는 하늘을 찌를 듯했다. 군(君)의

작호는 왕족에게 내리는 최상의 명예직으로 벼슬로 말하면 정1품이었다. 이를테면, 영의정과 맞먹는 것이다. 영의정이 아니라 대원군과 맞먹는다는 말도 나오고 있었다. 그래서 진령군 무당은 궁안에서 국왕과 왕비 다음, 서열 세 번째인 높은 존재로 인식되었다. 왕비의 최측근으로 그녀가 가지고 있는 위세는 대신들에게도 영향을 주었다. 제대로 의식이 박혀 있는 대신들은 그렇게 하지 않았지만, 아부하기 좋아하는 일부 대신들은 진령군과 결연을 맺어 누나 동생, 또는 오라버니 아우님 하는 사이가 되기도 했다. 진령군에게는 어린 아들이 한 명 있었는데, 그 아이가 어렸을 때는 관계없었으나 아이가 커가면서 열일곱 살이 되었을 때 갑자기 당상관 관복을 입고 궁궐을 어슬렁거리고 다녔다. 처음에 잘 모르는 궁궐 사람들은 그가 정말 당상관이 된 줄 알고 앞을 지날 때 허리를 굽혀 예를 표했다. 그러자 아이는 재미를 들여 항상 당상관 복장을 하고 다녔다. 나중에는 그 당상관 복장이 가짜라는 것을 알았지만, 궁궐에 있는 사람들; 이를테면 내관이나 궁녀, 그리고 시위대 군졸들은 그 아이에게 허리를 굽혀 인사를 하기에 이르렀다. 인사하지 않으면 누구인지 확인하고 어머니 진령군에게 일러바치고, 진령군은 왕비에게 엉뚱한 누명을 씌워 인사 안 한 사람을 대궐에서 쫓아낸 일이 있었다. 쫓겨나지 않으려고 모두 진령군 아들에게 하례를 올리는 지경이 된 것이다. 이런 병폐를 승정원에서 보고 올려도, 국왕은 허허 웃으면서 뭘 그런 하찮은 일을 가지고 그러느냐고 했고, 왕비 역시 가볍게 넘길 뿐이었다. 시위대는 먹고 살기 위해 나졸로 있었지만, 나라에 대한 충성은 손톱만치도 없었던 것이 이런 옳지 못한 왕가의 폐단이 한몫 한 것으로 본다. 왕가를 우습게 보면서, 목숨 바쳐 지켜 보았자 우리에게 돌아오는 게 무엇인가 하는 회의가 없을 수가 없었다.

건청궁으로 들어온 오십여 명의 폭도들은 사방으로 흩어져서 왕비 민씨를 찾았다. 여우를 잡아라, 여우를 잡아라 하고 그들은 일본 말로 소리치며 모든 곳을 파헤쳤다. 모든 곳이라면 국왕의 편전도 포함되었다. 어떤 목적으로 쳐들어 왔다고 해도 설마 국왕 편전까지 침범하리라고 국왕은 생각하지 못했으나, 그들은 국왕도 안전에 없었다. 신발을 신은 대로 방에 들어와서 왕비를 내놓아라 하고 소리쳤다. 여긴 국왕이 계신 곳이다. 이분이 국왕이시다. 무엄하다 하고 내관이 소리쳤으나 소리친 내관을 칼로 후려쳤다. 내관이 칼을 맞고 쓰러졌다. 서너 명의 낭인 패들이 국왕과 왕세자를 둘러싸고 으름장을 놓았다. 왕비를 내놓아라 하고 말했고, 칼을 빼 들고 있는 통사 스즈키가 낭인의 말을 통역했다.

"난 모르는 일이니 물러가라."

국왕이 호령했으나 칼을 가지고 설치는 자들이 어느 순간 벨 수도 있었기 때문에 목소리가 떨렸다. 이때 아사야마 겐조라는 자가 국왕의 팔을 잡아챘다. 그러자 옆의 내관이 막으려고 했다. 아사야마가 칼로 내관을 찔러서 죽였다. 칼이 심장을 정통으로 찔렀는지 그 자리에서 피를 흘리며 죽었다. 국왕의 바로 옆에서 내관을 죽이자 내관 아무도 나서지 못했다. 국왕의 옷자락을 잡아끌었으나 국왕이 끌려가지 않으려고 버티었다. 그러자 국왕의 머리채를 잡아채며 상투를 움켜잡았다. 다른 낭인 데라자키 다이키치가 국왕의 어깨를 누르면서 방바닥에 앉혔다.

"어디 달아날 생각 말고 여기 가만히 앉아 있어라."

옆에 통역사가 있었으나 그 말은 통역하지 않았다. 조선인은 아무도 알아듣지 못하지만, 방 안에 있던 여닐곱 명의 일본인들은 알아듣고 키득키득 웃었다. 방구석에서 내관들에게 둘러싸여 움츠리고 있던 왕세자가 벌떡 일어나 국왕을 욕보이는 데라자키에게 달려들었다.

"나쁜 놈. 왜 아바마마를 때리느냐."

몸을 짓누르며 머리채를 잡아 흔드는 광경을 패고 있는 것으로 보였는지 때리지 말라고 소리쳤다. 그러자 나루세 기시로라고 하는 외무성 순사가 왕세자의 몸을 걷어찼다. 왕세자가 옆으로 쓰러지자 사사키 타다시가 발로 허리를 눌렀다. 겨우 빠져나와 왕세자가 벌떡 일어서자 데라자키가 옆에 있는 사사키 타다시에게 물었다. 사사키 타다시는 21살의 한성신문 기자였다.

"이 새끼는 누구야?"

"왕세자 같습니다."

"왕세자면 가만히 있으라고 해. 우리가 아소정을 떠날 때 대원군에게 약속하지 않았으면 네 놈의 목도 이렇게 잘렸을 것이다."

말하면서 데라자키는 칼을 추켜들어 세자의 목을 후려쳤다. 보고 있던 국왕과 내관들이 소스라치게 놀랐다. 그러나 왕세자는 칼등으로 목을 맞아 비틀거리면서 바닥에 주저앉았다. 데라자키가 칼등으로 친 것이다. 칼등으로 쳤지만 목 뒤에 시퍼런 멍이 드러났다. 국왕이 아들에게 다급한 목소리로 말했다.

"척아, 경거망동하지 말고 잠자코 있어라."

척(坧)이란 왕세자의 이름이었다. 아버지는 아들이 저항하다가 폭도들에게 당할까 걱정이 되었던 것이다. 데라자키는 33세의 나이로 약장수로 조선 지방을 돌며 약을 팔던 자이다. 그러나 약장수는 표면적인 일이고, 실제는 조선을 다니며 첩자 노릇을 하는 일본군 육군 중위였다. 육군 중위 첩자라는 사실은 그들 일행, 이를테면 동향의 지인이나, 신문사 사람들도 모르고 있었다. 모두 그를 약장수로 알고 있었다. 사사키 기자는 세자가 쓰고 있는 망건을 잡아채서 바닥에 팽개쳐 발로 밟아 뭉갰다. 왕비를 찾지 못하자 화풀이를 하는 것이다. 복도를 지나다가 그것을 보고 오기하라 히데지로 경부가 소리쳤다.

"국왕과 세자에게 해를 가하지 말라. 대원군과의 약속이 있다."

그러자 국왕의 머리채를 잡고 있던 시부타니와 세자의 망건을 짓밟은 사사키가 움찔하며 자세를 바로 가졌다. 방 안에 있던 여섯 명의 폭도들이 방을 나갔다. 그들이 나가자 방에 모여 있던 내관들이 국왕과 세자 옆으로 몰려갔다. 내관들이 두 사람을 에워싸고 앉았다. 어느 내관은 흑흑하고 눈물을 흘렸다. 왕에게 다그쳤으나 쉽게 불 것같지 않자 폭도들은 방을 나와 다른 방을 뒤지기 시작했다. 복도 끝에 있는 곳에서 조선인 한 명이 나와서 그쪽으로 오고 있는 낭인들을 향해 두 팔을 벌리고 막아서며 소리쳤다.

"여긴 국왕의 침전이다. 함부로 들어오지 마라."

"저 새끼는 누구야?"

히라야마 이와히코가 옆에 따라 붙은 하스모토 야스마루에게 물었다. 두 사람은 나이가 같으며 평소에도 잘 지내고 있는 사이였다. 한성신보 기자인 히라야마가 조선인을 취재할 때 통역이 필요하면 꼭 하스모토에게 부탁하여 함께 다녔다.

"이 자는 궁내부 대신 이경직이라고 하는데, 우리 보고 나가라고 하네. 여긴 국왕이 머무는 곳이라고 해."

"비켜라. 네가 궁내부 대신이면 궁내부 대신이지 우릴 막을 수 없다."

그대로 팔을 벌리고 서 있자 히라야마가 칼을 휘둘러 그의 팔 한쪽을 잘랐다. 동시에 다른 쪽도 잘랐다. 순간적인 동작으로 양쪽 팔을 자르자 옆에서 보던 와타나베가 손뼉 치며 칭찬했다.

"대단해, 단칼에 두 팔을 자르는 속도가 장난이 아니네. 한때 검도 꽤나 했겠는데?"

이경직의 팔에서 피가 뿜어져 나왔다. 본능적으로 몸을 움츠리며 복도 밖으로 뛰쳐나갔다. 그가 도망을 가자 와타나베가 권총을 뽑아 겨냥하더니 쏘았다. 이경직은 와타나배가 쏜 총에 맞고 쓰러져 복도 낭하에 곤두박혔다. 피는 복도에 일부 뿌려지고, 낭하에서 콸콸 쏟아져 나왔다. 와타나베는 외무성 순사로 있었다. 이번에 경부 오기하라의 명을 받고 거사에 참여했다. 이경직을 죽이고 있던 낭인 패거리들이 복도 끝에 있는 방문을 열려고 했으나 잘 열리지 않았다. 미닫이문을 잡아 흔들자 덜렁거리기는 했으나 열리지 않자 뒤늦게 합류한 기자 고바야가와가 발길로 걷어찼다. 문짝이 떨어져 나가면서 활짝 열렸다. 방안에서 하얀 잠옷을 입고 웅크리고 있던 궁녀들이 가벼운 비명을 질렀다. 모두 열 명이 넘어 보이는 궁녀들이 서로 포개질 만큼 밀착해서 엉켜 있었다. 모두 흰 잠옷을 입고 있어서 하얀 인형들이 포개져 뭉쳐 있는 듯이 보였다. 궁녀들은 두 명의 상궁을 제외하고 모두 젊어보였고, 얼굴도 고와서 비슷한 인상을 주었다. 낭인 일곱 명이 모두 옥호루 안으로 뛰어들었다. 데라자키가 웅크리고 모여있는 궁녀들의 곁으로 바싹 다가서서 칼을 추켜들며 소리쳤다.

"이 중에 여우 있으면 나와라."

그 말에 뒤에 서 있던 통역관 오오무라가 웃으면서 말했다.

"여우라면 이들이 어떻게 알아듣겠소." 일본말로 말하고 나서 조선말로 다시 말했다. "여기 왕후가 있으면 나와라."

그러나 아무도 끔쩍하지 않았다. 오기하라가 바로 앞에 웅크리고 있는 궁녀 한 명의 머리채를 잡아당겨 끌고 나왔다.

"말하라. 여기 왕후가 어디 있느냐? 손으로 가리켜라. 그럼 너희들은 아무 탈 없을 것이다."

오오무라가 통역을 하자 궁녀는 모른다고 고개를 저었다.

"여기 안 계셔요. 없어요."

"거짓말 마라. 끝까지 안 밝히면 여기 있는 너희들 모두 죽일 수밖에 없다."

"없어요."

궁녀가 완강하게 부인했다. 오기하라가 머리채를 움켜진 궁녀를 잡아채서 문밖의 낭하 쪽으로 밀면서 칼로 후려쳤다. 여자의 등이 갈라지면서 피가 뿜어져 흰옷이 단번에 붉게 물들었다. 동시에 그녀의 몸이 낭하에 곤두박질해서 처박혔다. 당장 죽지 못하고 낭하에 박혀서 괴로워했다. 이번에는 고바야가와가 한 궁녀의 팔을 잡아 끌어냈다. 이때 스즈키 준켄이 손에 들고 있는 초상화 한 장을 들고 벽에 걸려있는 전등 불에 비쳐보았다. 초상화와 궁녀 얼굴을 번갈아 보았으나 알 수 없었다.

"네가 왕후냐?"

스즈키 준켄이 조선어로 물었다. 궁녀는 아무런 대꾸를 하지 않았다.

"말하지 않겠는가? 베겠다."

스즈키가 칼을 들이대었으나 궁녀는 입을 꾹 다물고 아무 말이 없었다. 마치 벙어리나 되는 것같이 말이 없었다. 목에 칼을 들이대었으나 죽일테면 죽이라는 태도였다. 스즈키는 다시 물었다. 그래도 말이 없자 칼로 그녀의 목을 쳤다. 목동맥이 파열되면서 피가 솟구쳐 방 안에 뿌려졌다. 피가 세차게 뿜어져 나오자 방 안에 서 있던 낭인들의 옷에도 피가 날아가서 묻었다. 낭인들은 황급히 피했으나 피는 사방에 튀면서 옷에 묻었다. 방바닥에 웅크리고 있는 궁녀들의 몸에도 튀었다. 목을 치자 축 늘어지는 궁녀를 밀어 밖의 낭하 쪽에 처박았다. 그때 다른 자리에서 다른 낭인이 또 다른 궁녀를 심문하다가 말이 없자 칼로 그은 다음 낭하로 처박았다. 낭하에는 이경직을 비롯한 궁녀 세 명의 시체가 뒹굴었다. 세 명의 궁녀를 죽여도 계속 불지 않자 데라자키가 결심을 한 듯 궁녀들에게 소리쳤다.

"좋아, 너희 전부를 벨 수밖에 없다."

"여인은 젖무덤을 보면 알 수 있다고 했습니다. 처녀인지 나이든 유부녀인지"

스즈키 준겐이 데라자키에게 말했다. 그러자 데라자키가 히죽 웃으면서 대답했다.

"그럼 좋아, 모두 젖가슴 검사를 해보자. 여기 젊은 년부터……."

데라자키가 웅크리고 앉아 있는 여자를 가리켰다. 그녀는 왕세자비였다. 갓 스무 살의 나이로 가장 젊어보이는 데다 우아했다. 너무 젊어서 알 수 없으나 우아한 자태가 의심스러웠던 것이다. 그녀의 앞가슴 옷자락을 칼로 벗겨내었다. 벗겨내는 과정에 칼이 젖무덤을 베어서 피가 나왔다. 세자비는 악 하고 비명을 지르며 두 가슴을 팔로 싸안으며 웅크렸다. 젖가슴을 제대로 못 본 데라자키는 그녀의 웅크린 가슴을 발로 걷어찼다. 여자가 뒤로 벌렁 자빠지면서 팔로 가린 가슴이 드러났다. 칼로 베인 젖가슴에서 피가 흘렀으나 가슴이 붕긋하고 탱탱했다.

"이년은 아니야. 그럼 너는······."

바로 옆에 웅크리고 있는 여인 한 명을 칼끝으로 가리켰다.

조선말을 하는 스즈키가 말했다.

"저고리를 벗고 가슴을 보여라. 안 그러면 칼로 젖을 오려낼 것이다."

저고리를 벗으라는 말을 듣고도 여인 아무도 옷을 벗지 않고 버티었다.

"이것들 봐라? 내 말이 농담으로 들리느냐?"

스즈키는 칼을 휘둘러 버티고 있는 여인의 젖가슴을 쳤다. 그러자 저고리 속에 숨어 있던 젖가슴이 단칼에 잘려나가면서 마치 고기덩이처럼 살점이 바닥에 떨어졌다. 여자는 자신도 모르게 악 하고 비명을 질렀다. 피가 방바닥에 뿜어져 나가면서 사방으로 튀었다. 젖가슴을 베인 여자는 고통으로 얼굴을 찌푸렸으나 비명도 지르지 않고 두 손으로 가슴을 움켜잡았다. 가슴을 베이고도 신음 소리조차 내지 않으며 여인들이 버티자 기가 찼는지 데라자키는 화를 내면서 칼을 높이 추켜들며 소리쳤다.

"그렇게 버틴다면 모두의 젖가슴을 오려주지."

바로 그때 안쪽에 웅크리고 있던 궁녀 한 명이 문밖으로 뛰쳐나가 복도로 도망을 갔다.

"아무도 그냥 보내지 마라."

그렇게 소리치며 고바야가와와 스즈키가 복도로 달아나는 궁녀 뒤로 쫓아갔다. 마침 복도를 걸어오던 아다치 겐조와 오카모토가 뛰어나오는 궁녀의 다리를 걸어 넘어뜨렸다. 궁녀는 마루바닥에 쓰러지며 뭐라고 소리쳤다. 국왕이 있는 침실 쪽을 바라보며 외마디 비명을 질렀는데, 척아 라고 하는 소리였다. 척은 왕세자의 이름이었지만 일본 낭인들은 조선말을 모르는 데다 왕세자가 척이라는 것을 몰라서 그냥 비명으로 알아들었다. 고바야가와는 쓰러진 왕비 민씨의 몸을 발로 걷어찼다. 바닥에 나뒹군 왕비 민씨는 정신을 차리며 몸을 일으키더니 이번에는 복도를 벗어나 후원으로 달아났다. 그러나 바로 뒤따라간 일본 폭도들에게 잡혔다. 스즈키, 데라자키, 오카모도에게 에워싸였다. 스즈키가 칼을 겨누면서 다시 물었다.

"너 왕비 맞지? 바른대로 말하라."

왕비 민씨가 뭐라고 떨리는 목소리로 말했다. 옆에 있는 오카모토가 스즈키에게 물었다.

"이년이 뭐라고 하느냐?"

"왕비가 맞다고 합니다. 그런데…… 목숨만은 살려달라고 합니다."

"안돼. 죽여라."

오카모토가 말하면서 칼로 여인을 내려쳤다. 칼이 그녀의 어깨를 베었다. 데라우치와 스즈키도 오카모토의 말이 떨어지자 칼을 휘둘러 그녀의 허리를 베었다. 칼을 맞자 왕비는 정신을 잃고 축 늘어졌다. 칼에 베인 온몸에서 피가 흘러 옷을 단번에 벌겋게 적시었다. 아직 죽지는 않았으나, 데라자키가 여인의 어깨를 잡고 스즈키가 다리를 잡아 들고 다시 옥호루로 갔다. 그곳으로 옮겨가서 실제 왕비인가 확인하려는 것이다. 방 안에서는 다른 폭도들에게 다른 상궁 한 명이 가슴에 칼을 맞고 피를 흘리며 죽었다. 아직도 왕비 민씨를 확인할 수 없어 나이가 들은 상궁을 죽인 것이다. 데라자키와 스즈키가 왕비 민씨를 들고 와서 방바닥에 던져놓자 다른 폭도들도 모두 내려다보았다.

"여우가 맞아?"

하고 아다치 겐조가 물었다. 스즈키가 고개를 끄덕이며 대답했다.

"자기 스스로 맞다고 하면서 목숨은 살려달라고 나에게 빌었습니다."

"그래도 알 수 없으니 확인해."

스즈키가 들고 있던 초상화를 꺼내 대조해 보았으나 알 수 없었다. 오카모토와 데라자키도 초상화와 왕비를 번갈아 보았으나 알 수 없었다. 다른 폭도들도 모여들어 초상화와 여자를 대조하면서 참견했으나 아무도 알지 못했다.

"무슨 그림을 이따위로 그렸나? 초상화 가지고는 못 찾겠군."

"방에 있던 궁녀 반을 죽였는데도 아직 못 찾는다면 여긴 없는 거야. 이 애들한테 물어봐도 소용이 없어."

화가 치민 데라자키는 나이든 상궁을 향해 다시 칼질을 했다. 이미 죽어있는 상궁의 가슴을 칼로 베었다. 칼이 스치고 지나간 곳에 피가 번지는 듯했으나 금방 그쳤다. 그때 복도에서 두 명의 낭인이 들어오면서 소리쳤다.

"여기도 없으면 여우는 도망간 거야. 다른 데도 모두 없어."

"그래도 찾아봐야지."

"이 궁녀가 여우 같은데?"

마당에서 칼로 베어 끌고 온 여인이 여우라고 하자 데라자키와 고바야가와가 다시 그녀를 돌아보았다. 그렇지 않아도 얼굴에서 풍기는 귀티가 남다른 점은 있었으나, 그녀가 왕비가 아니라고 생각한 것은 너무 젊어서였다. 왕비의 나이가 이제 마흔 살 중반일 텐데, 이 궁녀는 스무 살 중반 정도 되어 보였기 때문이다.

"얼굴은 그렇더라도 여자는 젖가슴을 보면 나이를 알 수 있다고 하는데 말이야."

누군가 그렇게 말하면서 칼로 왕비의 저고리를 찢었다. 저고리를 벗길 때 다른 치마도 찢어서 옷을 모두 벗겼다. 아래 국부를 드러낸 것은 젊고 나이 든 것을 알아보려는 것이 아니고 여인에게 모욕을 주기 위한 칼질에 불과했다. 그렇게 벗기고 젖가슴을 노출시키자 그것을 들여다보던 낭인들이 고개를 끄덕였다.

"맞아, 젖가슴을 보니 나이가 들어보이는데?"

"왕세자를 불러 와. 확인해 보자고. 아들이라면 알겠지."

"그게 확실하겠군."

그러자 다섯 명의 낭인 무리가 복도로 나갔다. 그들은 국왕이 있는 곤녕합 끝방에 가서 내관들에게 둘러싸여 앉아있는 세자를 끌고 왔다. 처음에는 안 나오려고 버티는 것을 확인할 것이 있다고 달래서 데리고 왔다. 왕세자는 방 안에 쓰러져 있는 세 사람의 궁녀 가운데 왕비 민씨가 있는 것을 발견하고 격하게 울었다. 세자는 방바닥에 주저앉아 통곡했다. 그러자 한쪽에 기절해 있다가 정신을 차린 세자비도 죽은 왕비를 목격하고 격하게 울었다. 왕세자와 세자비가 통곡하자 감정을 삭이고 침묵하고 있던 궁녀들이 모두 통곡했다. 폭도들은 왕비 민씨를 확인하였다. 폭도들은 왕세자와 세자비를 곤녕합에 있는 국왕의 처소로 돌려보내고 다른 궁녀들은 모두 나가게 했다.

왕세자와 세자비가 국왕의 침소에 가고 나서 조금 있자 그곳에서도 통곡이 터졌다. 왕비가 시해되었다는 사실을 듣고 국왕이 울었고, 주변에 있던 내관들이 모두 울음을 터뜨렸다. 국왕의 침소에서 통곡 소리가 울리자 옥호루에 있던 폭도들이 모두 웃으면서 임무를 완수했다고 좋아했다. 사방을 헤매며 왕비를 찾아다니던 낭인들은 왕비를 죽였다는 사실을 깨닫고 환호했다. 사방에서 여우를 잡았다, 우리가 해냈다 하고 소리쳤다.

옥호루에 남아 있던 궁녀들을 모두 내보내고 방안에는 죽은 상궁과 다른 궁녀 한 명, 그리고 나중에 밝혀진 왕비 민씨의 시체가 놓여있었다. 오카모토가 방 안에 모여 있는 낭인들을 돌아보며 이상한 제의를 했다.

"여우를 사냥한 것은 데라자키, 스즈키, 히라야마, 그리고 고바야가와 지사들이 틀림없다. 하지만 처음 칼질을 했다고 모든 공훈이 돌아가는 것은 아니다. 같이 우리는 힘을 합쳐 적진에 뛰어들어 적장을 잡았다."

오카모토는 왕비 민씨를 여우라고 하고, 적장이라고 했다. 그들이 보기에는 왕비 민씨가 여우이며 적장이었던 것이다.

"지금 여기 모여있는 전사들은 모두 한 번씩 여우의 몸에 칼을 대기 바란다. 찔러라. 우리는 공동의 운명을 가진 지사이다. 나쁘게 말해서 공범이며, 좋게 말해서 함께 여우를 잡은 공을 나눠야 한다."

그렇게 말하자 무슨 말인지 알아들은 낭인 패거리들이 죽은 왕비 민씨의 몸에 모여들어 칼질을 했다. 누군가 그녀의 사타구니에 칼을 대었다. 이미 피를 많이 흘러 새롭게 칼질하는 살점에 피는 별로 나오지 않았다. 후원에서 일차 칼질을 했을 때만 하여도 숨을 쉬던 왕비 민씨는 시간이 지나면서 의식을 잃었고, 이차로 가해지는 칼질에 숨을 거두었다. 허연 살점이 드러나면서 베어졌다. 마치 물에 씻긴 고기처럼 계속 칼질을 당하며 살이 허옇게 드러났다. 한 사람이 국부에 칼을 대자 뒤따라 여러 사람이 그곳에 칼을 쑤셔서 왕비의 사타구니가 엉망이 되어버렸다. 뒤늦게 알고 옥호루 방안으로 들어오는 낭인들은 설레는지 저마다 한마디씩 하였다.

"여우 잡았어?"

"잡았대. 당신도 가서 한번 찔러."

"이미 죽었잖아?"

"무슨 상관이야. 역사적 소명인데. 한번 담그고 와."

"난 싫어."

죽은 사람에게 칼질하라는 것을 싫어하고 그대로 가버리는 사람도 있었다. 그러나 대부분 낭인들은 그렇지 않았다. 쉰명이 넘는 낭인이라고 하는 패거리들 중에 왕비의 시체에 칼질을 한 자는 반 정도 되었다. 이십여 명이 왕비의 사타구니를 만신창으로 쑤셔대었다. 옥호루에서 칼질을 하고 나오는 사람들 중에 더러는 여자를 찌른 칼에 묻은 피를 닦지 않고 기념하기 위해 소중히 보존했다. 다른 곳에 있다가 방금 복도로 들어온 낭인 한 명이 옥호루에서 나오는 낭인에게 물었다.

"여우 잡았어? 어디 있지?"

"저 끝방에 있으니 당신도 가서 찔러."

"이미 죽었잖아."

"그래도 찔러. 우리 모두 찔렀어. 이 기회를 놓치지 말라고. 우리에게는 최대의 추억이 될거야. 조선 왕비 민비를 이 칼로 찔렀다는 사실이."

떠들면서 그들은 사라져갔다. 옥호루에는 실무자 여섯 명이 남아서 뒤처리를 준비하고 있었다. 이때 조선 측에서 우범선이 들어왔다. 그는 시체가 왕비 민씨라는 사실을 확인했다.

"이년이 민비 맞소?"

뒤에 서 있던 오카모토가 물었다.

"맞소. 시팔년, 이렇게 죽을 거라면 왜 그렇게 설쳤는지 모르겠네."

우범선이 무슨 생각이 들었는지 낭자하게 칼질을 당한 왕후의 사타구니를 내려다보더니 자신도 칼을 뽑아 쑤셨다.

"대대장도 무슨 개인적인 원한이 있나 보구려?"

오기하라가 웃으면서 그렇게 말하자, 우범선은 어깨를 추석하고 대꾸했다.

"이년한테 원한 있는 조선 사람이 어디 한둘입니까? 에이, 더러운 년."

우범선이 왕후의 사타구니에 다시 칼을 쑤셨다. 일본 낭인들은 한 번 칼을 쑤셨지만, 그는 두 번 칼질하면서 자신이 왕비를 얼마나 증오하는지 일본인들에게 과시하는 인상을 주었다. 그것을 보던 오카모토는 비웃는 표정으로 우범선을 흘겨보았다. 우범선이 나가고 나서 바로 1등 서기관 스가무라 후카시와 미우라 공사가 함께 왔다. 미우라 공사는 국왕을 만나러 왔다가 잠깐 현장을 방문한 것이다. 시체를 확인할 겸 뒤처리를 하려고 들렸다. 시체를 확인한다고 했지만 사실 미우라 자신도 왕비 민씨를 확인할 도리가 없었다. 전에 국왕을 접견하며 발을 치고 있는 왕비 민씨를 잠깐 본 일이 있지만, 발을 치고 있어 제대로 볼 수 없었고, 잠깐 발을 걷고 얼굴을 내밀었어도 자세히 쳐다보지 않아 얼굴을 봐서 알 수 없었다.

"확인했겠지?"

미우라가 오기하라 경부에게 물었다.

"네, 왕세자와 세자비가 확인했습니다. 그리고 우범선 대대장도요."

"그런데 여긴 왜 이렇게……."

미우라가 왕비 민씨의 사타구니를 보다가 얼굴을 찌푸리며 불쾌한 표정을 지었다.

"무슨 짓을 한 거야?"

미우라가 오기하라 경부를 쳐다보자 오기하라는 낭인들을 지휘했던 오카모토를 돌아보았다. 대신 설명하라는 눈치였다. 오카모토가 나서면서 말했다.

"지사들이 분노에 차서 그렇게 했습니다만, 어떻게 말릴 수가 없어 그냥 두었습니다. 어차피 증거 없이 소각할 텐데 무슨 상관입니까?"

"그래도 일국의 왕비인데, 이렇게 예의 없는 행위는 대일본제국의 체면 문제가 아니겠소. 홑이불로 감춰 조선 사람이 보지 않게 하시오."

"조선 사람이 보았습니다."

"누가요?"

"우범선 대대장이 왔다 갔습니다."

"아, 그 사람은 우리 편이라 괜찮소." 미우라는 오기하라 경부에게 지시했다. "더 지체하지 말고 시체를 불에 태워 소각하고, 유해는 땅에 묻어라."

"하이." 하고 오기하라 경부는 부동자세로 서면서 대답했다.

미우라 공사와 스기무라 서기관이 현장을 떠났다. 방 안에 남아 있는 사람들은 왕비 민씨의 시체를 홑이불에 둘둘 말아서 떨어진 문짝 위에 올려놓고 네 사람이 들었다. 밖으로 나가서 호수 옆을 돌아 녹산 숲으로 갔다. 숲속 빈터에 장작을 쌓고 시체를 올려놓았다. 석유를 몸에 붓고 불을 질렀다. 장작과 시체가 타기를 기다리고 있다가 모두 타자 물을 부어 재를 식혔다. 삽을 가져와서 타고 남아 있는 뼈를 부셨다. 가루는 연못에 뿌리고 잘 부서지지 않은 뼈는 숲의 한쪽에 구덩이를 파고 묻었다. 일을 마무리 할 때는 이미 해가 떠서 환하게 밝았다. 그들은 손을 털고 개선장군처럼 통쾌한 기분으로 그곳을 떠났다.

4

"짐이 보위에 오른지 32년에 정사와 교화가 널리 퍼지지 못하고 있는 중에 왕후 민씨가 자기의 가까운 무리들을 끌어들여 짐의 주위에 배치하고 짐의 총명을 가리며 백성을 착취하고 짐의 정령(정치와 명령과 법령)을 어지럽혀 벼슬을 팔아 탐욕과 포악이 지방에 퍼지니 도적이 사방에서 일어나서 종묘사직이 아슬아슬하게 위태로워졌다.

짐이 그 죄악이 극대하다는 것을 알면서도 처벌하지 못한 것은 짐이 밝지 못하기 때문이기는 하나 역시 그 패거리를 꺼리기 때문이기도 하였다. 짐이 이것을 억누르기 위하여 지난해 12월에 종묘에 맹세하기를, 후빈(后嬪)과 종척(宗戚)이 나라 정사에 간섭함을 허락하지 않는다고 하여 민씨가 뉘우치기 바랬다. 그러나 민씨는 오래된 악을 고치지 않고 그 패거리와 보잘 것 없는 무리를 몰래 끌어들여 짐의 동정을 살피고 국무대신을 만나는 것을 방해하며 또한 짐의 나라의 군사

(훈련대)를 해산한다고 짐의 명령을 위조하여 변란을 격발시켰다. 사변이 터지자 짐을 떠나고 그 몸을 피하여 임오년(1882년)의 지나간 일을 답습하였으며 찾아도 나타나지 않았다. 이것은 왕후의 작위와 덕에 타당하지 않을 뿐만 아니라 그 죄악이 가득차 선왕들의 종묘를 받들 수 없는 것이다. 짐이 할 수 없이 짐의 가문의 고사(故事)를 삼가 본받아 왕후 민씨를 폐하여 서인(庶人)으로 삼는다.

이렇게 폐후(廢后)의 조칙을 만들어서 국왕 고종에게 서명하라고 했습니다. 일본 공사 미우라와 총리대신 김홍집과 다른 대신 여덟 명이 대전으로 들어가 그 폐후 조칙을 내밀자 국왕은 그것을 읽어보고는 흑 하고 울음을 참으면서 집어던지고 말했습니다.

죽었는데 살아있다고 하란 말인가? 차라리 내 두 팔을 자르시오.

그 말에 그 어느 대신도 대답 못 했습니다. 그러자 일본 공사 미우라가 나서면서 말했습니다.

왕후가 죽었다고 하면 민란이 터질 수 있습니다. 우선 수습하고 나서 다음에 사실대로 밝혀야 할 것입니다. 그동안에 시간을 벌어서 하루빨리 범인들을 잡아들여야 할 줄 압니다.

일본 공사 미우라는 자기가 시해하고 범인을 잡아들여야 한다고 시침을 뚝 떼고 말했습니다. 그리고 폐후 조칙도 미우라 공사가 1등 서기관 스가무라 후카시에게 지시해서 미리 작성한 것이었습니다. 폐후 조칙을 받아든 총리대신 김홍집은 낙담을 하면서 이렇게 정국이 엉망이 되게 한 것은 모두 나의 잘못이요 하면서 자결하려고 했습니다. 그때 옆에 있던 외무대신 김윤식이 김홍집이 잡고 있는 장도금을 빼앗으면서 말했습니다.

총리대신, 일이 이렇게 벌어졌는데 총리대신만 도망갈 작정이요? 수습은 누가 하란 말입니까.

조선 정부의 대신들이 국왕을 만나러 오기 전에 먼저 편전에는 국왕과 대원군. 그리고 미우라 일본 공사 세 사람이 모여 앉았습니다. 대원군은 고종 옆에 앉아서 한마디도 말하지 않고 침묵만 지켰습니다. 국왕도 할 말이 없는지 입을 꾹 다물고 있었습니다. 모든 사단이 공사 미우라가 꾸민 짓이라는 것을 국왕과 대원군은 알고 있기에 할 말이 없었습니다. 아니면 미우라에게 왜, 무엇 때문에 왕비를 죽였는지 따져야 하지만, 궁궐을 둘러싸고 미우라의 군사 8백 명이 총검을 들고 서 있고, 거기다가 조선군이라고 하는 훈련대 5백여 명의 군사도 일본과 한패가 되어 궁을 지키고 있었습니다. 국왕을 보호하는 것이 아니고 국왕이 달아나지 못하게 지키는 것입니다.

왕비 민씨의 시해 사건이 터졌을 때 일본 정부, 특히 이토 히로부미에게 전문이 날아갔습니다. 〈금일 새벽 조선 왕궁에서 변란 발생, 국왕은 무사, 왕후는 살해 됨〉이라는 간단한 것이었습니다. 동시에 병 때문에 휴양차 지방에 내려가 쉬고 있는 외무대신 무쓰 무네미쓰에게도 비슷한 내용의 전문이 날아갔습니다. 전문은 그 밖에 육군대신과 육군총참모총장, 해군대신에게도 날아갔다고 합니다. 당시 조선에는 여러 갈래의 일본인 첩보 조직이 별개로 활약하고 있었는데, 일본 공사관의 영사 우치다는 미우라 공사가 벌인 이 사건을 전혀 알지 못하고 있다가 사건이 터지고서야 알았다고 합니다. 미우라가 우치다에게 알리지 않은 것은 그가 외무대신의 직속 첩보선이기 때문입니다. 공사관은 물론이고 조선의 모든 정보는 그를 통해 외무대신에게 보고되었습니다. 외무대신이 미리 알았다면 막을 수도 있기 때문에 우치다에게 알리지 않았다는 말도 있고, 다른 한편 짜고 치는 화투처럼 모두 꾸민 짓이라는 말도 있습니다.

공사 미우라는 당연히 총리대신 이토 히로부미에게 전문을 보냈습니다. 모든 전문에 왕비가 살해되었다는 사실을 적시했는데, 그중에 해군성에 보내진 전문에는 〈국왕은 무사, 왕비는 실종〉이라고 되었습니다. 그것은 해군 첩보원이 잘못 이해하고 보낸 것입니다. 왜냐하면 처음 소문에는 왕비가 임오군란 때처럼 몸을 피해 행방불명이 되었다는 말이 퍼졌기 때문입니다. 육군성에 보내진 전문은 육군 첩보원이었던 데라자키 중위가 보낸 것으로, 이 자는 직접 시해에 참여해서 처음 그의 칼에 왕비 민씨가 살해된 만큼 확실한 내용이 보내졌습니다. 〈국왕은 무사, 왕비는 살해, 범인은 육군 사관〉 다시 말해 자기가 죽였다는 뜻이지요. 조선의 왕비를 시해한 것을 영광으로 생각하였기에 자기가 죽였다고 전문을 보내는 것입니다. 데라자키 자신의 이름은 밝히지 않았으나 육군 사관이라고 하였던 것입니다.

이 첫 전문 뒤에 쏟아져 들어온 것은 딱 한 가지 질문이었습니다. 〈그 사건에 어떤 형식으로든 일본이 관여했는가〉라는 것이었습니다.

민간인이든, 군인이든, 공사관 직원이든, 일본이 관여되었다면 일이 간단하지 않기 때문입니다. 그것이 미리 짠 것이라고 할지라도 일본이 어떤 형식이든 관여된 일이면 국제 여론이 시끄러워질 것입니다.

그다음 전문 대답은 모두 솔직했다고 합니다. 어차피 외국의 공사관에서 알게 되어 본국에 보고하면서 외국 신문에 나기 시작했기 때문에 계속 속일 수 없다고 판단한 듯했습니다. 그런데 이 일을 주도한 공사관에서는 〈자객은 다수의 일본 민간인도 참여한 것이 예측되나 확인 중〉이라고 했습니다. 총리대신이 〈본국에서 곧 조사단을 파견 예정이니 사실대로 밝혀라.〉라고 했고, 그다음 전문은 아주 장문의 편지처럼 사실대로 밝혔다고 합니다. 일본인 민간인, 경찰(공사관 오기하라 경부 이하 순사 7명), 한성신보 기자를 비롯한 민간인 30여 명, 오카모도를 비롯한 예비역 장교 3명, 현역 장교 5명, 상인, 농민, 약국 주인, 잡화상, 잡상인, 건달(낭인) 수 명을 포함해서 신문 특파원, 현양사, 천우협 조직원들 다수 포함했다고 했습니다. 몸이 아픈 외무대신 무쓰가 아픈 몸을 이끌고 도쿄로 가서 총리대신 이토 히로부미를 만나게 됩니다. 어떻게 수습해야 될지 의논하기 위해서입니다. 총리와 외무대신이 계속 진상을 물었던 전문을 놓고, 그들이 이 사건을 실제 몰랐다고 하기도 합니다. 그러나 미리 알고 있으면서 전문을 그렇게 주고받을 수도 있는 것입니다. 여기서 일본 쪽에서는 이 사건을 총리대신과 외무대신이 몰랐던 일이고, 일본 공사 미우라가 독단적으로 한 일이라고 하기도 합니다만, 일국의 공사 한 명이 자기 혼자 모든 총대를 매고 이웃나라 국왕의 부인을 암살한다는 것이 가능한 일인지 묻고 싶습니다. 만약 조선이 국력이 있는 국가였으면 이 일로 양국은 전쟁이 일어났을 것입니다."

여기까지 이야기하고 민성규는 긴 한숨을 내쉬고 주머니에서 궐련을 한 개피 꺼내 입에 물었다. 다른 궐련 하나를 나에게 내밀며 영국에서 수입한 담배인데 피우겠느냐고 물었다. 나는 외제 담배가 입에 맞지 않아 조선 담배만 피운다고 했다. 일본이나 영국산 담배를 피워보니 너무 싱거워 맛이 없어 안 피우고 있었다. 담배 연기를 내뿜고는 민성규가 말을 이었다.

"훈련대로부터 연금당하고 있는 우리나라 국왕은 독살이 걱정되어서 외국 공관에서 들여오는 음식 이외에는 입에 대지 않았습니다. 국왕과 대신들은 일본 공사의 눈치를 보며, 엉뚱한 세 사람을 잡아 범인으로 몰아 처형하는 일까지 벌어집니다. 박선이라는 사람과 윤석우, 그리고 이주희였습니다. 박선은 다른 죄로 감옥에 있었는데, 금전 문제로 어느 여자와 말다툼이 벌어졌습니다. 그때 술기운에, 나는 매우 신분이 높은 여성을 죽인 적도 있다고 큰소리쳤습니다. 매우 신분이 높은 여성을 죽였다는 것이 왕비 민씨와 연결되면서 엉뚱하게도 아무 관련이 없는 그가 왕비 살해에 참여한 사람으로 둔갑했습니다. 끌려가서 고문 받다가 거짓 자백까지 하게 되어 살인범 낭인의 한 사람이 되었습니다. 두 번째 윤석우는 훈련대 부위(副尉)였습니다. 그는 궁궐을 시찰하다가 우연히 건청궁 숲에서 왕비 민씨를 소각한 장소를 지나게 되었습니다. 그런데 불에 탄 땅에 아직도 그대로 남은 민씨의 뼈가 발견되어 그것을 땅속에 묻어 주었습니다. 누군가 그것을 목격하고 범인이라고 신고한 것입니다. 그는 체포되었고, 또 고문을 받다가 견디지 못하고 자신이 왕비 민씨를 죽였다고 자백했습니다. 세 번째 이주희는 훈련대 간부였습니다. 그는 박영효가 정권에 관여하고 있을 때 그의 휘하에 있던 박영효 사람이었습니다. 이주희는 제2차 농민 항쟁 때 진압에 협력한 사람으로, 박영효의 추천을 받아 군부협판(차관) 직책까지 오른 사람이었습니다. 김홍집은 박영효를 싫어해서 그 휘하의 이주희를 잡아들였습니다. 시해 사건 당시 그의 행동이 이상했다는 점을 들어 문초하다가 제대로 대답 못하자 고문을 했습니다. 이주희 역시 고문에 못 견디어 거짓 자백을 하게 되었습니다. 이 세 명을 사형시키자 미우라 공사는 김홍집에게 고맙다고 인사를 했다고 합니다. 고문으로 거짓 자백을 받아내서 단번에 사형시킴으로써 일본의 입장을 많이 살려주었기 때문에 고맙다는 인사를 받은 것입니다. 세 명의 조선인을 범인으로 몰아 죽였지만, 한성 장안의 분위기나 외국 공사들의 태도는 여전히 왕비 암살을 주도한 것이 일본이라는 사실에 변함이 없었습니다.

이토 히로부미는 고무라 주타로를 책임자로 선정하고 요코하마 지방재판소 검사장 안도 겐스케, 해군 대좌 이주인 고로, 육군 중좌 다무라 이요소, 인천 영사관보 야마자 앤지로, 해군 소좌 야스하라 간지, 육군 소좌 와타나베 데스타로 등으로 구성된 조사단을 한성에 파견했습니다. 외국 공사들의 여론에 견디지 못하고 일본 정부는 48명의 왕비 암살 범인들을 체포해서 일본으로 끌고 갔습니다. 모두 수갑을 찼는데 미우라만은 수갑을 채우지 않고 그냥 연행했다고 합니다. 이들은 심문을 받았으나 처음에 엄격하던 분위기가 시간이 지날수록 이상해지면서, 쓸데없는 일은 말하지 말라고까지 귀띔해 주면서 심문했다고 합니다. 군인 가담자들은 제5사단 군법회의에서 구스노세 중좌 이하 모든 군인이 무죄가 되었고, 히로시마 지방재판소에서도 민간인 전원이 예심에서부터 전원 불기소되었습니다. 무죄 및 불기소 이유는 모두 증거불충분이었습니다. 증거는 넘치고 있었고, 외국 공사와 외국 공사 직원, 기술자 등 외국인과 조선인, 그리고 일본인들까지도 목격자가 넘쳐났으나 재판소에서는 단 한 번도 목격자를 증인으로 부르지 않았습니다.

이렇게 우리 왕비는 세상을 떠났습니다. 왕비가 세상을 떠나던 날의 일을 내가 이렇게 자세하게 이야기한 것은 내 제자 의녀 덕입니다. 송현숙이라고 내 제자가 있습니다. 내가 제중원에 외과 과장으로 있을 때 의학대학 졸업생 14명 중에 오직 여자 한 명 홍일점이 있었습니다. 그 애를 내가 제자로 받아 교습을 시켰는데, 마침 부인과가 생겨서 송현숙은 부인과로 옮겨갔습니다. 미국인 여자 의원 한 명이 와서 부인과를 개설했지요. 워낙 여자 환자들이 많이 와서 혼자 감당이 안 되었던 것입니다. 더구나 엘레나라고 하는 그 미국 의원은 왕비 민씨의 전담 의원이 되어 궁에 자주 가게 되어서 부득이 여자 의원 한 명이 더 필요했던 것입니다. 엘레나는 궁에 들어가 왕비 민씨를 진료할 때도 송현숙을 데리고 들어갔습니다. 어느날 왕비 민씨가 나를 불렀습니다. 엘레나와 함께 들어오는 젊은 의녀가 있는데 사람이 참하고 기술도 좋은 듯한데, 전문의로 궁에 데려오면 안 되겠느냐고 물었습니다. 궁에는 의녀들이 많았으나 마음에 안 드는 모양이었습니다. 왕후 마마가 원하시면 안 되는 일이 어디 있겠습니까, 그냥 그녀를 부르시면 될 텐데, 왜 저에게 청하옵니까 하고 물었지요. 그러자 왕비는 나를 힐긋 보면서, 미국에서 온 의녀도 그렇고, 제중원에 있는 그 송현숙이란 여자애도 모두 병원을 비우면서 궁궐에 올 수 없다고 하였다는 것입니다. 감히 왕비의 명을 어기었지만, 신식 교육을 받은 그 사람들을 억누를 수 없어 나에게 부탁하는 것이었습니다. 만약 그녀들이 올 수 없다고 하였다면 제가 요청해도 안 올 것입니다. 왕후 마마의 명을 거역한 자가 외과 과장 따위가 부른다고 응하겠습니까? 방법은…… 그러자 방법이 있느냐고 물었습니다. 의금부를 시켜 끌고 와서 주리를 트십시오. 그럼, 있겠다고 자백할 것입니다 라고 말하니까, 처음에는 무슨 말인지 잘 이해가 되지 않는지 잠깐 생각하더니 큰 소리로 웃었습니다. 나는 왕비가 그렇게 큰 소리로, 체통도 던져버리고 큰 소리로 웃는 것을 처음 보았습니다. 한참 웃고 나서 나에게 말했습니다. 의성 공은 우리나라가 의금부를 없앤지가 오래 되었는데도 아직 언급하는 것을 보니 의금부는 없어졌어도 그런 일을 하는 자들이 있다는 뜻으로 받아들여지는데 사실인가 하고 물었습니다. 사실입니다. 그렇게 대답하자 그녀는 고개를 끄덕이며, 고문은 더 이상 있어서는 안 되는 폐단이라고 했습니다. 그리고 고문이 아직도 행해지고 있다는 것을 어떻게 아느냐고 물었습니다. 나는 외과 과장이기 때문에 매일 다리에 부상을 입거나 상처가 심한 환자를 많이 만나는데, 고문을 받고 들어오는 환자가 아직도 많습니다. 죄인들을 이렇게 다루면 사실 진실을 왜곡해서 대답하기 때문에 어쩌면 오히려 진실을 캐지 못합니다만, 다만 형벌의 차원에서 고문을 한다면 그건 근절되어야 합니다 라고 말했지요. 그러자 왕비는 알았다고 고개를 끄덕였습니다. 그리고 며칠이 지나자 이상하리만큼 고문으로 부상당한 사람들이 찾아오지 않았습니다. 찾아오지 않았다는 게 아니라 없어진 것입니다. 어느 관청에서든 죄인을 고문하는 자가 있으면 그곳의 수령을 똑같이 주리를 틀겠다고 포고문을 낸 것입니다. 그 당시 고문받은 사람을 거의 볼 수 없었던 것입니다. 나는 그때 생각했습니다. 그녀가 진정 백성을 생각하는 정책을 편다면 이런 식으로 해야 된다는 것을. 그런데 그녀는 왜 그렇게 하지 못했을까 하는 생각을 하였습니다. 충분히 할 수 있는 능력이 있고, 할 수 있었는데 말입니다. 나는 왕비의 호탕함에 반해서 그녀에 대한 보답이라고 할까, 그래서 송현숙 의녀에게 물었습니다. 왕비는 어떤 사람인가 설명을 한 후에 그녀의 전문의로 궁에 들어갈 수 있느냐고 물으니, 제중원 일이 워낙 바쁘고 중요해서 항상 가 있을 수는 없고, 일주일을 반으로 나눠서 삼일은 제중원에 있고, 삼일은 궁에 들어가 일하면 되겠냐고 했습니다. 나는 송현숙이 반반씩 나눠서 일하는 것을 왕비에게 전했습니다. 왕비가 그렇게 하라고 해서 그 이후 송현숙은 삼일을 왕궁에 가고 삼일은 제중원에서 일했습니다. 그러던 10월 7일 밤에 궁궐에서 지내게 되었습니다. 옥호루에서 궁녀들과 함께 있었는데, 그때 일본 낭인 패들의 습격을 받았던 것입니다. 방안에서 상궁과 궁녀들이 수 명 칼에 맞아 쓰러지는 것을 그녀는 목격하게 됩니다. 그녀는 부인과에서 일하지만, 외과 전문의 교육을 받았기에 사람의 몸에서 흐르는 피를 보고 무서워하지는 않지만, 낭인 패들의 포악함을 보면서 치를 떨었습니다.

일본인 폭도들이 예닐곱 명 들어와서 왕비가 누구냐고 물으면서 대답을 안 하자 여자의 머리채를 잡아당겨 창밖으로 던졌다고 합니다. 궁녀를 칼로 베어서 피가 마구 쏟아졌고, 칼 맞은 궁녀가 거칠게 숨을 쉬었지만, 입을 꽉 다물고 소리를 내지 않았다고 합니다. 한 궁녀는 칼에 베어 넘어져 피를 흘리면서 눈을 크게 뜨고 숨을 몰아쉬었다고 합니다. 아무도 왕비를 말해 주지 않고, 완강하게 입을 다문 궁녀들의 모습을 보면서 송현숙은 충신들은 여기 궁녀라는 생각이 들었다고 하였습니다. 왕비가 갑자기 뛰어나갔다가 칼을 맞고 들려와서 방바닥에 쓰러지는 것을 보았다고 합니다. 처음에는 낭인들도 왕비를 알아보지 못하고 궁녀인 줄 알고 방치했는데, 그때는 이미 왕비가 죽어있는 듯했다고 했습니다. 그런데 아주 약하게 목동맥이 움직이는 것을 보고 송현숙은 자신이 가지고 있는 손수건을 펴서 얼른 왕비의 얼굴을 덮었다고 했습니다. 낭인들이 아직도 살아있는 왕비를 못보게 하려고 그랬다고 했습니다. 그러나 그 짓은 굉장한 용기가 필요한 행동이었지요. 그런데 국왕과 같이 있던 방에 가서 왕세자를 데리고 와서 왕비를 확인하려고 했답니다. 세자가 피투성이 되어 쓰러져 있는 어머니를 보자 통곡을 하였습니다. 그러자 낭인 패들은 왕비를 확인하고 다른 궁녀를 모두 내보내고 왕비에게 계속 칼질을 했습니다. 그렇게 해서 왕비는 세상을 떠났던 것입니다.

그런데 나는 지금 왕비가 장호원에 숨어 있을 무렵, 비가 억수로 피부을 때 마루 처마 밑에서 종이배를 만들어 띄우다가 그것이 물에 빠지지 않고 떠내려가는 것을 보고 좋아하며 손뼉치던 모습이 떠오릅니다. 자객이 오면 어떡하냐고 무섭다고 큰방에서 잠이 안 오자 다락방에 모시니까 그제야 잠이 들던 모습도 떠오릅니다. 그녀는 삼국을 움직여 삼국 간섭이라는 계책을 만들어 낸 책사이고, 뛰어난 재능을 가진 사람입니다.

과거 김옥균의 정변은 실패했지만, 그의 지략은 따를 자가 없는 인물임을 인정합니다. 박영효, 홍영식, 서광범, 서재필도 또한 뒤지지 않는 재사들임을 알고 있습니다. 이 다섯 명의 인물들로 말하면 당대의 지기와 계략을 모으면 세상에 못할 일이 없다고 하였습니다. 그 못할 일이 정변이어서 실패했는지 모르지만. 그런데 이 다섯 명의 당대 천재들이 왕비 민씨 앞에 가면 반드시 기선을 잡히고 말았다고 합니다. 왕비는 김옥균을 비롯한 5인방, 박영효, 홍영식, 서재필, 서광범이 그녀를 공격하면서 논쟁을 했으나 모두 그녀의 언변과 재능에 질

만큼 화술도 뛰어나고 머리 회전도 비상했습니다. 미국에 망명 갔다 돌아온 서재필이 학생들을 모아놓고 강연하면서 왕비 이야기를 하면서 말했다고 합니다. 김옥균이 머리를 설레설레 흔들 만큼 왕비의 기억력과 재담 능력은 뛰어났다고 합니다. 모두 머리를 긁적거리며 나올 만큼 그녀의 지략이 그렇게 뛰어난 것은 틀림없는데, 그녀에 대한 평가는 최악입니다.

영국 왕실의 국립지리학자인 이사벨라 버드 비숍이 저번에 제물포에 도착하여 주한 영국 총영사 힐리어의 집에 투숙했는데, 이때 이사벨라가 5주간 머물면서 언더우드 부인의 소개로 네 차례에 걸쳐 고종과 왕비를 알현하였습니다. 이사벨라가 갑자기 허리에 통증이 있어 내 병원에 들려 간단한 의료 진단을 받은 일이 있었는데, 그때 이런 이야기 저런 이야기 나오는 과정에 우리나라 왕비에 대해서 이렇게 말했습니다. 내가 네 차례 만나 본 왕비는 상당히 우아하고 아름다웠습니다. 머리는 칠흑처럼 흑발로 반짝반짝 빛났고, 피부는 투명하여 꼭 진주 가루를 뿌린 듯했습니다. 왕비는 실제 진주 가루를 얼굴이며 몸에 뿌리고 다녔습니다만. 눈빛은 차갑고 날카로우며 예지에 빛났습니다. 나는 왕비의 우아하고 고상한 태도에 깊은 감명을 받았습니다. 그녀의 사려 깊고 다정한 친절함, 특출한 지적 능력, 통역이 중간에 끼어서 전하는 말임에도 불구하고 정확하고 조리있는 놀랄 만한 말솜씨가 뛰어났습니다. 그녀의 정치적 영향력, 국왕뿐만이 아니라 그 외 많은 사람들을 수하에 두고 지휘하는 통치력을 충분히 이해할 수 있었습니다. 한 여성으로서도 굉장히 매력을 느끼게 했고, 정치인으로서도 외국인인 나에게까지 기를 느끼게 하였습니다 라고 말했습니다. 왕비를 평하는 이사벨라의 생각이 전부라고 할 수는 없지만, 일단 외국인의 객관적인 시선으로도 왕비는 뛰어난 분이었던 것이 틀림없습니다."

"나라를 망친 장본인인데 뭐가 뛰어나다는 것입니까?"

"그런데 이제 세상을 떠나고 없습니다. 우리는 무당 굿하는 민자영, 민씨 일파에게 벼슬을 주어 세력을 쌓게 하고 권력을 움켜쥔 민자영만 떠오르지 천재 민자영이나 상냥한 민자영, 합리적으로 이해하고 친근한 민자영, 은혜를 입었으면 기억했다가 꼭 보상해주는 의리의 민자영은 모르는 듯합니다."

"아니요. 나는 의성 공과 생각이 다릅니다. 그냥 권력이 없는 아낙네였으면 그 민자영은 괜찮은 한 여성일 것입니다. 그녀가 평범한 농부의 아내였다면, 그녀가 목공의 아내였다면, 그녀가 기술자의 아내였다면, 그녀가 어느 군졸의 아내였다면, 그렇다면 무당 굿하는 것이나, 아들만을 생각하는 그 지고한 모성을 그 누구도 그것을 비난할 수 없었을 것입니다. 그런데 그녀는 국가의 임금 부인이었습니다. 그런 위치에 있는 여자는 백성을 생각하고 백성의 안식과 평화를 제일 우선으로 생각해야 합니다. 십여 년 전 임오년에 의성 공이 왕비를 수행하면서 목격한 종이배 모습은 나도 그때 들으면서 감동받았습니다. 그녀가 한 소녀 시절을 겪었던 여성이라는 인간적인 연민이 일어났던 것도 사실입니다. 그러나 그녀는 왕비입니다. 왕비는 백성을 제일 먼저 생각해야 하는 의무가 있습니다. 그녀는 그렇게 하지 못했기 때문에 그녀가 종이배를 띄우고 손뼉을 치는 소녀 같은 짓을 하거나, 무서워서 떠는 인간적인 모습을 보였다고 해서 잘하는 것은 아닙니다. 그녀에게는 인간적인 모습은 중요하지 않습니다. 백성을 위해서 해야 될 것이 있고, 하지 말아야 할 것을 구분하지 못했던 것입니다. 그래서 나는 그녀를 연민하지도 않고 존경할 수 없습니다. 내가 지금 거병하려고 하는 것은 그녀를 죽인 일본인을 미워해서가 아니라, 조선의 왕비를 죽인 일본과 전쟁을 하려는 것입니다. 왕비를 죽였는데, 전쟁하지도 못하고 망하는 나라는 너무 비참하지 않습니까? 그래서 나는 전쟁을 하려고 하는 것입니다."

"잠깐만, 지금 전쟁이라고 하셨습니까?"

민성규가 깜짝 놀라면서 나를 쳐다보았다. 나도 모르게 그런 말을 뱉어서 긴장하지 않을 수 없었다.

"털어놓겠습니다만 거병을 준비하고 있습니다."

"왕궁에 가서 정변을 일으킬 것입니까?"

"왕궁을 습격하려는 것이 아니고 일본군을 공격할 것입니다. 지금 조선 왕궁은 왕궁이 아닙니다. 국왕을 볼모로 잡고 일본 공사가 제멋대로 정책을 입안하고 통치하는 것은 나라가 침략당한 것이나 다름없지요. 망하더라도 전쟁은 해야 하겠습니다."

"군사를 모았습니까?"

"모으고 있습니다만, 좌우간 우리는 봉기할 것입니다. 동학 전쟁과는 성격이 다르겠지만, 결국 왜놈들을 몰아내는 정신만은 동일할 것입니다."

"그렇지 않아도 소문을 들으니 왕비 암살과 단발령 때문에 경상도 선비들이 반정 통문을 돌린다고 하던데, 운강 공도 참여하려는 것입니까?"

"반정이 아니라 일본과의 전쟁입니다."

민성규는 입을 다물고 한동안 말이 없었다. 내가 반란을 일으킨다고 이해했는지 그는 약간 겁먹은 표정으로 나를 보고 있었다. 그는 더 이상 말하지 않았다. 왕비 민씨 이야기도 더 이상 언급이 없었다. 눈치를 보니 빨리 자리에서 일어나 대구 약전 시장으로 가고 싶어하는 것이었다.

제7장

운강(雲崗), 의병을 일으키다

1

　문경 오정산에 있는 고모산성(姑母山城)은 처음 신라에서 축성한 것으로 보고 있다. 정확한 축성 시기는 알려져 있지 않으나, 4세기 이전에 축성되었다. 비교적 작은 돌을 쌓아 만든 신라의 전통적인 축성 기법을 보여준다. 이 산성은 신라와 백제, 그리고 고구려가 국경을 경계하면서 치열하게 각축했던 역사적인 산성이다. 고모산성 서쪽과 남쪽은 영강 하천이 흘렀고, 그 하천을 이용해서 해자(垓字) 역할을 하게 만들었으며, 오정산으로 이어지는 협곡을 이용해서 성벽을 쌓았다. 서쪽 절벽을 그대로 활용해서 편축식(片築式)으로 성벽을 쌓았고, 다른 나머지 세 면은 지세를 이용해서 협축식(夾築式)으로 쌓았다. 내가 보기에는 어림잡아 3만 명 정도의 군사들이 군영을 갖출 수 있는 규모였다. 삼국시대에 신라성이었다가 백제성이 되기도 했고, 고구려가 침공해 오면서 고구려 산성이 되기도 했다. 그렇게 세월을 타면서 조선시대에 와서는 임진왜란을 겪으면서 의병들이 군영을 만들어 조령 전투에 대비해서 활용했다. 조선 후기에 잠깐 이인좌(李麟佐)의 반란이 있을 때 부하 장군 정희량을 이 성에서 격파해서 반란을 잠재운 일이 있었다. 임진왜란 초기에 이 성을 이용하거나, 조령 고개를 막고 싸웠다면 그렇게 쉽게 일본군 병력이 단번에 한성으로 올라갈 수는 없었을 것이다. 그런데 신립 장군은 충주 탄금대에서 왜병을 막았다. 그것이 큰 실책이 되었다. 조령(문경새재)과 고모산성은 천연의 요새임에도 그 이점을 충분히 활용하지 못했다. 고모산성은 옛날부터 지금까지 중요한 교통로인 계립령을 지키는 성이었다. 여기서 고대의 토기들이 출토되고, 아직도 삼국시대의 기와장과 청동기를 비롯한 도자기들이 출토되고 있다. 조령과 이 성은 북부와 남부를 잇는 관문으로 매우 중요한 위치를 점하고 있었다. 그래서 얼마 전에 동학 농민군들도 관군과 일본군에게 쫓기면서 이곳에 진지를 구축해서 전투를 벌였다.

  문경에서 동학군이 활발하게 움직인 것은 두 해 전에 전봉준이 거병을 알리는 사발통문을 보내면서 전개되었지만, 그 전에 동학도가 세력을 확보하고 난리를 일으킨 것은 이필제(李弼濟)의 변란이었다. 동학도 대접주 이필제가 변란을 일으킨 것은 전봉준이 일으킨 농민항쟁과 성격이 다른 것이었다. 그때는 내가 어렸을 때로, 난리가 났지만 나는 모르고 있었다. 후에 전해 들은 이야기로 알게 되었다. 이필제의

난이 문경에서 일어났다고 하지만 나는 전혀 알지 못했고, 알았다고 해도 관심이 없었을 것이다. 당시 동학교는 서학이라고 하는 천주교에 대립해서 유교, 불교, 선교를 종합하는 동양의 종교로 탄생해서 대중들의 인기를 얻었다. 그 교세가 엄청나게 뻗치면서 하루도 동학교에 대한 이야기가 그칠 줄 모르고 백성들의 입에서 입을 통해서 퍼졌다. 삶이 척박했던 조선 말기의 백성들은 후세에 세상이 개벽하고 태평천국이 온다고 하자 반하지 않을 수 없었던 것이다. 더구나 그 무렵에 정감록이라는 책이 세상 사람들을 엉뚱한 방향으로 들뜨게 만들었다. 동학교 교세의 확장이 두드러지자 조정에서는 위협을 느꼈다. 조정에서는 동학교 1대 교주 최제우를 체포할 것을 결정한다. 최제우를 체포하라는 명을 받은 인물이 선전관 정운구였다. 대구에서 최제우를 체포해서 조령 고개를 넘어 한성으로 가고 있을 때 임금 철종이 죽었다. 국왕이 죽자 모든 죄인은 한성으로 올라오지 말고 현지 관아에서 문초하여 처결하라는 명이 내려졌다. 압송을 하던 정운구는 발길을 돌려 다시 조령고개를 넘으려고 하는데, 동학교도 수천 명이 횃불을 들고 최제우의 뒤를 따랐다. 이 군중 속에 문경 출신 이필제가 있었다. 그는 조령고개를 넘으면서 수천 명의 동학교도들이 질서정연하게 따르는 것을 보고 충격을 받는다. 교주를 호송하던 선전관 정운구는 수천 명의 횃불 든 동학교도들을 보면서 처음에는 긴장했다. 그들이 마음만 먹으면 달려들어 호송하는 관군들을 해칠 수 있었다. 호송대는 겨우 오십여 명에 불과하기에 수천 명의 군중이 달려들면 뼈도 추릴 수 없었던 것이다. 그런데 동학교도들은 소란을 피우지 않고 그냥 묵묵히 따르면서 이따금 시천주를 향한 주문만 위울 뿐이었다. 이필제는 그 위용에 놀라기도 하면서 한편 동학교도 집단의 힘을 깨달은 것이다. 이들을 잘 이용하면 무엇이든 못할 것이 없다는 야심을 가진다.

　동학교도 수천 명이 전송하는 가운데 대구로 돌아온 정운구는 문초할 필요도 없이 그냥 죽이라는 조정의 지시를 받았다. 대원군이 정권을 잡으며 집정이 시작되는 시점이었다. 대원군은 권력을 잡으면서 종교 단체의 교조가 세력을 잡는 것을 원치 않았다. 최제우는 대구읍성 남문 밖 아미산 아래에 있는 관덕정에서 효수된다. 교조의 효수는 동학교도들의 기세를 꺾었으나, 교세는 완전히 꺾이지 않았다. 교조가 교수형이 되면서 동학교는 아도(사이비 종교)가 되어 동학을 믿는 것은 불법이 되었다. 제2대 교주 최시형은 산간 지역을 중심으로 숨어서 교세를 확장했다. 이들은 최제우의 억울한 죽음에 대해 신원회복과 동학을 인정해 달라는 탄원을 조정에 내었다. 교조신원운동이라고 하는 탄원 운동인데, 이 일은 최시형과 함께 이필제가 주동이 되었다. 이필제는 수만 명의 동학교도들을 이끌면서 교주 최시형과는 다른 세력을 형성하게 된다. 진주에서 접주들을 모아 놓고, 이런 세상을 계속 지켜볼 수는 없는 일이었다. 후천개벽을 우리 손으로 이뤄 우리가 태평천국을 이룩하자 하는 반란성이 강한 연설을 하기에 이른다. 이 일을 가리켜 진주작변이라고 한다. 진주에서 반란 음모가 세상에 알려진 것을 두고 하는 말이다. 모의 단계에서 발각되었기에 작변이라고 하였다. 영해와 조령에서는 실제 반란을 일으켰다. 그는 1만 명의 동학교도들을 모아놓고 봉기했으며, 자기들이 일어서면 전국에서 동학교도 1백만 명이 따를 것이라고 허풍을 쳤다. 그때 동학교도들이 1백만 명인지 알 수 없었으나, 이필제는 백만 교도의 이름으로 후천개벽을 선언하고, 조령현에 있는 무기고를 털었다. 당시 문경의 조령은 한양으로 가는 길목으로 조령별장(창고)을 두어서 많은 무기를 모아 문경현에 저장해 두고 있었다. 그 창고에는 화승총과 일본식 소총도 상당량 있었다. 다만, 소총을 제대로 청소하지 않아 모두 녹쓸어 하나도 쓸 수 없었다. 그것은 갑신정변 때 김옥균이 무기고를 열고 2만 5천 점이나 되는 소총을 꺼냈으나, 모두 녹쓸어 사용할 수 없었던 일과 비슷한 경우였다. 총기는 매일, 매일은 아니라도 가끔 기름칠하고 닦아야 쓸 수 있지, 몇 년이고 그냥 내버려 두면 고철이나 마찬가지였다. 그것을 몰랐던 관리들이나, 알았다고 해도 자기 일이 아니니까 내버려 둔 덕분에 외국에서 비싼 돈 주고 사 온 무기들이 그렇게 버려진 것이다.

이필제가 총기를 획득하고 나서 한성을 공격한 다음 그 여세를 몰아 중국 자금성을 친다는 계획이었다. 야심이 얼마나 컸는지 청나라를 정복하는 계획이 포함되었다. 그것은 동학교 교리에 나오는 예언에 조선만을 개벽하는 것은 태평천국이 될 수 없으며, 청나라 일본 등 아시아를 개벽해야 된다는 주장이었다. 어떻게 보면 약간 정신이 돌아버린 사람으로 볼 수 있는데, 이 주장을 따른 동학교도들이 1만 명이나 되었다. 그만큼 백성들의 삶이 팍팍했었다고 인정할 수밖에 없는 일이었다. 이필제는 무기를 획득하지 못하고 실패한 이후에도 태백산을 중심으로 경상도와 강원도 등지에 숨어다니면서 동학교도 동지를 규합하였다. 이필제를 따르는 동학교도 간부 가운데 정기현이란 자가 있었다. 정기현과 함께 조령에서 서원철폐 반대 집회를 이용해서 민중을 모으려고 준비했다. 조령 초곡에 유림들이 서원철폐에 대한 복합상소를 해야 한다는 조령유회 통문을 돌려 거사를 도모하려고 했다. 정기현은 이 통문을 권응일에게 전하고, 이필제, 김난균, 최응규 등은 충주, 연풍, 괴산, 문경 등지의 일을 담당해서 암약했다. 거사를 위한 집합 장소인 조령 주막에 사전 모의했던 주동 인물들이 모이기로 했으나 제대로 오지 않았다. 이필제를 따르던 인물들도 조선을 먹고 나서 대륙으로 진출한다는 계획을 미친놈의 생각으로 보았는지 따르지 않았던 것이다. 그렇지 않아도 문경현이 관리하는 조령 무기고를 침범한 죄로 지명 수배 받고 있던 이들은 관헌의 감시망을 피하지 못했다. 이필제는 가족이 있는 문경으로 갔다가 잠복해 있는 관군에게 잡혔다. 이필제는 한양으로 끌려가서 문초를 받고, 군기시 앞길에서 모반 대역죄로 능지처사되었다.

전봉준이 봉기했을 때 예천과 문경에서 동학 농민군이 일어났다. 경상도 북부 지역에는 영동포, 선산포, 상공포, 충경포, 관동포가 있었다. 이 5개 포 중에 예천, 문경 지역이 관동포였다. 여기에는 관동

대접주가 모든 것을 총괄하고 있었는데, 관동 대접주는 이원팔(李元八)이라는 자였고, 그다음 서열의 관동 접주는 최맹순(崔孟淳)이었다. 대접주 아래 접주, 접사, 봉령, 교수, 대정, 중정 등이 임명되었다. 나는 털보 강민호를 통해서 접주라는 사실만 알지 다른 계급은 모르고 있었다. 조직이 여러 계급으로 나눠져 있다는 것은 알았으나, 구체적인 구조는 관심도 없었고, 알려고 하지도 않았다. 예천, 문경의 관동포 접주와 접사가 문경에서 동학군 활동을 활발하게 하고 있을 때에 나는 전봉준 부대에서 남원 접주 털보와 함께 전쟁을 치르고 있었다. 내가 대장이 되어 지휘한 것은 아니지만, 결국 털보와 같이 군사들을 지도했기 때문에 참전했다고 할 수밖에 없다. 화서파 선비 모임에 가보면 모두 동학교도들을 경멸하고 싫어하는 것은 알지만, 나의 입장에서는 동학교도들을 배타 시 하지 못했다. 그리고 지금 의병을 일으키면서 상당수가 한때 동학군으로 가담했던 사람들이라는 것을 나는 알고 있다.

　동학군과 싸운 일본군 부대는 대규모 부대가 아니고 지방 병참기지에 자리하고 있는 소수 병력이었다. 소수 병력이지만 모두 신식 무기로 무장하고 있어서 강력한 전투력을 지녔다. 일본군은 부산 동래에서 한성에 이르는 군용 전선과 군용 도로를 깔고 있었다. 일본군은 청일 전쟁을 시작하는 시점부터, 그러니까 재작년 여름부터 부산 동래에서 한성까지 군사 도로를 깔고 있었다. 남의 나라에 와서 자기들 멋대로 남의 전답이나 산천을 뭉개면서 길을 닦았다. 약 오십 리마다 병참부를 설치하였다. 문경은 대참(大站)이었다. 중간에 소참을 두기도 했다. 조령이 중요한 곳이기 때문에 병참의 병력도 많았다. 도로는 조선인 3백 명의 민간인을 부역자로 동원해서 3일에 십 리씩 길을 닦았다. 그 일을 감독하고 지휘하는 것이 병참에 있는 일본군들이었다. 본래 있는 길을 넓히고 있었다. 좁으면 전답을 가리지 않고 침범했으며, 구덩이는 메우고, 나무는 베어내고, 돌은 뽑아 평평하게 만들었다. 이렇게 남의 토지를 무단 침범해서 피해 입은 농민들의 상당수가 의병에 참여했다. 왜놈 때려죽이겠다고 벼른 것이다. 병참의 일본군 병력이 도로 닦는 것 이외에 신경을 쓸 수밖에 없는 것이 바로 동학 농민군 소탕이었다. 병참 병력으로 부족할 것 같으면 한성에서 병력이 보충되어 내려왔다. 청나라와 전쟁을 치르면서 일본군 병력은 서너 번에 나눠서 4개 군단 약 12만 명이 왔다. 대부분 청나라와의 전투 병력이었지만, 그중에 약 1만 명의 병력은 조선에 머물면서 왕궁을 점령하여 정권을 장악하고, 왕비 민씨를 시해하고, 동학 농민군을 토벌하는 일에 쓰였다. 동학 농민군이 없어지자 이번에는 선비가 주동이 되고 평민과 쌍놈이 합세하여 일어난 의병을 토벌하려고 병력을 내려보냈다.

당시 문경은 상주 소모사 정의목 관할이었다. 문경은 교통의 요지이기 때문에 동학 농민군의 활동 범위에도 항상 걸쳐지는 지역이었다. 정의목은 그에 대응해서 그가 관할하는 군현에 감결을 보내서 상주로 오도록 군령을 전했다. 이 무렵 보은 전투에서 패배한 동학 농민군 부대들이 해산하면서 남쪽으로 오는 병력은 대부분 조령고개를 넘게 되었다. 그리고 그들의 일부가 문경에 잔류하면서 동학군 부대와 합류하는 경우가 발생했다. 이들을 막기 위해 관군을 동원했으며, 이 때는 일본군의 힘을 빌리지 않고 관군의 힘만으로 소탕하기 시작했다. 이때 상주 소모영 정의묵이 소모사로 임명되었을 때, 그 유격장으로 선발되어 공을 세운 인물이 김석중이었다. 김석중은 정의목의 유격장으로 있으면서 안동, 문경, 상주 지역의 동학 농민군을 소탕하였고, 동학 농민군을 잡아서 말을 잘 듣지 않는 자는 일정한 재판도 없이 죽여버렸다. 그래서 그의 손에 상당히 많은 동학군들이 죽었다. 동학 농민군들에게 악명을 떨치기 시작한 것이 바로 이때였다. 김석중은 동학 농민군 진압의 공을 인정받아 지난해 4월 28일(음력)에 안동부사로 추천받아 임명되었다. 5월 29일에 조선 정부 행정 제도가 23부 체제로 개편되자 안동부 관찰사로 승격하였다. 조정에서 을미개혁의 일환으로 조선 사람에게 단발령을 내리자 김석중은 발 벗고 나서서 사람들의 상투를 잘랐다. 오랜 관습으로 상투를 기르고 살았던 조선인들은 상투를 자르는 것에 목을 자르는 것 못지 않은 절망감에 빠졌다. 이렇게 되자 김석중은 민중의 반발을 사게 되고, 원수처럼 생각하는 사람이 많아졌다. 예안의 의병장 이중린은 현상금을 걸고 김석중을 수배했다. 그렇게 되자 김석중은 의병장들의 표적이 되었다. 특히 안동 의병 부대에 쫓겨 안동 관가를 지키고 있을 수도 없게 되어 도망을 가게 된다. 먼저 일본군 병참 부대에 잠시 숨었다가 조령을 넘어 연풍을 벗어나려고 할 때 내가 모집한 의병진의 군사들에 의해 잡했다.

　김상태와 윤기영, 그리고 박일교가 다른 십여 명과 함께 모두 말을 타고 연풍으로 달려가 주막에서 국수를 먹고 나오는 김석중을 잡았다. 김석중과 함께 있던 부하 순검 이호윤과 김재담도 같이 체포했다. 겨울 날씨는 차가웠으나 정오가 되면서 바람도 멎고 비교적 온화해졌다. 박일교 일행은 주막을 둘러싸고 숲속에 숨어서 기다렸다. 음식을 먹고 있는 것을 안으로 들어가 잡을지 기다렸다가 나오는 것을 잡을지 박일교와 김상태, 그리고 윤기영이 의논하고 있을 때 밖으로 나오는 김석중을 발견한다. 김석중은 몸집이 뚱뚱하고 곤색 양복을 입었고, 머리도 짧게 잘랐다. 턱수염이 고슴도치처럼 듬성듬성 난 이상한 얼굴이었다. 얼굴을 찌프릴 때는 턱수염과 어울리면서 이상한 표정이 되었다. 그래서 처음 만나는 사람들은 그의 턱수염 때문에 웃음이 나오는 것을 억지로 참느라고 애썼다. 한번은 동학교도 누군가 체포되고 나서 그의 턱수염을 보고 웃었다고 당장 처형당한 일도 있었다. 박일교가 들고 있는 초상화에는 그 이상한 수염이 그려져 있다. 초상화와 실제 모습이 판이하게 달랐다. 그러나 그의 얼굴을 아는 사람이 두 명 있었다. 김상태와 윤기영은 김석중과 전투에서 맞붙은 일이 있었다. 김상태는 단양 지역의 동학교도였다. 조령에 왔을 때 동학군을 공격하는 관군 선봉장에 그가 서 있는 것을 본 일이 있었다. 윤기영은 강원도 영월에서 동학군으로 활동하다가 일본군에게 패해서 조령 고개를 넘을 때 관군 유격장인 그를 본 일이 있었다.

열 명이 넘는 의병이 총을 겨누면서 둘러싸자 김석중은 깜짝 놀란다. 그리고 바로 옆에 있는 순검 김재담을 돌아보았으나, 김재담은 의병들에게 무장해제를 당하고 있었다. 품에 숨겨 가지고 있는 권총을 빼앗겼다. 다른 순검 이호윤은 권총은 없고 장도검을 가지고 있었다. 품에서 검을 뽑았으나 그보다 더 빨리 의병들이 저지했다. 두 사람도 머리를 짧게 자르고 일본군 군인 복장을 하고 있었다. 두 사람을 밧줄로 묶었다. 김석중도 두 순검처럼 포승에 묶였다. 포승에 묶이면서 김석중이 당황하는 어조로 말했다.

"이봐, 나 돈 좀 가지고 있으니 나하고 타협하자. 날 풀어주면 1천 냥 어음을 내놓겠다. 너희들 열 명 정도 되는데 한 사람당 백 냥씩 가지면 한동안 쓸 거야."

그 말을 듣자 김상태가 히죽 웃으면서 말했다.

"너의 목에 걸려있는 상금이 1천 냥인데 뭐하려고 놓아주냐?"

"그럼 더 주지. 먼저 1천 냥 주고 다음에 다시 1천 냥 더 주지."

"다음에 언제? 죽은 다음에?"

"난 안 죽어. 돈이 싫으냐?"

"돈은 네가 저승에 갈 때 노자나 해라."

박일교가 말하며 그의 정강이를 걷어찼다. 뚱뚱한 그의 몸이 휘청 흐느적거렸다. 겨우 몸을 지탱하면서 발에 힘을 주자 바닥이 얼어서 미끄러운지 뒤로 벌렁 넘어졌다. 두 팔이 몸통에 묶여 있어 제대로 일어나지 못했다. 그를 잡아 일으키자 겨우 버티며 섰다. 그들을 모두 포박해서 말에 태워 문경 가은으로 향했다. 그들이 가고 있는 숲에는 앙상한 가지만이 남은 나무가 가득했다. 이따금 소나무가 보였고, 가지 아래 그늘에 눈이 녹지 않고 그대로 허옇게 드러났다. 산허리 그늘에도 눈이 녹지 않고 그대로 있었다. 의병 일행은 세 명의 사내들을 말에 싣고 함께 달려갔다. 길에도 그늘진 곳은 눈이 녹지 않고 얼어 있었다. 땅이 얼어있는 곳은 말도 조심해서 달렸다. 한 시간 후에 그들은 의병진 임시 사령부로 정한 박일교의 집에 도착했다.

포승에 묶인 채로 큰방에 들어와서 꿇어 앉혔다. 김석중이 꿇어앉지 않으려고 버티는 것을 박일교가 걷어차서 앉혔다. 우리가 의병이라는 사실은 알았겠지만 김석중은 내가 누군지 모르는 듯했다. 나는 그들에게 잡혀 온 김석중에 대해서 이야기를 들어 잘 알고 있었다. 그래서 앞뒤 이야기는 생략하고 단도직입적으로 물었다.

"네가 왜 잡혀 왔는지 알고는 있느냐?"

"댁이 뉘신지?"

"여기서는 내가 묻고 그대는 대답을 해야 되는 위치다. 묻는 말이나 대답해라."

말을 하고 보니 공교롭게도 십이 년 전, 갑신정변이 있던 때에 내가 의금부에 끌려가서 종사관하고 마주 보았을 때 그의 말이 떠올랐다. 그때 그 종사관이 나에게 그렇게 말했던 기억이 새삼 떠올랐다. 일부러 그 말을 답습하려고 했던 것이 아니었는데 말을 해놓고 보니 같은 말이어서 실소를 금할 수가 없었다. 다시 회상하기조차 싫은 고문받

앉던 때의 이야기였다. 그래서 문득 이놈들을 고문할까 하는 생각이 스치고 지나갔지만 아무리 죄가 밉지만 인간으로서 할 도리는 아니라는 생각이 들었다.

"사람들은 너를 왜관찰사라고 부르는데 안동 관찰사를 왜 왜관찰사라고 부르는지 알고는 있느냐?"

"그렇게 부르는 것은 알지만…… 뭐, 내가 일본인들과 좀 친하다는 뜻에서 그런 것이 아니요?"

"단순히 친하다는 뜻인가? 너는 왜놈에게 개처럼 굴었다."

"그런데 당신은 누구요?"

"아까도 말했잖은가. 내가 묻고 너는 대답해야만 한다."

"날 왜 심문하는 거요? 당신이 뭔데?"

"대장, 이놈은 심문할 가치도 없는 놈입니다. 당장 죽여서 개천에 버립시다."

박일교가 김석중을 흘겨보면서 지껄였다. 그러자 김석중이 히죽 웃으면서 말했다. 그 턱수염이 이상해서 히죽 웃을 때 얼굴을 보니 이상한 모습이었다.

"내가 가치가 없다고 하지만 난 삼천금의 값어치가 있소이다. 나는 천냥의 말을 하고, 배운 글이 천 냥의 가치는 있을 거요. 그리고 내 인물이 천냥어치는 될 것이외다."

"그래서 네 놈 수배에 천 냥 현상금을 걸었구나?"

옆에서 듣고 있던 김상태가 말하며 김석중에게 침을 뱉었다. 그는 당장이라도 그를 죽이고 싶어 하는 눈치였다. 나는 김석중과 더 이상 말씨름을 해도 아무 소용이 없고, 가치가 없다는 생각이 들어 그들을 창고에 가두라고 지시하였다. 그리고 그들을 어떻게 처리해야 할지 세 사람과 의논했다. 김상태는 무조건 세 사람을 죽이자고 했고, 윤기영은 김석중은 죽이고 두 순검은 살려서 내보내자고 하였다. 박일교도 세 사람을 모두 효수하자고 하였다. 세 사람 모두 김석중을 죽이자는 것에 동의하였다. 그러나 윤기영은 두 순검은 살려주자고 하였다. 나 역시 순검까지 죽일 필요는 없어서 윤기영의 의견에 동의하였지만 우리들의 의견으로 결정할 것이 아니라 내일 농암 장날 도태장터에서 대중들의 의견을 들어 결정하기로 하였다. 내일이 농암 5일장이었던 것이다.

김상태는 대중들에게 맡기자는 것에 반신반의하는 태도였다. 그러나 윤기영과 박일교는 대중들의 뜻을 물어보는 것에 동의했다. 좀 과격한 것이 김상태였는데, 그는 최근에 와서 더욱 거칠어지는 듯했다. 그것은 아마 일본군의 횡포로 해서 그의 집안에 변고가 있은 다음부터였다. 내가 그를 처음 본 것은 수년이 넘었다. 화서회 모임에 젊은 선비 한 명이 있었는데, 언제나 조용히 한 구석에 앉아서 이야기만을 듣고 자기주장을 전혀 하지 않았다. 큰 몸집에 이목구비가 뚜렷한 호남형의 얼굴이다. 나는 그에게 말을 걸기도 하고 더러는 의견을 개진하며 이야기를 하도록 했으나 그는 끝까지 입을 다물만큼 진중한 성격이었다. 잘난 체하고 떠드는 선비보다 훨씬 마음에 들었지만 너무 조용한 성격이었다.

　김상태는 삼척 김씨 문중으로 호가 백우(白愚)였다. 그는 나보다 다섯 살 아래였고, 단양 사람이며, 그의 말에 의하면 몰락한 양반이라고 하였다. 몰락한 양반이라는 것이 무슨 뜻인지 다양하겠지만, 집안에 높은 벼슬아치도 없고, 집안에 돈이 많은 것도 아닌 가난한 양반이라는 뜻이다. 결국 따지고 보면 평민이나 양반이나 구분이 되지도 않는 생활을 하는 상태였다. 그때도 나는 그가 동학교도라는 사실을 몰랐다. 그와 의형제를 맺고 친하게 지낸 한참 후에야 그가 고백해서 동학교도라는 사실을 알았다. 교도이지만 접주라든지 감투를 쓰지도 않았고, 하는 말을 들으면 동학에 빠져 있다기보다 양반 기득권에 대한 반발심으로 동학에 가입한 듯이 보였다. 그는 분명히 동학군으로 활동했으나 나에게 가담하라는 말을 하지 않았다. 그는 나처럼 위정척사파가 아니라서 그랬는지 모르겠다. 어쨌든 세상을 보는 견해의 차이는 있으나 그의 호탕함과 솔직함에 내가 반했는지 그를 좋아하게 되었다.

　그에 비해서 윤기영은 나보다 두 살 아래였는데, 강원도 원주 사람이었다. 모든 일을 선량한 쪽에 놓고 보았으며, 세상에서 진정으로 악한 사람은 없다고 믿고 있었다. 영월, 주천 일대에서 동학군에 가담했다가 관군에게 체포되어 주리틀기 고문을 받고 다리뼈가 부러질 정도로 고통스런 경험을 하였다. 주리틀기는 내가 당해봐서 알지만 그것은 정말 당할 짓이 아니었다. 그 점 때문에 그와 동질감을 느꼈는지는 모르겠다. 그러나 선량한 그의 마음은 항상 나에게 훈훈한 인정미를 느끼게 해주고 있었다.

2

농암 장날 도개장터에서 김석중과 두 순검을 무릎 꿇어놓고 장날에 온 대중들에게 그들의 죄상을 공개했다. 죄상을 밝히기도 전에 사람들은 안동 관찰사 김석중의 악행을 모두 알고 있었다. 박일교가 김석중의 죄상을 설명하고 있는 동안 시장에 온 백성 일부가 돌을 집어 던졌다. 사방에서 죽이라고 하는 소리가 빗발치듯이 쏟아졌다. 그대로 두면 군중이 몰려와서 김석중을 밟아죽일 것만 같았다. 어차피 처형시킬 사람이면 밟혀 죽이든 매로 죽이든 상관이 없지만, 격식을 차린다고 공개 재판을 시도했는데 무질서하게 버려둘 수가 없었다. 그래서 나는 사람들을 향해 소리쳤다.

"너무 흥분하지 마시오. 돌을 던지지도 마시오. 우리가 합당한 절차로 효수하겠오."

효수하겠다고 선언하자 사람들은 조용해졌다. 그들은 물러가지 않고 지켜보았다. 어떻게 처리할 것인지 끝까지 지켜보겠다는 것이었다. 나는 더 이상 지체시킬 수 없어 박일교에게 참수하라고 했다. 이제부터 우리는 살생을 시작해야 한다. 나는 살아오면서 누군가를 죽인다는 것은 생각해 본 일이 없었다. 그러나 지난번 동학 농민군에 참전하면서 내가 직접 죽인 자는 없지만, 다른 군사들을 시켜 무수한 살생을 했다. 무엇보다 맥심 기관총을 난사해서 천여 명을 한순간에 도륙했다. 그들이 조선을 침공한 일본군이기는 했으나, 살생을 한 것은 확실했다. 일본군뿐만이 아니라 일본군에 협력한 관군도 살생했다. 그렇게 함으로써 지켜왔던 도의는 날아가 버렸다. 그렇다고 앞으로 계속 살생을 하자는 것은 아니다. 여기서의 살생은 나라를 지키려는 방편이고, 그 절대적 사명 앞이라면 살생을 할 수밖에 없다. 의병 세 사람이 김석중을 장터 빈공간으로 끌고 가서 엎드리게 했다. 그는 엎드리면서 고개를 쳐들고 다가선 박일교에게 무엇이라고 떠들었다. 살려달라는 말로 들렸다. 죽음을 눈앞에 두고 갑자기 살고 싶은 욕망이 솟구치는 듯했다. 자신의 목숨이 그렇게 중했다면 왜 남의 생명을 그렇게 쉽게 빼앗았는지 알 수 없었다.

"나에게 삼천 냥이 있소. 살려주면 모두 내놓겠소."

그렇게 큰 소리로 말할 때 박일교가 칼로 목을 쳤다. 목이 떨어져 땅에 굴렀다. 목에서 뿜어져 나온 피가 이상한 콧수염을 흠뻑 적시었다. 핏줄기는 처음에 솟구쳤으나 곧 잦아들며 스물스물 가늘게 흘러나왔다. 그의 머리가 땅에 떨어지자 지켜보던 군중이 와 하고 함성을 질렀다. 그렇게 지르고 나서 그들은 나머지 두 사람을 손으로 가리키며 죽이라고 소리쳤다. 그들을 살릴 수 있는 상황은 멀어졌다. 박일교가 나를 돌아보며 어떻게 할 것인지 묻고 있었다. 나의 생각 같아서는 그들이 순검이라는 직책 때문에 위에서 시키는 일을 따라 했을 가능성이 많아서 살려주고 싶었다. 하지만 군중들은 그런 자잘한 사정을 봐주지 않았다. 만약 두 사람을 살려주라고 하면 군중들이 달려들어 돌로 쳐죽일 기세였다. 나는 다시 한번 군중들의 힘이 단순하면서도 무섭다는 사실을 알았다. 할 수 없이 그들을 모두 죽이라고 눈짓을 보내자 박일교가 두 사람 앞으로 다가가서 칼로 내려쳤다. 한 사람은 무릎걸음으로 도망을 갔지만, 뒤따라 간 박일교가 휘두른 칼에 베어 죽었다. 세 사람의 목을 모두 거두고, 시신은 산에 묻어주라고 했다. 그들의 머리는 동족을 살해한 배신자의 말로를 백성들에게 보여주기 위해 장터에 매달아 전시했다. 역적의 머리나 사지를 매달아 전시하는 일은 자주 있었기에 새로울 것은 없었다. 그렇게 전시하면 일부 사람들은 지나가며 침을 뱉기도 하고 일부 사람들은 돌을 던졌다. 여자들은 머리가 매달린 것이 끔찍했는지 고개를 돌리고 그 앞을 빨리 지나쳤다. 이들의 머리는 이틀 후에 우리 의병 진영이 고모산성에 진지를 구축했을 때 성문 앞에 매달았다. 관군과 일본군에게 보여주기 위해서였다.

동학 농민군의 전투에서도 그랬지만 가장 시급한 것은 무기를 확보하는 일이었다. 군사를 확보하는 일도 쉬운 것은 아니지만, 군사라고 하면 동족들에게 호소하면 어느 정도 모였으니 해결할 수 있었다. 그러나 무기는 어디에 호소한다고 해결될 일은 아니었다. 군사의 수보다 더 필요한 것은 무기였다. 현재로서는 관가의 무기고를 털 수밖에 없었다. 그러나 관가의 무기라고 해도 별로 쓸만한 것은 없었다. 있는 것은 관군들이 이미 사용하고 있었고, 그렇지 않은 것은 녹이 쓸어 모두 버릴 것만 남아 있었다. 무기의 확보에서 가장 적합한 곳은 일본군 병참부였다. 조령 병참부는 대참(大站)이라고 해서 중대 병력이 주둔하고 있었고, 무기고에는 화약과 소총이 상당히 많이 있다는 정보를 듣고 있었다. 그런데, 일본군 중대 병력 150명은 무장이 허술한 우리 의병 부대에 비교하면 1천5백 명 이상의 병력과 맞먹는 화력이었다. 그보다 더 많은 병력이라고 봐야 한다. 열 배가 아니라 오십 배, 백배 이상의 화력이라고 평가해야 할 것이다. 그것이 지난번 동학군을 지휘하며 얻은 학습이었다. 그래서 나는 내가 지휘하는 사오백 명의 군사로는 일본 병참부를 격파하기 어렵다고 생각했다. 더구나 우리는 수렵용 엽총을 가지고 있는 포수들을 합쳐 소총을 가진 자가 전부 150명에 불과하고, 총알 역시 턱없이 모자랐다. 하루나 이틀만 교전을 해도 바닥이 드러날 수 있는 탄약이었다. 화승총이 백 자루 있었으나, 화승총은 3백 년 전 임진왜란 때와 별로 다를 것 없는 구식 총이라서 화력이 형편없었다. 사정거리도 짧은 데다 비만 조금 내리면 화약 심지에 불을 붙일 수가 없어 무용지물이 되었다. 형편없는 우리 의병의 화력에 비해서 일본군들은 볼트액션 보병총을 소지하고 있었다. 이 총은 새로 개발한 총으로, 5발을 한꺼번에 장전하고, 반자동으로 연속해서 쏠 수 있는 최상의 무기였다. 이 무기로 일본군은 청군을 격파하는 데 성공했다. 더구나 일개 중대 병력이 있다면 대포도 두세 문가지고 있을 것이고, 기관총도 여러 대 있을 것이다.

그래서 나는 병력을 보충하기 위해 안동 의병장 권세연(權世淵)을 찾아갔다. 나는 안기영과 김상태 두 명의 참모를 데리고 말 세 필에 각기 나눠타고 밤길을 달려 안동에 도착했다. 권세연에게 문경 의병대와 합작하여 조령 무기고를 털자고 제안했다. 권세연은 한참 생각해보더니 고개를 설레설레 저으면서 난처하다고 하였다. 권세연은 을미사변과 단발령이 계기가 되어 안동지역 유림대표들이 뽑은 의병장이었다. 안동 유림들은 봉정사 절에 모여 거병 문제를 논의했고, 안동부 삼우당 앞뜰에서 유림들의 추대로 권세연이 대장이 되었다. 그는 의병대 본부를 향교에 차려두고, 격문을 발표해서 의병들을 모집했다. 그가 처음 했던 전투가 김석중과의 싸움이었는데, 안동부가 의병들에게 점령되자 관찰사 김석중이 탈출했다. 김석중은 안동부를 빠져나가 대구부의 관군을 이끌고 안동부를 되찾기 위해 예천에 진지를 구축했다. 여기서 권세연은 김석중이 이끄는 대구부의 관군에게 패배했다. 권세연은 태백산 구마동에 들어가 의병을 모으고 무기를 구입하는 등 일을 하면서 다음 기회를 준비하였다. 안동 지역의 다른 의병 부대들에 의해 김석중은 패배하면서 안동부를 빠져나가 일본군 조령 병참부에 하루 머물었다. 그는 두 명의 순검을 호위병으로 대동하면서 한성으로 가기 위해 조령고개를 넘어 연풍의 산간 주막에서 점심식사를 했다. 조령 병참부 내에는 여러 명의 조선인 잡역부들이 고용되어 일하고 있었다. 그중에 동학군 출신이면서 현재 내가 지휘하는 의병 부대 박일교의 첩자가 한 명 있었다. 그 첩자의 정보 제공으로 김석중은 국수를 먹고 나오다가 내가 보낸 의병진에게 잡혔던 것이다. 지금 현재 안동 의병장 권세연은 김석중 관찰사를 체포하지 못하고 놓친 것 때문에 사기가 죽은 데다, 의병장인 자신도 능력 부족이라는 말이 돌아 그를 추대한 유림들로부터 면직될 형편이었다. 그래서 그는 조령전투에 참여할 수 없다고 하였다. 그는 실제 한달 후에 패배한 것을 자책하며 의병장 직을 물러났다.

권세연을 만났을 때 나는 그에게 당신이 나와 합작할 수 없다면 다른 방법이 없느냐고 물었다. 그는 다른 지역의 의병 부대도 그렇게 좋은 형편이 아니라고 하였다. 무기가 부족해서 관군이나 일본군의 소수 병력에도 깨어지는 것이 지금의 현실이다. 서로가 서로를 도와줄 수 없는 형편이라고 한다. 이렇게 화력이 약할수록 서로가 서로를 돕는, 이를테면 뭉쳐야 힘을 쓰는 것이 당연하고, 그것이 바로 병법의 기초인 것을 그들은 생각하지 않고 자기 처지만 따졌다. 대부분 선비들이 의병장을 하다 보니 병법을 잘 모르고 있었다. 그렇다고 그들에게 병법 운운하며 설명할 수도 없어 나는 포기하고 돌아설 수밖에 없었다. 안동 의병장 권세연은 떠나는 나에게 혹시 모르니 제천에 있는 류인석 의병장을 만나 보라고 했다. 류인석 의병장은 그가 유림에서의 위치도 있고 해서인지 의병의 수가 많고, 그 밑에 다른 의병장이 여러 명 있어 영남과 충청도에서 가장 강한 의병 부대를 이끌고 있다고 하였다. 그렇지 않아도 나는 류인석이 세상에 내놓은 격문을 읽은 일이 있었다. 내가 계속 자리를 비울 수 없어 나는 편지를 써서 김상태를 시켜 류인석에게 보냈다. 현재의 상황을 설명하고, 조령의 일본군 병참부 무기고를 점령해서 무기를 확보하려고 하는데 합작할 수 있는 부대를 보내달라고 한 것이다.

호좌 의병 부대 창의대장 류인석이 김상태에게 답서를 보냈다. 아주 간단하게 〈지금 부장(副將) 한 사람에게 한 부대 군사를 보내니 협력해서 성사하기를 바란다.〉는 내용이었다. 그 부대는 충주 지역에서 지금 전투 중인 류인석 예하 부대라고 한다. 그 부대가 나에게 연락을 줄 것이라고 하여서 나는 기다리기로 하였다. 그때 나는 조령 일본군 병참부가 있는 인근 모곡리에 주둔하고 있었다.

모곡리에서 진지를 구축해 놓고 있었으나, 이곳은 지형으로 보면 전투를 치르기 좋은 곳은 아니었다. 산모퉁이에 마을이 있었으나 마을에 진지를 구축하면 후에 일본군과 전투가 벌어졌을 때 마을 사람들과 가옥이 피해 입을 것이라 그렇게 하지 못하고 산비탈에 진을 쳤다. 그러다 보니 적의 공격에 상당히 취약했다. 일본군 병참부에서 십여 리 떨어져 있다는 거리상의 이점만 있을 뿐 다른 대책은 없었. 하루 안에 연락을 준다고 했지만, 충주부대에서는 아무런 연락이 오지 않고 날이 밝아왔다. 오백 명이 노천에서 잠을 자기에는 날씨가 너무 추워서 군사들은 서로 몸을 끌어안고 쪼그리고 밤을 새웠다. 천막으로 군영을 만들어 사용할 수 있는 장비가 적어서 일부 군사들은 노천에서 잠을 자게 했던 것이다. 노천에서 밤을 보낸 군사들은 머리와 어깨에 하얀 서리가 맺혀 있었다. 모두 덜덜 떨면서 밤잠을 제대로 못 자서 눈이 충혈되어 있었다. 아침 취사를 해서 뜨거운 밥을 제공했으나 추워서 제대로 밥을 먹지도 못했다. 뜨거운 시래기국을 끓여서 먹게 했으나 그것으로도 추위를 가시지는 못했다. 나는 김상태와 윤기영, 그리고 박일교 참모들을 불러 모아 상의했다.

"충주 류인석 예하 부대가 온다고 했지만, 아무 연락도 없이 하루가 지나는 것을 보니 언제 올지도 알 수 없고, 실제 올 수 있는지도 알 수 없어. 어떻게 했으면 좋겠나?"

"형님, 아니 대장, 충주 부대가 언제 올지 모르는데, 만약 일본군 부대에서 우리가 여기 있다는 것을 알면 공격해 올 것입니다. 지금쯤 일본군 부대도 우리가 여기 있다는 것을 알지 않겠습니까? 여기서 공격을 받으면 벌판이나 다름없어, 기관총 사격이나 대포 공격을 받으면 전멸입니다."

"나도 그 생각을 하고 있었네. 아무래도 고모산성으로 피해서 대기하고 있는 것이 좋지 않겠나? 충주부대에 전령을 보내 우리가 그리로 옮겼으니 그리 오라고 하고 말이야."

"그럽시다."하고 윤기영이 고개를 끄덕이며 동의했다. "그것이 최선인 것 같습니다."

우리는 아침 취사를 마치고 곧 부대를 이동했다. 부대는 하루 사이에 백 명이 더 증원되었다. 우리는 석현성(石峴城) 성벽을 의지해서 진지를 구축하였다. 석현성은 고모산성과 이어지는 익성(翼城)으로 고모산성의 연장선에 있었다. 의병 부대가 있다는 것을 알고 문경 주민들이 자원해서 고모산성으로 모여들었다. 인원을 점검해 보니 모두 6백여 명이 되었다. 새로 들어온 의병들도 거의 대부분 농민들이고, 지난번에 동학군으로 활동했다고 해도 별로 전투다운 전투 경험이 없었다. 모두 초보자라서 그들만 따로 모아놓고 훈련을 지도해야 했다. 훈련이라고 해야 제대로 된 훈련을 할 겨를이 없어 아주 기본적인 것만 가르쳤다. 이를테면, 적이 총을 쏘고 공격하면 절대 머리를 내밀지 말고 땅에 바짝 엎드리거나 엄폐물 뒤에 숨어있는 일이었다. 그것을 가르치자 한 청년이 손을 들더니 질문이 있다고 하였다. 윤기영과 김상태가 훈련을 맡아서 했는데, 김상태가 말해보라고 하자 청년은 벌떡 일어서서 물었다.

"계속 우리보고 숨어라. 바닥에 바짝 엎드려라. 적이 총을 쏘면 나가지 마라. 그렇게 숨으라고만 하는데 우리가 전쟁하러 나왔지 숨박꼭질 하러 온 것인가요? 왜 싸우라는 말은 한마디도 없고 숨으라는 얘기만 하세요?"

윤기영과 김상태가 웃으며 서로 얼굴을 마주 본다. 틀린 질문이 아니었다. 초년병인 그들이 볼 때는 이상한 전투였던 것이다. 무조건 숨는 이야기만 하니 이상하지 않을 수 없었다. 그러나 사실 초년병이 알아야 할 전투 기본은 숨는 것이 가장 중요했다. 대부분 전사자는 숨지 않아서 발생하는 것이었다. 육박전이 아니고 총으로 교전을 할 때는 숨으면 맞출 수가 없으니 죽을 수 없다. 안 죽으니 살아 있는 것이고,

살면 승리할 수 있는 것이다. 더구나 우리에게 무기가 없을 때는 숨는 것이 최상의 전투였다. 물론, 우리에게도 150명 정도 엽총과 소총이 있고, 일백 명 정도 화승총을 가지고 있었다. 총기를 가진 사람은 숨어서 쏘고, 총기가 없는 사람도 숨어서 기다리다 앞의 전우가 죽으면 그 총기를 대신 들고 싸워야 한다. 처음 훈련은 숨는 일이었고, 그다음 일은 배당 받은 앞의 전우가 적탄에 맞아 죽으면 총을 받아 싸우는 것이다. 그래서 결국 숨는 초년병에게도 총기 쏘는 법을 가르쳐야 했다. 탄환을 넣는 방법과 방아쇠를 당기는 것을 가르쳤다. 지난번 어느 동학군처럼 총구에 눈을 대고 방아쇠를 건드려 즉사하는 일은 없겠지만, 평생 단 한 번도 총을 만져보지 못한 농민에게 기본적인 것을 가르치지 않으면 총구에 자기 눈을 대고 쏠 수도 있는 일이었다.

우리는 석현성에서 충주 원병이 오기를 기다렸으나 하루가 지나도록 오지 않았다. 다음날 새벽이 되었다. 우리가 기다리는 것은 원군인데, 나타난 것은 일본군 병참부대였다. 일개 중대병력이 대포 3문과 기관총 2기, 그리고 모두 볼트액션 반자동 소총으로 무장한 정예군이 들이닥쳤다. 일본군은 하천을 돌아서 성문이 있는 앞쪽에 방사형으로 진지를 구축하고 우리 쪽을 향해 일제히 쏘아대었는데, 주로 대포를 쏘았다. 적군이 있는 사정거리가 멀어서 우리는 소총을 쏘지도 못했다. 초년병을 훈련시킬 때처럼 우리는 그냥 엄폐물을 의지하고 숨어 있을 수밖에 없었다. 계속 꼼짝을 하지 않고 숨어 있자 일본군이 점차 가까이 다가왔다. 포탄에 맞아 성문은 부서지고, 일부는 불에 타고 있는 것이 보였다. 성곽 일부도 파괴되어 성벽이 옆으로 쓰러져 있는 것도 보였다. 고모산성을 가로질러 석현성 가까이 접근하자 소총 사정거리에 다가온 것을 알 수 있었다. 일본군이 소총을 쏘는 것으로 보아, 사정거리에 왔다는 것을 알 수 있었다. 우리가 가지고 있는 화승총은 신식 소총에 비해 사정거리가 짧아서 화승총으로 교전하는 것은 어리석은 일이었다. 그래서 화승총 부대에는 적군이 바싹 접근하기 전에는 대기만 하고 쏘지 말라고 했다.

  일본군과 교전이 벌어져 두어 시간이 흘렀는데, 대포 탄환이 떨어진 마을이 불타고 있었다. 석현성 옆에 민간인 촌락이 백여 호 있었다. 무슨 이유인지 그곳에 대포가 날아가서 가옥 전체가 불타고 있었다. 마을에 있던 사람들은 가옥에 포탄이 떨어져 파괴될 뿐만 아니라 불붙어 타오르자 몸을 피했다. 더러는 포탄에 맞아 다리가 날아가고 한쪽 팔이 잘려 나간 것이 보였다. 그들은 고통으로 비명을 질렀는데, 어떻게나 크게 소리치는지 전투가 벌어져 총성이 울리는 가운데도 악악 하는 소리가 산을 울렸다. 죽은 사람을 끌어 안고 통곡하는 곡소리도 간간히 들렸다. 나는 신참 의병들이 몸을 많이 드러내며 왔다갔다하는 모습이 보여서 제지하려고 나섰다. 몸을 그냥 노출시킬 수 없어 성벽을 엄폐물로 해서 다가갔다. 몸을 노출시키지 말라고 당부했다. 잠깐 정신을 잃고 몸을 노출했던 신참 의병들이 자기도 놀랐는지 얼른 엎드리며 땅을 기어 성벽으로 몸을 피했다. 그런데 젊은 의병 한 명이 성벽 뒤 숲으로 나와서 어슬렁거리며 주위를 살폈다.

"위험하다. 몸을 바닥에 엎드리고 성벽에 몸을 숨겨라."

"저어기, 똥이 마려운데 저 숲으로 가서 눠도 되겠습니까?"

"숲이지만 총알이 날아 갈 수도 있으니 움푹 파인 곳을 찾아가서 눠라."

"네, 그러죠."

청년은 대답하고 숲속으로 달려갔다. 그가 숲으로 사라지고도 한참 지났지만 나오지 않아서 처음에는 총에 맞아 죽은 것으로 생각했다. 그러나 그는 전사한 것이 아니고 그 숲으로 달아나버린 것이다. 나는 약간의 배신감을 느꼈으나 어쩔 수 없는 일이다. 숲에 잎이 떨어져 나뭇가지는 앙상했으나, 소나무와 침엽수가 적지 않아서 골짜기 안으로 들어가면 잘 보이지 않았다. 처음 겪었을 전쟁에 대한 경험은 상상을 초월하는 공포를 가져다주었을 것이다. 젊은이들이나 농민들이 처음에는 의기투합해서 의병에 지원해 들어오지만, 일단 전쟁을 치르면 이것이 장난이 아니라는 것을 알게 된다. 옆에서 사람이 죽어 자빠지고, 총상을 입고 피를 흘리며 죽어가는 것을 보면서 전쟁의 참혹함을 실감하는 것이다. 그때는 의기충천이나 애국심은 전혀 떠오르지 않는다. 자기도 죽을지 모른다는 생각에 도망갈 궁리를 하는 것이다. 여섯 시간 동안 교전이 있으면서 점심 무렵이 되자 전에 들어본 일이 있는 나팔 소리가 울렸다. 진격하는 나팔 소리였다. 포탄을 맞아 허물어진 성곽 틈으로 진격해 왔다. 점차 다가오며 기관총과 소총을 쏘아대었다. 우리는 다가오는 적을 견디기 어려워 물러날 수밖에 없었다. 나는 전군에 퇴각 명령을 내렸다. 우리는 산성을 버리고 오정산 골짜기로 도망쳤다.

우리가 오정산 골짜기로 퇴각하자 일본군은 한 시간 정도 수습을 하며 성에 머물었다. 그리고 모두 빠져나가 단 한 명의 일본군의 모습도 보이지 않았다. 그들은 부상자를 들것에 실어 마차에 태워 옮겨갔고, 시체도 모두 거둬갔다. 죽은 군사가 버린 총기도 수거해 갔다. 성 안팎에 남은 것은 피를 흘리고 죽은 의병들의 시체뿐이었다. 우리는 퇴각하면서 죽은 전사자를 옮길 수 없었으나, 총기와 탄약은 모두 수거해 가져왔다. 그리고 부상자들은 모두 부축하거나 업고 함께 도망쳤다. 부상자가 워낙 많아서 퇴각하는 군사와 부축을 받는 부상자가 거의 같은 숫자였다. 오정산에서 나는 박일교에게 지시해서 상황을 조사하라고 했다. 보고에 의하면 나는 고모산성에서 참패당한 것을 알 수 있었다. 충분한 무기도 준비하지 못하고, 급하게 형성한 의병에 대한 군사훈련도 충분히 하지 못했다. 열 배 병력을 가지고도 대적하기 어려운 일본군을 서너 배 병력으로 싸운 것도 대단한 성과였다. 그러나 그 성과는 초라하기 그지없다. 이번 전투에서 여섯 시간 동안 싸우며 거의 반에 해당하는 삼백 명의 의병이 도망을 갔다. 도망병이 그렇게 많았지만 나는 산속으로 똥을 누러 간다고 달아난 한 명의 젊은이만 보았을 뿐인데, 어떻게 해서 삼백 명씩 달아나는 것을 보지 못했는지 모르겠다. 전투가 한창 벌어지고 있을 때 전방의 적에 신경을 쏟느라고 뒤로 빠져 산으로 달아나는 의병을 보지 못했던 것이다. 그때 보앉다고 해도 달아나면 총살이라고 하면서 그들을 불러 세울 배짱이 나에게는 없었다. 전사자는 정확히 서른한 명이 나왔다. 전사자 수는 적었으나 부상자가 백 명이 넘었다. 그리고 몸을 다치지 않고 성한 군사는 백 명 정도에 불과했다. 박일교가 울먹이는 어투로 나에게 말했다.

"죽은 자가 서른한 명이고, 부상자가 1백24명인데, 그중에 중상자가 여러 명이 있어, 그들은 생명이 보장되기 어려울 것 같습니다. 전사자들은 모두 적이 쏜 총탄에 명중되어 즉사했으며, 일부는 포탄에 맞아 형체를 몰라볼 정도가 되었고, 성곽은 무너지고 성문은 모두 파괴되고 불에 탔습니다. 총은 스물여덟 자루 거두어왔고, 왜놈 총도 일곱 자루 주워왔습니다. 일부 시체들은 불에 타고 그을려 참담한 모습입니다. 시체들은 모두 수습하여 매장해주었습니다. 죽은 자의 이름은 모두 기록해 두었는데 성명 불가한 사람이 세 명 있어서 그들은 기록하지 못했습니다. 혹시 유가족이 찾을 것을 생각해서 가매장한 시신들의 이름과 장소를 명기하고 나무에 이름을 새겨 표시해 두었습니다. 이 일은 석현마을 사람들이 도와주었는데, 그 마을 집이 모두 불타서 그들이 오고 갈 데가 없는 것이 걱정입니다. 부상자 치료는 조금 떨어진 주천마을에 부탁했습니다. 석현마을은 가옥들이 모두 불타는 화를 당해서 남을 치료해주고 할 여력이 없을 듯했습니다. 주천마을 이장에게 돈을 약간 주고 부탁했는데, 돈을 받지 않으려는 것을 억지로 주었습니다. 적군의 피해는 모든 시신을 거둬갔기 때문에 알 수 없으나, 적군도 상당한 피해를 입은 것으로 보여집니다. 아군의 전사자 명단은 다음과 같습니다. 의병 황칠성, 의병 김명두, 의병 오유기……."

죽은 자 명단에 자신이 알고 있는 사람의 이름이 나오자 박일교는 목이 메어 호명하지 못했다. 그러나 끝까지 이름을 불렀고, 마지막에 아주 친한 친구 포수 심거벽을 호명할 때는 눈물을 흘렸다. 보고를 듣고 있는 내 눈에서도 눈물이 흐르지 않을 수 없었다.

3

아! 우리 팔도 동포들은 차마 망해 가는 이 나라를 내버려 두시렵니까. 제 할아비 제 아비가 5백 년 유민(遺民)이 아닌 바 아니거늘, 내 나라 내 집을 위해 어찌 한두 사람의 의사(義士)도 없단 말입니까. 참혹하고도 슬픕니다. 운이라 할까 명이라 할까.

거룩한 우리 조정은 개국한 처음부터 선왕(先王)의 법을 준수하려, 온 천하가 다 소중화(小中華)라 일컫거니와, 민속은 당우(唐虞三代)에 견줄만하고, 유술(儒術)은 정자(程子), 주자(朱子) 여러 어진 이를 스승 삼았기로, 비록 무식한 사람이라도 모두 예의를 숭상하여, 임금이 위급하게 되면 반드시 쫓아가 구원할 생각을 가졌던 것이외다. 그래서 옛날 임진왜란(1592)에는 창의한 선비가 한이 없었고, 병자호란(1636)에는 순절한 신하가 많았으며, 저 중국은 되놈의 천지가 되었건만, 우리나라만은 깨끗하였으니, 바다 밖의 조그마한 지역이지만 족히 싸인 음(陰) 속에 한 가닥 양(陽)의 구실을 하였던 것이외다.

아! 원통하외다. 뉘 알았으랴, 외국과 통상한다는 쬐가, 실로 망국의 근본이 될 것을. 문을 열고 도적을 받아들이며 소위 세신(世臣)이란 것들은 달갑게 왜적의 앞잡이 노릇을 하는데, 목숨을 바쳐 인(仁)을 이루려는 이 선비들은 남의 노예가 되는 수치를 면하자는 것이었습니다. 어리석은 송나라는 금나라의 쬐를 측량하지 못하였고, 노나라에 있는 주례(周禮)는 보전키 어려웠습니다. 미약한 시골 백성의 신분으로 한갖 나라를 근심하는 한탄만 간절할 따름이었는데, 마침내 갑오년(1894) 6월 20일 밤에 이르러, 우리 조선 삼천리 강토가 없어진 셈입니다. 종묘사직(宗廟社稷)은 일발의 위기에 부닥쳤으나 누가 이약수(李若水)의 포주(抱主)가 될 수 있으며 주현이 모두 육식을 하고 있으니 안진경(顔眞卿)의 모병(안록산 난 때 안진경이 의병을 일으켰음)을 볼 수 있겠는가. 옛날 고구려가 하구려(下句麗)로 된 것도 오히려 수치라 이르는데, 하물며 지금 당당한 한 나라로서 소일본(小日本)이 된다면 얼마나 서러운 일이겠습니까.

아! 저 왜놈들의 소위 신의나 법리는 말할 것조차 없거니와, 오직 저놈들의 정종 모발(頂踵 毛髮)이 뉘를 힘입어 살아왔습니까. 원통함을 어찌하리. 왕비의 원수를 생각하면 이미 이를 갈았는데, 참혹한 일이 더욱 심하여 임금께서 또 머리를 깎으시는 지경에 이르렀으니, 의관(衣冠)을 찢긴 나머지 또 이런 망극한 화를 만났으매, 천지가 번복

되어 우리 고유의 이성을 보전할 길이 없습니다. 우리 부모에게 받은 몸을 금수로 만드니 무슨 일이며, 우리 부모에게 받은 머리털을 풀 베듯이 베어버리니 이 무슨 변고입니까. 요, 순, 우, 탕의 성왕의 전함도 금일에 이르러 끊어져 버리고 공, 맹, 정, 주(공자, 맹자, 정자, 주희)의 성현의 맥도 다시는 지킬 사람이 없습니다.

장안의 부로(父老)들은 뒤늦게 한궁(漢宮)의 의례를 다투어 생각하고, 신정의 호걸들은 공연히 초수(포로)의 울음(망명객들이 고향을 생각하는 슬픔)을 지었던 것입니다.

군신부자가 마땅히 배성일전(背城一戰)의 마음을 갖는다면 천지 귀신인들 어찌 회양(回陽)의 이치가 없겠는가요. 관중이 아니었다면 우리는 그 오랑캐가 되었으리라(공자의 말)고 했는데 요치(淖齒)를 주살하면 누가 과연 편들 수 있겠는가요.

무릇 우리 각도 충의의 인사들은 모두가 임금의 배양(培陽)을 받은 몸이니 환난을 회피하기란 죽음보다 더 괴로우며 멸망을 앉아서 기다릴진대 싸워보는 것만 같지 못합니다. 땅은 비록 만분의 일밖에 되지 않지만 사람은 백배의 기운을 더할 수도 있습니다. 하늘 아래 함께 살 수 없으매 더욱 신담(薪膽)의 생각이 간절하고, 때는 자못 위태하여 어육(魚肉)의 화를 면하기 어렵습니다. 나는 들어보지 못했소. 오랑캐로 변한 놈이 어떻게 세상에 설 수 있겠습니까. 공으로 보나 사로 보나 살아날 가망이 만무하니, 화가 되건 복이 되건 죽을 사자(死字) 하나로 지표를 삼을 따름입니다.

말 피를 입에 바르고 함께 맹세하매 성패(成敗)와 이둔(利鈍)은 예측할 바 아니오, 의리를 판단해서 이 길을 취하매 경중과 대소가 여기서 구분되는 것이니, 대중의 마음이 다 쏠리는데 어찌 온갖 신령의 보호가 없겠는가요. 나라 운수가 다시 열리어 장차 온 누리가 길이 맑아짐을 볼 것입니다. 어진 이는 당적할 자 없다는 말을 의심하지 마소서. 군사의 행동을 무엇 때문에 머뭇거립니까.

이에 감히 먼저 의병을 일으키고서 마침내 이 뜻을 세상에 포고하느니, 위로 공경(公卿)에서 아래로 서민에까지, 어느 누가 애통하고 절박한 뜻이 없겠는가요. 이야말로 위급 존망의 계절이라, 각기 짚자리에 잠자고 창을 베개 하며, 또한 끓는 물속이나 불 속이라도 뛰어들어, 온 누리가 안정되게 하여, 일월이 다시 밝아지면 어찌 한 나라에 대한 공로만이겠습니까. 실로 만세에 말이 있을 것입니다.

이와 같이 글월을 보내어 타일렀는데도, 혹시 영을 어기는 사람이 있다면, 바로 곧 역적의 무리와 같이 보아 단연히 군사를 불러 먼저 토벌할 것이니, 각기 가슴 속에 새기고, 배꼽 씹는 뉘우침이 없게 하여, 부디 성의를 다하여 함께 대의를 펴기 바랍니다.

을미 12월 아무날
충청도 제천 의병장 류인석은 삼가 격서를 보냄

류인석의 의병 부대는 충주성에 입성한 후 사방에서 호응하게 되어 의병진은 확대되었다. 그러자, 가흥과 수안보에 있던 일본군 3개 중

대가 충주성을 공략했고, 관군 역시 반격해서 보름 동안 치열한 전투가 벌어졌다. 중군장 이춘영이 수안보 전투에서 전사하고, 대장소의 참모 주용규도 전사했다. 전세가 기울자 류인석 부대는 충주성을 버리고 제천으로 퇴각하였다. 그 무렵에 나는 고모산성 전투에 패배한 후 호계 선암 방향으로 해서 산북 회룡리를 거쳐 백운암 절에 당도했다. 내가 가려고 하는 여정은 류인석 창의대장을 만나 합진하려는 생각 때문이었다. 그때만 해도 내가 거느린 의병은 패잔병 백여 명에 불과했다.

백운암은 작은 암자였으나 법당 이외에 요사채가 한 채 있고, 다른 별채가 한 채 있었다. 승려가 세 명 있었는데, 우리가 도착하자 주지가 나와서 합장하면서 맞이했다. 주지는 나이가 들어보이는 노인이었다. 그는 나와 함께 들어선 백여 명의 장정들을 보더니 대뜸 물었다.

"동학군입니까, 의병입니까?"

"아직도 동학군이 있습니까?" 하고 나의 옆에 서 있던 김상태가 입을 실룩하면서 받았다. "전봉준과 김개남이 죽으면서 동학군은 없어졌어요."

"없어졌나요? 그런데 오늘 낮에 한 무리의 동학군 무리가 이 앞을 지나갔습니다. 물어보니 남원 동학군 부대라고 하던데요?"

"남원 동학군 부대?" 하고 나는 중얼거렸다. "그렇다면 털보 부대란 말인가?"

"네, 맞습니다. 대장이 털보였습니다. 얼굴에 수염투성이인 장골의 사내. 꼭 임꺽정 닮았더군요."

"임꺽정을 보셨나요?"

누군가 뒤에서 물었다.

"시대가 다른데 소승이 어떻게 봅니까? 임꺽정은 명종 때 황해도 사람으로 백정 출신 도적이었지요. 얼굴에 털이 무성했다는 소문도 있고 해서. 전설적인 인물이라 소문으로 그렇다는 것이죠. 그런데 여러분이 오고 있는 방향으로 갔는데 마주치지 않았나요?"

"털보 강민호가 아직도 동학군을 데리고 다닌단 말인가?"

나는 고개를 까웃하며 혼잣말을 했다.

"강민호 접주라면 저도 알고 있습니다. 형님께서 어떻게 털보에 대해서 아시죠?"

김상태가 알 수 없다는 듯 나에게 물었다.

"한 해 전까지도 내가 동학군 부대와 종군했다는 말을 안 했던가?"

"그냥 따라다녔다고만 하셔서, 구경한 줄 알았을 뿐입니다."

"동학군을 따라다니다가 일본군이 쏘는 총에 맞게? 참전한 걸세."

"형님은 동학도가 아니지 않습니까? 동학교를 아주 싫어하시면서 어떻게."

"내가 동학교를 싫어했던가? 자네 눈엔 그렇게 보였는 모양이군."

"뭐, 좋아하지는 않으셨죠. 그래서 저도 동학도나 동학군에 대해서 형님에게 말씀드리지 못했습니다. 저는 접주도 아니고, 저야말로 그냥 따라다녔을 뿐입니다."

"백여 명이 넘는 듯한데 요사채와 별채에 모두 수용하기 어려울 듯합니다. 우리가 법당에 들어가 자더라도 숙소 문제가 좀……."

주지가 그렇게 말하자 박일교가 나서면서 받았다.

"아닙니다. 스님. 모두 방을 차지하겠다는 것이 아니고, 우리가 마당에 천막을 치고 반은 그곳에서 잘 것입니다. 반 정도 몸이 좀 허약한 나이 든 사람들을 안으로 들게 해 하루 쉬게 하려고 합니다. 방을 하루만 빌려주실 수 있습니까? 그리고 우리에게 쌀이 있으니 저녁을 짓도록 허락해 주신다면 함께 공양했으면 합니다."

조그만 절에 백 명이 먹을 쌀이 있을 리가 없어 박일교는 그렇게 말했다. 설사 있다고 하더라도 그렇게 많은 양을 축낼 수는 없었다.

"네, 가마솥도 있으니 얼마든지 사용하십시오. 그리고 방도 쓰십시오."

큰방이라고 할까, 요사채를 가리키며 주지가 말했다. 나는 약간 미안한 마음이 들어 주지에게 말했다.

"하룻밤만 신세 질까 합니다. 날은 저물어가는데 추위에 노숙할 수도 없고 해서."

"괜찮습니다. 나라를 위해서 이렇게 애쓰는데 무슨 말씀입니까? 임진왜란 때는 승려들도 참전하지 않았겠습니까. 이번에도 우리가 참전해서 왜놈들을 몰아내고 싶지만, 대중(승려집단)이 허락하지 않아서 나서지는 못합니다만. 도움이 될 수 있다면 무엇이든 돕고 싶습니다."

마당에서 골짜기를 향한 비탈진 곳에 천막을 몇 채 만들었다. 일부

노약자는 방으로 들어가 쉬도록 했다. 노약자라고 하니 주지가 의아한 눈으로 나를 보면서 물었다.

"일본군과 싸우는 의병이라고 한 것 같은데 노약자들도 있습니까?"

의병의 수가 오륙백 명 될 때는 대부분이 젊은이들이었다. 그러나 한 번 전투를 치르고 나자 젊은이들이 모두 도망을 가고 남은 것은 늙은이들이었다. 늙은이들은 겁이 없는 것인지, 세상 살 만큼 살았으니 죽어도 좋다는 것인지 그들은 끝까지 남아서 버티었다.

"뭐, 그렇게 늙은이들은 아니고요. 나이가 좀 든 사람도 적지 않습니다. 오십이 넘으면 노인이지요. 날씨가 워낙 추워서 그들이 감기에 걸리면 곤란해서 방을 좀 빌릴까 합니다만."

"네, 쓰십시오. 우리들이 밖에서 자도 되니 모두 쓰십시오."

"스님은 몇 분입니까?"

"모두 세 명입니다."

법당 앞에 나와서 약간 겁먹은 눈으로 백여 명의 의병들을 바라보고 있는 스님은 두 명에 불과했다. 그러니까 전부 해야 세 사람이었다.

"스님들을 밖에 재워 드릴 수는 없지요."

"괜찮습니다. 우린 법당 안에서 자면 됩니다."

그렇게 주지 스님과 잠자리 문제를 의논하고 있을 때 한 무리의 사람들이 골짜기에서 암자 쪽으로 나왔다. 그들이 오자 의병들은 놀라면서 매고 있던 소총을 꺼내 들었다. 그런데 골짜기에서 나타난 사람들이 모두 한복을 입은 것을 확인하고 총을 추켜든 의병들은 주춤하면서 내렸다. 무리 가운데 털보가 나에게 뛰어왔다.

"아이구, 형님, 그렇지 않아도 형님을 찾아 헤매느라 이산 저산 다녔는데 드디어 만났군요."

"아우님이 왜 나를 찾으시오?"

나는 몹시 반가우면서 괜히 퉁명스럽게 받았다. 우리는 서로의 몸을 힘껏 끌어안았다. 그와는 헤어지고 거의 일 년 만에 다시 만나는 것이다. 털보는 김상태와 악수를 했다. 두 사람은 구면으로 보였다. 그렇게 친한 지인 관계는 아니지만 서로에 대해서 잘 알고 있는 인상을 주었다. 윤기영도 털보를 아는 척하고 인사를 나누었다. 윤기영도 동학도이면서 동학군에 가담한 것이 확실했다. 별로 길지 않은 짧은 세월이지만, 사람들은 자신이 동학도였다는 사실을 숨겼다. 시대가 시대인만큼 동학란이 끝났으나, 친일 정부나 다름없는 조선 정부에서 동학도, 정확하게 동학 농민군을 용납하지 않고 있었다. 그러니 동학도들은 자신이 동학도라든지, 동학군에 가담했다는 사실을 숨기고 있었다.

털보가 데려온 군사는 2백 명이었다. 모두 무장을 하고 있었다. 개별적으로 얼굴을 모두 기억할 수는 없었으나, 대충 기억나는 얼굴이다. 그들과 함께 전쟁을 치르기도 하고, 청천 산속에 들어가 폭설로 해서 겨울 한 철을 함께 보냈으니 대부분 기억 날 수밖에 없다. 골짜기 비탈진 곳에 대열을 지어 섰다. 그리고 털보의 구령에 맞춰 나를 향해 일제히 경례를 올렸다. 그들이 경례를 올려붙이자 나는 감격해서 울컥해졌다. 6백 명의 의진을 만들었으나 며칠 만에 모두 잃어버리고, 이제 겨우 백여 명을 데리고 있는 나로서는 감격하지 않을 수 없었다. 털보가 구령을 하면서 "우리의 의병장 운강 선생에게 경례"라고 말하는 것으로 보아 이들을 의병진에 넣으려는 의도 같았다. 아마 내가 영남 일대에서 뿌렸던 격문을 본 듯했다. 나는 부동자세로 서서 다시 나를 찾아온 동학군 부대, 이제 의병 부대가 된 그들에게 온 정성을 담아 손을 올려 경례를 받았다. 이 부대는 동학군으로 전쟁을 여러 번 치른 전사들이었다. 이제까지 털보를 따라다니는 것을 보면 쉽게 도망갈 전사들이 아니었다. 나는 천군만마를 얻은 기분이 들어 약간 들떴다. 그때 한 청년이 대열속에서 나와 나에게 뛰어와서 다시 경례를 붙이며 말했다.

"제1중대 제1소대 소대장 민진호입니다."

나는 그의 경례를 받고 나서 다시 악수를 청해 손을 잡았다.

"중대장이 되어야지 아직도 소대장인가?"

"우리 대장 털보가 승진시켜 주지 않아서 어쩔 수 없습니다. 저 기억나시죠?"

"물론이지. 자네는 여흥 민씨로 왕비와 동성동본이지만 시골에서 가난하게 살아서 형이 나무 땔감을 해다가 팔아서 먹고 살았다고 했던가?"

"뭘 그런 것까지……."

민진호가 웃으면서 창피하다는 듯 주변을 훑어본다. 그는 일 년 만에 보는 얼굴인데 그 사이에 턱에 수염도 나고, 신체도 강골로 바뀌어 건장한 장정이 되어 있었다.

"그것보다 기억나는 일은 쇠바가지를 구해서 머리에 쓰고 교전을 해서 살아났잖아. 지금도 쇠바가지를 쓰나?"

"물론이죠. 전투 시에는 쇠바가지를 씁니다."

"또 기억나는 것은 춘향이와 이몽룡이 실존 인물이라며? 난 믿어지지 않는데?"

"그건 사실입니다. 춘향이는 실제 이름이 춘향이고요. 이몽룡의 실제 이름은 성이성(成以性)으로 당시 남원 부사 성안의(成安義) 둘째 아들이었습니다. 성이성 나이가 12살에서 17살까지 5년간 아버지를 따라 남원에서 살았고. 성이성이 광한루에서 그네 타는 춘향이를 만난 것은 16살 때였습니다. 그리고……."

"알겠네, 자넨 그 이야기가 나오면 물고 늘어지는 취미가 있네 그려."

"아, 죄송합니다. 이만 물러가겠습니다."

군기가 들었는지 민진호는 부동자세로 경례를 올려붙이고 물러갔다. 몇 걸음 가다가 다시 돌아서더니 나에게 말했다.

"정말입니다. 춘향전 이야기는 실제 인물 이야깁니다."

"그래, 알았네. 알았으니 더 이상 얘기할 필요 없네."

그냥 놔두면 하루종일 그 이야기를 할 것만 같았다. 주변에 서 있던 사람들은 무엇인지는 모르지만 이 청년이 재롱을 떤다고 생각하는지 웃고 있었다.

마당 가운데 대장과 참모들의 막사를 하나 만들고 우린 그곳으로 들어가 쉬었다. 막사 가운데 모닥불을 피우고 위로는 불길과 연기가 빠져나가게 했다. 하늘이 보이게 천막을 젖혀 놓았다. 모닥불이 있어 기름불을 따로 켜지 않았다. 모닥불 주변에 돗자리를 깔고 열 명의 간부들이 둘러앉아 방금 끓여온 녹차를 마셨다. 나는 의병진의 참모들에게 털보를 소개하였다. 화제는 다시 무기 문제로 돌아갔다. 나는 털보에게 무기를 구하려고 조령 일본군 병참부 무기고를 공격하려다가 오히려 기습받아 패배한 이야기를 하였다. 무기의 필요성에 대해서 털보가 공감하며 나에게 말했다.

"역시 무기는 중요합니다. 우리가 재작년에 구했던 그 맥심 기관총 같은 것이 있으면 최고인데 말입니다."

나는 그 기관총을 잊을 수가 없었다. 일본군과 전투할 때 내가 그 기관총을 사용한 것은 아니지만, 이노우에 선장의 밀수선 갑판에서 그 기관총을 실험하기 위해 쏘았던 것이 잊혀지지 않는다. 1분에 총탄 6백 발이 날아가는 가공할 무기였다. 나는 그 갑판에서 딱 1분간 6백 발을 쏘았는데, 총성이 연속으로 울리며 폭풍이 휘몰아치는 듯했다.

"그 무기를 다시 살 수 없을까요?"하고 내가 털보에게 물었다. "병참부를 털 수 없다면 밀수업자에게 돈을 주고라도 사는 수밖에."

"이제 안 됩니다. 그렇지 않아도 작년 여름에 제가 안성포 강변의 이 씨를 찾아갔습니다. 이노우에 선장에게서 산 볼트액션 보병총의 탄환이 부족해서 사려고 간 것이지요. 이 씨가 이노우에 선장과 연결되는 끈이기 때문에 그를 찾아간 것입니다. 그런데 이 씨가 시무룩해 하면서 이노우에 선장이 죽었다고 했습니다. 청일 전쟁이 일어나던 그해 겨울에, 청의 육군이 아산과 평양 전투에서 패배하고, 이제 남은 것은 오로지 텐진에 정박하고 있었던 북양 함대 밖에 믿을 수 없었습니다. 북양 함대가 있는 포구 한쪽에 이노우에 선장의 화물선이 같이 정박해 있었다고 합니다. 뻔해요. 이노우에 선장이 북양 함대를 정찰하기 위해 무역선으로 위장해서 가까이 있었던 것입니다. 출항하지 않고 무역선이 계속 머물고 있자, 북양 함대 쪽에서 망원경으로 감시를 했던 모양입니다. 감시하던 중에 바람이 세차게 불자 덮어놓은 천막이 벗겨지면서 갑판에 있던 대포가 노출되었던 것입니다. 무역선이 대포를 장착하고 있는 것이 수상해서 조사해보니 그 배는 이토 히로부미의 친구 이노우에 선장이 밀수선으로 사용하는 배라는 것을 알아냈습니다. 그런데 그 이노우에 선장이 청나라의 관리들, 특히 해군 대신이며 중요한 관리들에게 막대한 뇌물을 주고 중국 중요한 포구를 마음대로 돌아다니고 있다는 사실도 알아냈습니다. 그리고 그가 일본 첩자라는 사실도 알아내었어요. 그를 체포하려고 하자, 해군 대신이며 항만청 간부들이 모두 반대하는 것이었습니다. 정부의 고관들이 이노우에 선장 체포를 막자, 북양 함대 사령관이 이홍장에게 이 사실을 고하게 되고, 이홍장은 이노우에 선장을 체포할 것이 아니라, 이노우에 선장이 배에 타고 있을 때 배를 포격해서 수장시키라고 합니다. 그래서 함대에서 일제히 대포를 쏘아서 화물선을 바다에 수장시켜 버립니다. 이때 이노우에 선장을 비롯해서 배에 타고 있던 백여 명의 선원들이 모두 죽었다고 합니다."

일본군 첩자가 죽었다니 잘 죽었다고 해야 하는데 무기를 구입할 수 있는 밀수 선(線)이 끊어지자 오히려 안타까운 생각이 들었다.

"전해 들은 말로는 형님 부대가 의암진(류인석 부대)에 합류하려고 간다고 하는데 사실입니까?"

"사실이요. 이미 의암 선생에게 편지를 올렸고, 오라는 답장도 받은 바가 있소."

"저는 개인적으로 의암진으로 가지 않는 게 좋을 것 같습니다."

"지금 현재로서는 호좌 의병 부대가 가장 강한 부대요. 충주성을 내주고 다시 제천에 진지를 구축하고 있는데 병력이 2천5백여 명이 되고, 보좌하는 지휘관들도 많다고 하오. 안승우, 맹영재, 서상열, 이필희, 신지수, 이범직 등이 휘하에서 보좌하고 있어요."

"지금 열거하신 명단은 모두 의암의 제자들이 아니면 후학들입니다. 그들은 병법을 잘 모릅니다. 대중들의 존경을 받는 양반 유림은 틀림없으나, 병법을 모르는 그들이 군사를 지휘하면 패장이 될 수밖에 없습니다."

"의암의 후학이라는 점에서는 나 역시 마찬가지요. 나도 이항노(李恒老)에서 류인석으로 이어지는 화서학파요."

"그렇지만 형님은 무관 출신입니다. 나하고 같이 선전관을 지내지 않았습니까? 의암을 비롯한 유림들이 진법을 알 것이며, 손자병법을 알까요? 삼략서를 읽었을까요?"

털보의 말에 다른 참모들도 동의하는 기색이었다. 제천 의암진으로 가기 위하여 여기까지 따라온 김상태, 윤기영, 박일교, 김필운, 정재덕 같은 참모들조차 모두 고개를 끄덕이며 털보의 말에 동의했다. 김상태가 나서면서 거들었다.

"저도 화서학파 선비지만, 양반 선비들이 모두 의병장이 되어서 전투를 치른다는 것은 문제가 있습니다. 형님처럼 문무를 겸한 사람이 누굽니까? 저는 그들을 믿을 수가 없습니다. 차라리 우리끼리 독단적인 부대를 운영하며 유격전을 하는 것이 좋겠습니다."

"백우(白愚), 자네는 힘이 약할 때는 뭉치라는 병법의 기본을 모르나? 분산되면 일본군의 각개 전투에 휘말려 안되네."

털보와 김상태가 의암진에 합류하지 말자고 하면서 다른 참모들이 그 말에 동조하는 듯해 나는 당황하지 않을 수 없었다.

"이번에 패배한 고모산성 전투도 사실 의병 부대의 분산에서 초래한 약세였기 때문이라고 보오. 의암 선생이 격문을 돌리자 가장 많은 의병이 모였소. 그것은 무엇을 뜻하는 것 같소. 바로 학문과 덕망이 높으신 분을 따르는 역학 관계요. 의암은 나의 스승이기도 하니, 나는 제자로서의 도리도 있어 그분을 모시자는 거요. 병법이나 전투 작전은 참모들이 있어 의논하면서 하면 될 일이요. 군사를 이끄는 데 덕망과 의리도 중요한 요소요."

"그 점은 알겠습니다."하고 털보가 말했다. "사실 총대장이 병법을 많이 알고 모르고는 중요하지 않을 수가 있습니다. 똑똑한 참모만 있으면 해결되지요. 삼국지연의를 보면 유비가 병법에 능해서 잘 싸우는 것이 아니고 휘하에 제갈공명이 있고, 똑똑한 장수들이 있었기 때문이지요. 우리가 의암진에 못 가겠다고 하면 여기 우리 형님은 어떻게 됩니까? 혼자 보내드릴 수 있어요? 나는 창의대장이 누군가는 중요하지 않다고 생각합니다. 우리 형님이 가는 곳이면 그곳이 어디든지 갈 것입니다."

털보의 그 말이 다른 참모들을 설득한 듯했다. 모두 고개를 끄덕이며 마치 결의를 하듯이 한 팔을 들어보이며 힘차게 소리쳤다.

"우리는 모두 함께 할 것입니다."

나는 또 감격해서 울컥해지는 것이었다. 요즘 왜 자꾸 울컥해지는지 감정을 알 수 없다. 나도 참모들과 함께 한 팔을 추켜들며 "우리 함께 갑시다."하고 소리쳤다.

4

나는 털보의 부대 2백11명을 포함한 3백35명의 군사를 이끌고 제천 용두산 골짜기에 진용을 갖추고 있는 류인석 부대에 들어갔다. 의

림지를 지나 골짜기로 들어서자 초병들이 분주하게 움직이며 내가 온 사실을 위로 보고하는 듯했다. 류인석 휘하에 있는 막료 다섯 명이 아래로 내려와서 우리를 맞이했다. 막료 가운데 한 사람은 같은 화서학파 문우 안승우로 얼굴을 알고 있었고, 나머지 네 명은 처음 보는 얼굴이었다. 모두 한 부대씩 지휘하는 제장들이었다. 안승우를 통해서 그들과 인사를 나누고 나서 나는 내가 데리고 있는 제장들을 소개했다. 털보가 발이 얼마나 넓은지 막료 가운데 안승우를 뺀 네 사람과는 알고 지내는 사이였다. 아마도 동학군과 관련이 있는 듯했다. 우리 부대는 그들의 안내를 받아 골짜기 왼쪽으로 돌아 산등성이에 있는 막장으로 안내되었다. 우리가 도착할 것을 염두에 두고 새로 마련한 진지였다. 나를 비롯한 간부 열 명은 그들의 안내를 받아 산 위로 더 올라가 류인석 창의대장의 막사로 갔다. 의암은 다른 막료 일곱 명과 차를 마시며 나를 기다리고 있었다. 나는 안으로 들어가 돗자리 위에 넙죽 엎드려 큰절을 올렸다. 내가 큰절을 올리자 주뼛거리고 뒤에 서 있던 다른 동지들이 같이 엎드렸다. 앞으로 우리가 대장으로 모실 어른인데 큰절을 올리는 것은 당연했다. 모두 자리에 앉자 의암이 말했다.

"편하게 앉으시오. 기다리고 있었소. 오느라고 노고가 많소."

"선생님 삼가 문안 올립니다. 찾아뵙지 못하고 편지로만 소식을 올려 죄송합니다."

"이런 난국에 문안한답시고 찾아보고 할 여유가 어디 있겠나. 자네 편지를 보니 문경 고모산성에서 피해가 컸더군. 6백 명의 군사 중에 5

백 명을 잃었다며?"

"5백 명이 전사한 것이 아니고, 전사자는 31명, 나중에 중상자가 죽은 것을 합하면 모두 마흔 명 전사했습니다. 부상병이 백여 명 나왔고, 나머지 삼백여 명은 전투 중에 겁을 먹고 탈영을 하는 통에 손실을 그렇게 보았다는 뜻입니다."

"어쨌든 어려운 전투를 치렀네. 들으니 왜놈 소위도 한 명 죽고, 군인이 서른두 명이 죽었다고 하던데, 자넨 그 전쟁에서 진 것이 아니네."

"과찬의 말씀입니다. 충분한 준비가 되지 않은 상태에 기습을 받아 패했습니다. 3백 명의 아군이 도망을 간 것도 패한 것이나 마찬가집니다."

"반이나 도망을 쳤다고 실망하지 말게. 자네만 그런 게 아니고 다른 제장들의 부대도 부하들이 도망가는 것은 일상사이네. 농사만 짓다가 처음 전쟁에 나섰는데, 총알이 비 퍼붓듯이 날아오고 조금 전까지만 해도 자기와 이야기하던 멀쩡한 사람이 피를 흘리고 죽어가는 것을 보면 겁이 나지 않는 사람이 어디 있겠는가. 그들을 탓하지 말게."

"탓하는 게 아니고, 제대로 훈련하고 담력도 심어줬어야 했는데 별다른 대비 없이 적에게 노출된 것입니다."

"이제 원수를 갚으면 되지 않겠나? 다른 제장들과 힘을 합쳐 왜놈들을 이 땅에서 몰아내세."

"명심하겠습니다. 스승님."

"여기서 나는 대장일세. 스승님은 빼고 대장이라고 불러주게. 내 평생 대장이라는 말은 처음 듣는 말이라서 쑥스럽지만, 허허허……."

항상 근엄하던 류인석이 웃자 바짝 긴장하고 있던 일행이 약간 기분이 풀리는지 소리 없이 웃었다. 이때 나이가 들어 보이는 시종이 녹차를 끓여서 가져와 각자의 앞에 내려놓고 물러갔다. 의암이 손짓하며 마시라고 하였다.

"내 친구가 한 사람 중국 산동성에 갔다가 그곳의 특산물이라며 차를 가져왔네. 중국 차 맛을 한번 보게나. 그리고 골짜기 왼쪽에 자네들이 묵을 군영을 마련해 놨으니 가서 쉬게. 오느라고 수고가 많았네. 오다가 왜병은 만나지 않았나?"

"가급적 충돌을 피하려고 산악 지역을 타고 왔습니다. 그래서 부딪치지는 않았습니다. 마주치면 결사적으로 붙을 각오는 하고 있었습니다만."

"안동 의병장 권세연이 놓친 친일 난적 김석중을 처단한 것은 잘한 일이네."

"마침 정보통이 있어 도망치는 김석중을 따라잡아 처단했던 것입니다."

"그런데 저기 젊은이도 자네 막료인가?"

막료라는 것은 간부냐고 묻는 말이다. 그가 가리키는 곳에 이제 갓 스무 살이 넘는 민진호가 앉아 있었다. 턱에 수염이 나긴 했으나 앳된 것이 눈에 들어온 듯했다.

"네, 소대장입니다."

"소대장이라? 그 뭐냐, 왜놈들이 자기 군대에 붙이는 장교가 아닌가. 왜 하필 왜놈 군대 체제를 사용하나?"

역시 의암은 완고한 노인네였다. 아직 예순이 되지 않은 나이였으나, 나이보다 훨씬 늙어버린 느낌을 주었다. 흰 수염과 상투를 맨 흰 머리카락은 노련한 풍체를 풍기기는 하였으나 늙은이 모습 그대로였다.

"외람되오나, 스승님. 아니, 대장님. 소위나 중위라는 직책은 일본군의 고유한 군사 체제가 아닙니다. 이것은 서구에서 이미 사용하고 있는 것으로 미국이나 영국의 체제를 일본이 본따서 그렇게 하는 것입니다. 그리고 이 체제는 종적인 지휘관계를 확보하는 데 가장 효율적입니다. 그래서 저도 한번 그런 체제를 사용하고 있습니다."

"무슨 말인지는 알겠는데, 우리는 군사의 수가 많지 않기 때문에 그냥 횡적인 체제 중심의 초(哨)를 중심으로 하네."

"네, 잘 알고 있습니다."

"이제 스무 살도 안 되어 보이는 어린 나이에 소대장이 된 것을 보니 특별한 능력이 있는 것 같군. 이름이 무엇인가?"

"네."하고 민진호가 벌떡 일어서서 대답했다. "저는 민진호라고 합니다."

"본은 어떻게 되나?"

"여흥 민씨입니다."

"아, 그런가? 명문이군. 이번에 왜놈들에게 시해당한 우리 왕비께서도 여흥 민씨일 거야. 여흥 민씨 중에 왕비가 여러 명 있지. 그렇지만 나는 여흥 민씨를 별로 좋아하지 않네. 그렇다고 자네를 미워한다는 것은 아니야. 왕비의 세력을 믿고 설치는 여흥 민씨 일족이 많다는 것이야. 물론, 자네 같은 의병 소대장도 있어 다행이지만."

"대장 각하."하고 민진호가 의암을 불렀다. 나는 그의 입에서 각하라는 말이 나올지 상상도 하지 못했다.

"왜 그러는가?"

의암이 호기심 어린 얼굴로 반문했다.

"제 나이가 스무 살도 안 되어 보인다고 하셨지만 제 나이는 스물한 살입니다."

"아, 그런가? 내가 몰라봐서 미안하네."

"아니, 그런 뜻이 아니라……."

미안하다는 의암의 말도 의외였다. 두 사람이 말장난하는 듯해서 일동은 웃음을 참느라고 애썼다. 내가 분위기를 바꿔보려고 입을 열었다.

"군사의 수는 늘릴 수 있겠지만, 시급한 것은 무기입니다. 무기를 만들 수도 없고, 그렇다고 살 수도 없습니다. 그래서 조령 병참 무기고를 급습하여 무기를 획득하려고 했습니다만, 오히려 역습을 받았습니다. 무기를 확보할 수 있게 일본군 병참 무기고를 집중 공격할 생각인데, 대장께서는 어떻게 생각하십니까?"

"그 점에 대해서 나도 동감이네. 아주 좋은 생각이야. 그렇지 않아도 자네가 오면 우리 군사를 좀 보태서 충주 병참 무기고를 공격해 볼까 하네. 예비 병력 3초 정도 보태 주겠네."

초(哨)라는 것은 우리나라 옛날 군대 편제의 하나로 90명에서 100명 사이의 사병 묶음을 말하고 있다. 중국은 춘추전국시대부터 군대 편제를 백부장이라고 하여 일백 명을 한 축으로 했다. 초는 곧 백부장과 같은 편제였다.

의암 류인석은 이항로의 문하에서 성리학을 사사하다가 은사가 죽은 다음 이항로의 제자 류중교, 김평묵에게 수학하면서 화서학파의 종주로 인정받았다. 흥선대원군이 서원을 철폐할 때 위정척사운동에 투신했다. 병자수호조약이 체결되었을 때는 문하생과 유생들을 이끌고 연명 반대 상소를 하였다. 그래도 먹혀들지 않자 영남 유생 수백 명을 이끌고 대궐 문앞에서 복합상소를 올렸다. 뜻을 굽히지 않을 것이며, 차라리 날 죽이라고 하면서 도끼를 앞에 놓고 집단 항의하는 상소였다. 이 일로 그는 벼슬을 하지 않은 일개 선비의 신분으로 세상에 크게 이름을 떨치게 되었다. 의암의 재당숙 류중교가 춘천에서 제천 장담으로 이사 와서 제자와 문인들을 양성하던 중 류중교가 3년 전에 죽었다. 그는 류중교가 닦아놓은 기반을 흡수해서 류중교의 화서학파 전통을 승계하고, 후학을 양성하기 위해 영남과 충청 유생들을 지도했다. 나도 영남지역 화서학파에 가담해서 그의 가르침과 학맥을 이었다. 나라가 존망의 위기에 닥치자 학문만 연구할 수 없다고 생각한 그는 떨치고 일어나 의병을 모았다. 내가 삼백여 명의 의병들을 이끌고 그의 군영에 당도했을 때만 하여도 3천 명 정도였던 군세가 석 달 사이에 1만 명이 넘는 군인이 모여들어 커졌다. 그것은 바로 의암 류인석의 기백과 유학자로서의 유명세 때문이었던 것이다. 그러나 내가 계속 반복해서 하는 말이지만, 군사가 아무리 많아도 충분한 무기와 군량이 없으면 힘을 쓸 수 없는 것이다. 마치 신기루와 같이 한 순간에 무너질 수도 있었던 것이다. 1만 명을 넘어서던 의병의 수가 삼 개월이 지나면서 2천 명으로 줄어들었고, 그마저 일본군과 관군의 공격에 무너졌다. 그리고 조정에서는 수차에 걸쳐 의병 활동을 중지해 달라는 편지를 그에게 보냈다. 나중에는 임금의 명령으로 의병 활동을 중단하라고 했다. 물론, 왕명이라는 것이 실제 국왕의 뜻이라기보다 일본 공사의 뜻으로 강제된 일이라는 것은 알았지만, 왕명의 의병활동 중단 교지는 위정척사의 거두인 의암으로서는 부담이 되지 않을 수 없는 일이었다. 그런저런 사정으로 그는 의병 활동을 포기하고 만주로 넘어갔다. 포기했다고 해서 완전히 포기한 것이 아니고 외국으로 나가서 힘을 비축해서 다시 도전하기 위해 한발 물러선 것이다. 그런 사정으로 나는 영월 산중에 잠복해 있다가 나 역시 의병 활동을 중단하며 군사를 해산시켰다. 그때 중단한 것은 완전한 중단은 아니었다. 나는 일본군이 물러갈 때까지 의병 활동을 중단할 생각은 없었다. 내가 죽을 때까지 중단할 수 없다는 생각은 그때나 지금이나 마찬가지였다.

다시 거슬러 올라가서 내가 의암진에 들어가서 한 일을 회상해 볼까 한다. 의암을 만난지 이틀이 지나 그는 참모회의를 거쳐서 나를 유격장으로 임명했다. 유격장(遊擊將)이라는 것은 말 그대로 일정한 형식 없이 자유스럽게 치고 빠지는 산악 전투의 대명사였다. 마치 유희하듯이 전쟁을 한다고 해서 붙여진 이름이다. 그러나 개별적인 부대 체제는 종적인 군제라기보다 횡적인 군제였다. 이 횡적인 군제는 자유스럽고 율동적이긴 하지만, 적이 대부대일 때는 힘을 쓰기 어렵다. 그래서 부분 전투를 하는 것이 주 종목이다. 치고 빠지고, 치고 사라지는 것이다. 그러나 부대의 이름이 무엇인가는 중요하지 않았다. 일정한 훈련을 마친 통일된 체제의 군병이 아니었다. 무리를 이끌고 온 의병의 대표는 모두 장군으로 칭하면서 데려온 부대를 이끌게 했다. 그렇게 되다 보니 별의별 이름을 다 붙여주면서 장(將軍)으로 대우했고, 적게는 일백 명에서 많게는 오륙백 명을 이끄는 부대로 나눠지게 된다. 이 경우 문제는 부대 상호 간의 소통이었다. 소대장과 중대장, 그리고 대대장처럼 일정한 계급이 있을 경우는 상하관계가 철저해서 명령을 거부할 수도 없을 뿐더러 명령 체계가 서기 때문에 작전 지시가 명확하고 원활한 전투가 이뤄진다. 하지만 의병 군제처럼 각자가 모두 대장인 경우에는 종적인 명령 체계가 없다. 있다고 하면 총대장인 의암이 어떻게 협력하라 또는 같이 싸우라는 의사 표시가 전부였다. 나머지는 제장이 알아서 하면 그만이다. 이렇게 되다 보니 여러 가지 문제가 발생한다. 하극상 아닌 하극상이 발생하기도 하고, 같이 공격하기로 약속해놓고 한쪽에서 오지 않아 낭패를 보면서, 싸우는 부대가 전멸이 될 위기에 봉착하기도 한다. 그것을 이번 전투에서 나 역시 겪게 되었다. 그러나 어차피 타 부대와 협력이 어렵다는 것을 서로 알고 있기에 큰 기대를 하지도 않았고, 독자적인 전투에 열중했다.

한겨울이 지나가며 봄기운이 돌던 3월 19일(양력) 새벽에 나는 의암이 보충해 준 3초의 병력을 합친 6백여 명의 병력으로 수안보 병참기지를 공격했다. 전군장 홍대석이 나와 반대쪽에 진입해서 쌍방으로 공격하기로 했던 것이다. 수안보의 일본 병참기지는 조령 병참기지 대참(大站)과 비슷한 규모의 1개 중대 병력이 지키고 있는 곳이었다. 한성과 부산에서 그 중간 지점이면서 남쪽은 문경(조령)이고, 북쪽은 충주가 양 축을 잇는 거점이었다. 그래서 일본군은 이 두 곳에 병참기지를 설치하고 무기와 탄약 등 화력을 저장해 두고 있었다. 동시에 그곳을 지키는 수비병들도 만만치 않았다. 새벽에 수안보 남산으로 올라가서 일제히 함성을 지르며 산 아래에 있는 기지를 공격했다. 이곳은 한달 전에 호좌 의병 부대 중군장 이춘영이 전투를 벌이다가 전사한 곳이기도 하였다. 나는 각 지휘관들에게 명령해서 부채살처럼 퍼져 내려가며 집중 공격을 퍼붓게 했다. 그런데도 일본군 진지는 좀처럼 뚫리지 않았다. 일본군이 공격에 대비해서 참호를 깊게 파거나 바위나 나무 등의 엄폐물을 둘러쳐 놓아서 공격이 먹혀들지 않았기 때문이다. 더구나 반대 방향에서 공격하기로 했던 홍대석 부대 3백여 명이 공격을 하지 못하고 조용했다. 홍대석은 나와 작전을 의논할 때 그는 위에서 내려오고, 나는 아래에서 올라오는 상하 작전을 구상했다. 그러나 나는 의견이 달랐다. 아래에서 위로 올라가는 것은 지형상 불리하여 위험했기 때문에 상하 공격이 아니라 좌우 공격을 하자고 했다. 상하 공격이냐, 좌우 공격이냐는 문제를 가지고 한동안 다투었지만 서로 의견이 합치되지 않았다. 종적인 상하 관계가 아니고 횡적인 관계이다 보니 의견이 맞지 않으면 합치된 결론이 나오지 못했다. 그러나 나는 군사들의 생사가 달린 일이라 상하 공격을 반대했다. 그래서 끝까지 좌우 공격을 주장하자 그 역시 어쩔 수 없었는지 그렇게 하겠다고 하였다. 그런데 막상 전투가 벌어지자 그는 공격하지 않고 군대를 빼버린 것이다. 나는 그가 공격할 줄 알고 맹공을 퍼부었지만 반대편에서 아군의 공격은 하나도 보이지 않았다. 홍대석은 한때 동학 농민군을 지휘한 양반 출신의 동학 접주였다. 농민군을 지휘한 경험이 있어 전법을 어느 정도 알고 있다고 믿었으나 나를 매우 실망시켰다. 나를 실망시킨 것은 마음에 들지 않으면서도 일단 약속하면 무조건 지켜야 하는 것이 병법의 기초인데, 내가 주장을 굽히지 않은 것이 괘씸했는지 나를 돕지 않고 관망만 한 것이다. 관망했다기보다 아주 달아나버린 것이다. 나중에 이 문제를 의암 대장에게 보고해서 그를 징계 먹일까도 생각했으나, 털보가 그러지 말라고 말렸다. 털보는 같은 동학 접주로서 그를 전부터 잘 알고 있는 것이었다. 무슨 다른 사정이 있겠지 의식적으로 회피한 것으로 보지 않았다. 나는 의암에게, 아군에게 협력하지 않은 홍대석을 고발하지도 않았지만, 홍대석에게 왜 협공하지 않았는지 묻지도 않았다. 내 마음은 그에게 변명할 기회를 주고 싶지도 않았던 모양이다.

새벽부터 그날 저녁까지 하루종일 교전을 벌였지만 별다른 성과를 걷지 못했다. 우리는 엄폐물에 몸을 숨긴 채 총알을 아끼기 위해 함부로 발사하지 않고 정조준해서 명중 위주로 쏘게 했다. 그렇게 침착한 전투를 벌인 덕분인지 큰 피해 없이 종일 교전 상태를 유지했다. 피차 열 명 이내의 전사자가 발생하고, 부상자도 그 정도 생겼으나 종일 전투한 것에 비해 쌍방간 큰 피해 없이 끝났다. 더 이상 전투를 계속하면 우리가 가진 탄환이나 다른 보급품이 끊어질 듯해서 일단 퇴각하기로 결정했다. 우리는 산 아래 덕주 남문으로 내려가 언덕을 등지고 제천 방향으로 퇴각했다.

나는 의암에게 따로 자리를 마련해서 그에게 부탁했다. 그것은 지난번 내가 고모산성에서 패배한 한을 풀게 해달라고 한 것이다. 조령 병참기지를 공격할 생각을 했던 것이다. 그래서 군사의 수를 좀 더 늘려달라고 했다. 이번에는 다른 부대와 협공을 하지 않고 독자적인 전투를 벌이려고 하였다. 협공을 한다고 해도 다른 부대의 협조를 얻는 것이 아니고 나의 부대를 나눠서 내 명령으로 작전을 펼치는 종적인 지휘 체계였다. 나는 9초(9백명)의 군사를 4부대로 나눠서 각기 임무를 주었다. 중군장 김상태에게는 2백 명의 군사를 주어서 조령의 남서쪽 지역에 매복해 있으면서 일본군의 왕래를 막으라고 했다. 지금 서상열이 부대를 이끌고 함창 태봉에 있는 일본군 병참기지를 공격하고 있는데, 조령에 있는 병참기지에서 탄환이나 기타 보급품을 계속 지원해주고 있어 막아달라는 첩보를 받고, 서로 왕래하며 지원하지 못하게 하려는 것이었다. 전군장 윤기영에게는 2백 명을 이끌고 길이 아닌 산악을 돌아서 조령 남쪽의 문경에서 조령으로 향하는 북방을 공격하라고 했다. 참모장 박일교와 나는 2백 명을 이끌고 조령 동쪽 방향에서 병참기지를 공격하기로 하고, 털보가 지휘하는 별동대 2백 명은 북쪽에서 조령 병참기지를 공격하게 했다.

3월 25일 밤에 접근해서, 공격은 다음날 새벽, 어둠이 걷히는 시각에 일제히 하기로 했다. 이 기습은 그대로 성공했다. 조령 병참기지에서는 어떻게 첩보를 얻었는지 윤기영이 공격하는 문경에 침투해서 그를 포위해버렸다. 문경 전투에 군사가 집중되어 병참기지에는 1개 소대 병력도 미치지 못하는 서른 명 정도의 군사만 남아 있었다. 그래서 털보가 이끄는 2백 명의 병력과 내가 이끄는 2백 명의 병력이 한꺼번에 공격하자 적은 그대로 무너졌다. 거의 전멸시키다시피 했다. 계속 접근하면서 가까이 다가가자 완전히 육박전이라도 할 거리만큼 마주보게 되었다. 처음에는 완강하게 공격하던 일본군도 나중에는 중과부적을 느꼈는지 도망가기 시작했다. 그러나 도망을 가다가 총에 맞고, 교전하면서 이미 숨을 거두면서 거의 전멸했다. 살아서 달아난 자도 없었고, 항복을 하며 손을 번쩍 들고 참호에서 나오는 자가 한 명 눈에 띄었지만, 손을 들고 걸어 나오는 그를 어느 의병이 저격해서 죽여버렸다.

일망타진하고 병참기지로 들어가 보니 숙소에서 죽은 조선인들이

십여 명 보였다. 그들은 병참기지에서 일하는 부역자들이었는데, 계급 표식이 없을 뿐이지, 똑같은 군복을 입고 있어서 조선인으로 분간하지 못해 모두 쏘아죽인 것이다. 안타까운 일이었지만 그 희생을 한탄하며 시간을 보낼 수도 없었다. 기지에서 들리는 총성을 듣고 문경으로 나간 주력 부대가 돌아올 수도 있기 때문에 빨리 철수해야 했다. 군기고를 부수고 그 안에 쌓여있는 소총과 탄약 상자, 화약, 유황, 기름통, 다이너마이트, 대포에서 쏘는 포탄(대포는 가지고 나갔는지 보이지 않았다) 등을 모두 말 잔등에 실었다. 의병들이 등에 지기도 하고, 말에 실은 것이 62짐이 되었다. 짐을 이동하는 대열이 끝이 안 보일 정도로 길게 늘어서 있는 것이 보기 좋았다. 그렇게 해서 기지를 공격한 3개 부대가 모두 집결지 동원촌에 모였다. 그런데 그날 해가 질 때까지 윤기영 부대가 돌아오지 않았다. 윤기영 부대 쪽으로 상황을 살피러 떠난 전령이 돌아와서 보고했다. 말에서 내린 전령은 헐떡이면서 숨을 가누더니 말했다.

"윤기영 중군 부대가 조령 기지 일본군에게 포위당해 평천성곽 안에서 꼼짝을 못하고 있습니다. 다행히 성벽과 나무에 몸을 엄폐하고 있어 총탄을 피하고는 있지만 조금도 나오지 못하고 있습니다. 쌍방간에 교전이 있어 저도 접근하지 못했습니다."

"윤기영이 포위당한 평천성이 여기서 얼마나 떨어져 있는가?"

내가 전령에게 물었다.

"삼십 리 정도 될까요? 말을 타고 가면 반 시간 정도 걸린다고 봐야 할 것입니다."

"군사가 뛰어간다면 얼마나 걸릴까?"

나는 뒤에 서 있는 털보와 김상태에게 물었다. 두 사람은 각기 의견이 다른지 다른 말을 했다.

"한 시간 정도라고 할까요?"

털보가 그렇게 말했다.

"저는 두 시간은 걸릴 것 같습니다."

김상태가 말하며 히죽 웃었다. 왜 웃는지 몰라서 내가 물었다.

"왜 웃나? 자기가 말해 놓고도 이상하다고 생각했나?"

"아니요. 이상할 것이 뭐가 있습니까? 삼십 리 길을 어떻게 한 시간에 달립니까? 안 그래요? 형님?"

"총기와 탄약 약간을 들고 뛰는데 한 시간이면 충분하지 무슨 두 시간씩이나."

털보가 반박했다. 두 사람은 한 시간 걸린다, 두 시간 걸린다고 하면서 싸웠다. 언제부터 두 사람이 친해져서 형님 동생하고 있는지 나는 알 수 없었다. 나는 두 사람의 논쟁에 시간을 끌 수 없어 박일교에게 지시했다.

"윤기영 동생 윤기서라고 있지?"

"네, 샌님같은 선비입니다. 항상 글공부만 하다가 사촌 형이 의병이 된다고 나서자 같이 따라 왔다고 합니다."

"사촌인데 항렬이 왜 그래? 어쨌든 윤기서를 보내. 당신이 이끌던 군사 2백을 함께 보내. 그리고 선발대로 기병 열 명을 함께 보내. 무거운 탄약은 말에 싣도록 하고, 빨리 가야 할 거야."

"윤기서 같은 사람에게 책임을 지워주는 것은 좀…… 제가 가야 하지 않겠습니까?"

김상태가 걱정스럽게 물었다.

"선비가 전쟁을 하니 불안하나? 자네도 선비잖아. 자네는 잘 싸우는데 같은 선비인 윤기서는 못하란 법이 있나? 더구나 곤경에 처한 자가 사촌 형이라고 하잖아."

"사촌 형이 무슨 소용입니까? 전쟁은 사촌이고 형이고 아무 소용이 없어요. 내가 죽지 않으려면 상대를 죽여야 하니까. 너 죽고 나 살자는 것이 전쟁이 아닙니까?"

박일교가 윤기서와 의병들을 보내고 나서 돌아와서 나에게 말했다.

"아무래도 좀 불안하니 제가 따라가야 하지 않겠습니까?"

"왜들 그렇게 불안해 하지? 좋아, 털보가 가는 게 어떻소? 당신 군사 2백 명을 모두 데려가시오. 뭐, 한 시간이면 충분히 뛰어간다면서. 그럼 윤기서 부대보다 더 먼저 도착하겠네요? 그러나 그렇게 하지 마시오. 기다렸다가 윤기서 부대가 적을 공격하면 후미에서 협공하시오."

"그렇지 않아도 출동 명령 기다렸습니다. 설마 그 샌님에게 2백 명의 군사를 맡겨놓지는 않을 것이라고 믿었지요."

"자꾸 윤기서를 바보 만들지 마시오. 그도 여러분들처럼 의병에 자원한 전사요."

"전사는 무슨? 꼼생이 선비죠."

김상태가 입을 비죽거리며 흉을 보았다. 왜 그런지 윤기서가 믿어지지 않는 모양이었다. 그들이 우려한 대로 윤기서는 사고를 쳤다. 사고를 쳤다기보다 구원군으로 간 윤기서가 겁을 먹었는지 일본군을 공격하지 못하고 주변을 돌면서 망설였다. 그렇게 수 시간 배회하자 뒤따라 간 털보 부대는 윤기서가 공격할 때를 기다리며 시간을 보냈다. 그러는 중에 성안에 갇혔던 윤기영 중군 부대는 포위망을 뚫으려고 무리한 교전을 하다가 희생자가 늘어만 갔다. 2백 명의 윤기영 부대 의병들이 하루 만에 거의 반이 죽거나 부상 당해서 전투 능력이 남은 군사는 백 명에 불과했다. 더 이상 기다릴 수 없었던 털보가 일본군의 후미에서 공격했다. 갑자기 나타난 의병 부대에 위축된 일본군이 퇴각을 해버렸다. 겨우 윤기영의 중군을 구했으나 희생자가 너무 많아서 낭패였다. 그때까지도 윤기서는 주변을 배회하며 이산 저산을 배회하고 있었다. 털보는 화가 치밀었으나 그런 일은 대장인 나에게 맡긴다고 화를 억누르고 아무 말을 하지 않았다. 그들이 집결지 동원촌으로 돌아온 것은 밤이 깊어서였다. 그런데 돌아오는 말 위에 윤기서가 웃통을 홀랑 벗고 포승줄에 묶여 있었다. 그 모습은 중국의 황족이나 황족 형제들이 반역을 했다가 용서를 빌 때 항용 하는 짓이었다. 윤기서는 선비로서 중국의 고전 사서를 많이 읽기는 했는 모양이다. 그것을 흉내내며 죄를 빌었던 것이다. 일부 막료들은 웃었지만 나는 웃을 기분이 아니었다. 그가 망설이는 동안 얼마나 많은 아군들이 총탄에 맞아 죽었는지 알 수 없다. 윤기서를 꼭 죽일 생각은 없었지만 다른 병사들에게 군기를 보여주기 위해 나는 칼을 빼들고 소리쳤다.

"구원병으로 가서 숨어서 지켜보고만 있었단 말인가? 그로 해서 얼마나 많은 아군이 전사한 줄 아는가?"

"죄송합니다. 이런 일을 해본 일이 없어서…… 너무 떨려서 공격을 못하고 망설였습니다. 죽여주십시오."

"못 죽일 거 같은가? 단칼에 목을 치겠다."

내가 소리치자 옆에 다가온 털보가 나를 만류하며 나직한 목소리로 말했다.

"형님, 살려줍시다. 뒤늦게 자기가 실수한 것을 알고 나에게 죽여 달라고 말했습니다. 내가 차마 죽일 수 없어서 그에게 도망가라고 했지요, 동원촌에 돌아가면 형님이 분명히 군율로 죽일 거라고요. 그랬더니 곰곰이 생각해보더니 웃통을 벗으면서 자기를 묶어 달라고 합디다, 자긴 죽어도 가서 죗값 받겠다고 하는 것입니다. 내가 도망가라고 했는데도 굳이 죽겠다고 해서 할 수 없이 묶어서 말에 태워 데리고 온 것입니다. 정말 뉘우치는 듯하니 살려주시죠."

"웃통 벗고 묶여 온 것은 중국 고사에 나오는 이야기요. 나도 그 고사처럼 살려줄 것으로 생각하나?"

"내가 도망가라고 할 때 정말 도망갈 수도 있는데 죽기를 작정한 것을 보면 분명 속죄한 것입니다."

"살려주시죠, 형님."

못 마땅해 하던 김상태까지 그렇게 말했다.

"윤기서가 잘못한 것은 사실이지만 그를 죽이면 살아 돌아온 윤기영도 체면이 말이 아니니까 살려주시죠."

박일교도 그렇게 말했다. 나는 하는 수 없이 칼을 거두며 돌아섰다. 제장들이 나를 말리지 않으면 어떻게 하나 걱정을 했는데 모두 그를 살려주자고 해서 나는 다행이라는 생각이 들었다. 그러면서도 나는 그를 용서해준 것이 합당했는지 잘 모르겠다. 그의 겁먹은 태도 때문에 죽은 의병들이 많이 나왔다는 사실은 용납하기 어려웠던 것이다. 몰래 한숨을 내쉬며 곤혹스런 기분은 어쩔 수 없었다. 밤이 깊었으나 우리는 횃불을 밝히고 밤길을 행군했다. 새벽이 되어서야 우리는 황장(黃腸)으로 돌아왔다. 그곳에 진지를 구축하고 다음 전투 작전에 돌입할 계획이었다.

5

의암 류인석이 이끄는 호좌 의병 부대는 3월 중순에서 4월 중순 무렵 가장 어려운 시기를 보내고 있었다. 1만 명이 넘던 의병의 수가 뚝 떨어져 다시 2천여 명으로 줄어들었다. 급격하게 늘고 급격하게 주는 것이 의병의 양상이기는 했으나, 한 번 전투를 나갔다 들어오면 사망자보다 도망간 숫자가 더 많았다. 그리고 정부군과 일본군 토벌대가 조직적으로 군제를 편성해서 의병 부대를 압박하고 있었기 때문에 어려움은 더욱 심했다. 정부는 관군 토벌대를 보내 의병 부대를 압박하면서 다른 한편 의병 해산을 요청하는 회유책도 병행했다. 이제 그만 들어가 농사나 지으라고 하면서 구슬렸던 것이다. 그 사실은 의병장들뿐만이 아니라 다른 사졸들도 모두 알고 있는 일이었다. 돌아가 생업에 종사하면 그동안의 허물을 덮어주고 체포하지 않겠다고 하였다. 그러나 계속해서 변란을 일으키면 체포하여 엄벌에 처하겠다고 하였다. 그런 으름장은 사졸들에게 먹혀들어 부대가 다른 곳으로 이동할 때라든지, 전투가 벌어질 때 눈치를 보다가 도망가 버렸던 것이다. 그렇다고 지휘관들이 군율을 세워 도망자는 참한다는 원칙을 준수할 수도 없었다. 전투 중에 무단 이탈, 도주하는 자는 참한다는 군율이 있었으나 그것을 지키는 사람은 없었고, 부대장들도 도망을 간다고 해서 잡아 죽이는 경우는 없었다. 갈테면 가라고 내버려두는 것이다. 그것도 어쩔 수 없는 것이 제대로 된 식사도 해결해주지 못하고 굶주리게 하면서, 생명을 바쳐 싸우라고 밀어붙이기에는 서로 간에 지쳐버린 것이다. 그러나 대장들의 마음은 그렇지 않았다. 설사 패배한다고 해도, 생명이 다하는 그날까지 전쟁을 수행할 수밖에 없다는 사명감에 젖어 있었다. 그것은 대장들의 생각이고, 사졸들은 이제 이 끔찍한 전쟁을 제발 끝냈으면 하는 심정이다.

남한산성 의병 부대를 격파한 관군은 충주를 거쳐 황강까지 내려왔다. 관군의 참령(參領)은 장기렴(張基濂)이라는 자였다. 장기렴은 2천여 명의 관군으로, 각 지역에 있는 일본군 병참기지의 군사와 협동해서 각개 전투하고 있는 의병진을 계속 깨면서 내려왔다. 의암 부대와 마주치자, 의병의 숫자가 아무리 줄어들었다고 하여도 2천여 명인데다, 남은 의병은 무기를 모두 소유하고 있어서 만만치 않은 세력이었다. 관군이 아무리 기세가 좋다고 해도 맞부딪치면 관군의 희생이 클 수밖에 없었다. 그래서 장기렴은 정부의 지시도 있고 해서 화친 정책을 폈다. 고시문을 작성해서 제천 의병 부대에 전했다. 그 고시문은 의암진에서 대장 의암과 함께 제장들이 모두 둘러앉아 읽어보았다.

의병의 칭호는 예로부터 수없이 많지만 오늘의 의병같은 것은 아직 없었다. 어째서 그러냐 하면 사람을 죽이는 일이 관장에까지 미치고 노략하는 버릇이 작은 민가에까지 이른다. 하는 일이 이러하니 의병이라는 그 이름은 어디로 간 것인가.

여기서 본 참령은 역적을 토벌하라는 왕명을 받들어 군사를 거느리고 여기에 이르렀다. 저도 알고 나도 아니 백전백승하는 계책이 있고, 기술(奇術)로 할 수도 있고 정도(正道)로 할 수도 있으니 천변만화(千變萬化)하는 도를 겸하였다. 너희들 오합지중(烏合之衆)과 개미 떼 같은 무리들이야 원래 한번 북쳐서 없이 할 것이지만, 조용히 생각하고 있는 것은 사람 상함을 중히 여기기 때문이다. 더구나 너희들은 모두 글을 읽는 선비로서 세상 변화하는 데에 대처하는 길이 어둡기 때문에,

이번 일이 의(義)가 되는 줄로만 알고 이 의거가 도리어 역적이 될 줄은 생각지 못하는 것이니, 이래서 선유(先諭)라는 은명(恩命)을 군대의 정토(征討)에 앞서 하는 것이다. 지금 바로 불의에 방비 없는 것을 공격하여 옥과 돌이 함께 불타게 할 수는 없는 일이므로 강 왼편에 진을 멈추고 이렇게 고시하는 것이다. 만일 왕명에 복종하는 것이 순리임을 깨달아 창을 거꾸로 들고 와서 맞이한다면 의거의 처음 마음을 표창할 것이니, 시작도 의요, 나중도 의가 되는 왕사(王師)에 항거한다면 이것은 제 스스로 의의 이름으로 무너뜨리고 화의 그물 속으로 들어가는 것이니 조금도 용서가 없을 것이다. 순역(順逆)을 판가름하는 곳에 바로 사람이 되고 귀신이 되고 하는 것이다. 엄하게 고시하는 바이니 잘 알아서 할 줄 안다.

건양 원년 4월 25일〈구력(舊曆) 3월 13일〉
왕사주진소(王師主陣所) 참령 장기렴

그 글에 대해서 의견을 말해보라고 의암이 말했지만 아무도 입을 열지 않았다. 잠깐 침묵하다가 한쪽 구석에서 김상태가 입을 열었다. 흐음 하고 헛기침을 하여서 무슨 중요한 발언을 하는 것으로 알고 일동은 조용히 귀를 기울였다. 잠깐 호흡을 가다듬더니 김상태가 뱉었다.

"꼴값 떨고 있네."

그러자 일동이 와 하고 웃음바다가 되었다. 김상태의 이 한마디는 많은 것을 대변해주고 있었다. 모두 웃자 김상태는 계면쩍어서 히죽 웃더니 일어나 나가려고 했다. 의암이 김상태를 불렀다. 상태가 나가려다가 걸음을 멈추고 의암을 돌아보았다.

"백우, 아주 적절한 답변이군. 자네가 답서를 쓰겠나?"

"제가 쓴다면 한마디밖에 다른 말은 쓸 수가 없습니다."

"무슨 말?"

"꼴값 떨고 있네."

또 다시 제장들의 웃음이 터졌다. 긴장하고 있던 제장들은 김상태의 장난기 서린 말로 한결 마음이 가벼워졌다. 의암이 붓과 종이를 가져오라고 하더니 그 자리에서 답신을 썼다.

아아, 이번 거의한 이유를 우리나라 신민으로서야 누가 그것을 모르겠는가. 대저 복수설치(復讐雪恥)하는 일과 존왕양이의 의리는 이것이 만고에 바꿀 수 없는 원칙이다. 근일 십적(十賊)의 무리는 안에서 화를 빚어내고 일본의 도적은 밖에서 트집을 만들어 내어 왕비를 시해하고 군부를 욕보였으나, 그렇다면 이 천지에 사는 사람이면 누구나 다 피눈물을 머금고 복수설치하는 사업을 펴지 않을 자가 있겠는가. 선왕의 법복을 헐고 선생의 바른 길을 어지럽게 한다면 유학자의 옷을 입고 유학자의 갓을 쓴 자라면 누군들 절치부심해서 존화양이의 의를 엄격히 지킬 바를 생각지 않겠는가.

그러나 소위 교목세가(喬木世家)와 주석지신(柱石之臣)들은 한 사람도 몸을 깨끗이 하고 마음을 가다듬어 성토하는 조치를 취한 자가 있다는 것을 들은 일이 없다. 장차 무슨 말로 천하만세에 전하려고 하느냐. 우리들은 이 눈으로 천륜이 없어지고, 천지가 번복하는 큰 화를 충분(忠憤)이 격동함을 걷잡을 수가 없어서 복수 보형(保形)의 기를 세우고 장사와 군사를 모집하여 사생을 돌보지 않고 성패를 계산하지 않으며 장차 큰 의리를 천하에 피력하는 것이다. 이야말로 명정언순(名正言順)한 일이니 지혜있는 사람이 아니라도 그 이유를 알 수 있는 일인데, 참령의 고시가 어찌 여기에까지 이르는가.

소위 국가의 장리(관찰사, 군수)를 죽였다고 했는데, 이들은 난적의 당여가 되어 다시는 국가의 관리가 될 수 없으니 이들을 죽여서 선토후문(先討後聞)의 의를 밝힌 것이 무엇이 잘못이며, 공화(국가의 물자)를 빼앗았다고 하는데 이것은 왜놈의 군수품과 군량이 되어 다시는 국가의 물화가 될 수 없으니 이것을 뺏어 도적을 치는 미천 삼았으니 무엇이 의에 해로우냐.

또 소위 처변(處變)에 어둡다고 했는데 이것은 더욱 무슨 소린지 알 수 없다. 그래 왜놈을 다 제거했으면 얽히고설킨 역적놈들을 다 없앴으며 선왕의 옳은 제도를 다 회복했으며 선 성인의 대도를 다 밝혔느냐. 심지어 성상께서는 파천(播遷)하여 아직 대궐로 환어(環御)하시지 못했으며, 왕비의 인산은 달이 지나고 해가 넘도록 아직 모시지 못하였다. 백관이 보망하여 숨고 조정이 텅 비어있으니 종묘사직의 우환이 앞으로 어디에까지 이를지 모르는 일이다.

형편이 이런 데도 오늘은 전일과 다르다고 하면서 우리들이 어리석음을 고집하고 깨닫지 못한다 하니 이것이 옳은가. 우리들이 주장하는 것은 이것이 다만 의리뿐인 것으로서 성패나 이해는 처음부터 계산한 것이 아닌즉, 사람과 귀신의 설명으로 말할 바가 아니며, 화와 복의 권유로 움직일 바가 아니다. 이것을 어찌 지금 입으로 말하며 정해질 것인가. 참령은 원래 대대로 장신(將臣)의 집안으로서 국가의 두터운 은혜를 받아왔으나, 원수를 갚고 치욕을 씻으며, 중화(中華)를 높이고, 이적(夷狄)을 물리쳐서 선왕의 덕에 보답하고, 선대의 사업을 계승할 것을 생각하여야 안으로 마음속에 부끄러움이 없고, 밖으로 얼굴이 붉어지지 않을 것이다. 말은 여기서 그치니 잘 알아서 할 줄 믿는다.

병신년 3월 15일(음력)
호좌의병장 제천에서 의암

의병과 관군 사이에 서신을 일 개월간 주고 받고 하면서 시간을 끌며 전투는 소강상태가 되었다. 청풍 일대의 한강 연안에서 산발적인 교전은 있었으나, 대규모적인 전투는 벌어지지 않았다. 소규모 전투라고 하지만, 교전이 벌어질 때마다 쌍방 간의 병사들이 죽어 나갔다. 이번에는 열두 명, 다음에는 서른세 명, 그리고 이번에는 열아홉 명, 이런 식으로 전사자들이 나오면서 지루한 싸움이 계속되었다. 지루

함 속에서 하나의 사건이 터졌다. 의암 대장과 함께 제장들이 저녁 식사를 하고 있는데, 3백여 명의 군사를 이끌고 나가 전투를 했던 김백선 의병장이 본진에 돌아왔다. 상당히 많은 전사자와 부상자가 속출했던 전투로 보였다. 본진에 들어와서도 여기저기 쓰러져 죽는 의병들이 눈에 띄었다. 군사 거의 반을 잃은 패전으로 보였다. 전투하다 보면 그렇게 패전하는 수도 있었다. 내가 첫 전투를 치렀던 고모산성 전투에서 나는 육백 명의 군사로 시작해서 나중에 남은 군사의 수가 백여 명에 불과했던 일도 경험했다. 물론, 도망간 탈영병이 대부분이었지만 탈영이 많은 것도 전투의 실패이다.

선봉장 김백선이 제장들이 식사하는 안으로 뛰어들더니 눈을 부라리며 일동을 훑어보는 것이다. 그가 입고 있는 옷은 백병전을 한 것이 아닌데도 피투성이었다. 아마도 죽어가는 부하들의 몸을 만지면서 묻은 것으로 보였다. 그는 한쪽에 앉아서 식사를 하고 있는 안승우를 발견하더니 칼을 빼들며 소리쳤다.

"안승우, 이놈의 새끼, 지금 네 목구멍으로 밥이 넘어가냐? 너 때문에 나의 군사 절반이 죽었다. 풍기에서 협공을 하기로 약속하고 야밤에 공격했는데 너는 단양에서 오지 않았다. 이 새끼야, 오지 못할 상황이 되었으면 전령을 보내 우리에게 알려줘야지 그렇게 입을 싹 닫고 있으면 우린 어떻게 하란 말이냐? 너희들이 올 줄 알고 우리는 관군과 붙었다. 그런데 네가 말로만 약속하고 오지 않는 바람에 우린 전멸을 할 지경이 되었다. 쌍놈의 새끼, 죽여버리겠다."

칼을 빼들고 김백선이 안승우 앞으로 다가가며 앞에 있는 상을 걷어차서 엎어버렸다. 나는 밥을 먹다가 기겁을 하고 뒤로 물러앉았다. 국그릇이 쏟아지면서 엎어지고 난장판이 되었다. 나야 그렇다고 치더라도 그 자리에는 대장 의암이 앉아서 식사를 하고 있었다. 그는 식사를 하다가 김백선이 칼을 빼들고 소리치며 밥상을 걷어차자 깜짝 놀라면서 들고 있던 숟가락조차 떨어뜨렸다. 처음에는 무슨 날벼락인가 하고 멍하니 쳐다볼 뿐이었다. 다른 제장이 황급히 의암의 몸을 보호하며 한쪽으로 물러나게 했다. 김백선이 빼든 칼에서는 아직도 피가 떨어지는 듯했다. 피가 떨어진다기보다 피 묻은 칼을 닦지 않고 있었는지 피가 검게 묻어 있는 것이 살벌한 분위기를 주었다. 나는 정신을 차리며 김백선 앞을 가로 막으면서 말했다.

"김 공, 이게 무슨 짓이요? 무슨 일인지 차근차근 설명해야지 이런 식으로 소란을 피워서 어떻게 합니까? 이 자리에 대장이 계시는데 밥상 앞에서 무엄하게 이래도 되는 거요?"

"저 새끼가 나하고 약속을 하고는 오지 않는 바람에 우리 군사가 전멸을 할 뻔했소. 저런 놈은 죽여버려야 해."

"그렇다면 군율로 올려 처벌하든지 해야지 이렇게 칼을 뽑아 난동을 부리면 어떡합니까?"

다른 제장들이 달려들어 그가 잡고 있는 칼을 빼앗아 옆으로 치웠다. 칼을 빼앗기자 김백선이 한풀 꺾이는 기색이었다. 그러자 어쩔 줄 몰라 하던 안승우가 주뼛거리며 한마디 했다.

"내가 놀고 안 간 게 아니고, 가려고 했는데 관군이 길을 막고 놓아 주지 않아 갈 수 없었소."

"그럼 이 새끼야, 못 온다고 전령을 보내야지 그냥 도망간 거냐?"

"도망을 가다니, 계속 관군들에게 잡혀서 못 움직였다니까."

"전령도 못 보내냐?"

"그건 미처 생각 못 했소. 미안하오."

"이 새끼야, 미안하다면 다야? 우리 군사가 얼마나 죽었는지 한번 나가 봐, 시체들을 겨우 업어 오고, 실어 왔다. 가서 한번 보라구."

"이게 무슨 짓이야?"

이때 잠자코 있던 류인석이 나서면서 고함을 질렀다. 처음에 밥상을 엎으면서 소란을 떨자 너무 놀라서 정신을 못차리고 있다가, 마음이 진정되는지 나섰던 것이다. 의암의 고함소리를 들으니 많이 화가 난 듯했다. 나는 의암이 그렇게 큰 소리로 고함지르는 것을 처음 들었다. 항상 조용히 소곤거리듯이 말했는데, 이때 호통치는 목소리는 의병장다운 고함이었다.

"이놈아, 여기가 어딘 줄 알고 칼부림이더냐? 눈에 보이는 것이 없느냐?"

의암의 호통은 식지 않고 오히려 시간이 지나면서 더욱 화가 치미는지 목소리가 계속 컸다. 그 순간 나는 일이 이상하게 꼬이고 있다는 직감이 들었다.

"저놈이 약속을 지키지 않아서 나의 부하가 몰살을 하였소이다."

의암에게 변명하는 김백선의 목소리가 왠지 힘이 빠진 느낌을 주었다.

"부하를 잃는 것은 그대 뿐의 일이 아니다. 여기 있는 제장 가운데 부하를 많이 잃지 않은 대장은 없다. 그렇다고 이게 어디서 부리는 행패냐?"

"죄송합니다. 무례를 용서하십시오. 부하를 많이 잃은 분통에 그만 행패를 부렸습니다."

이제 흥분이 가라 앉으면서 사태를 파악했는지 김백선이 의암에게 말하며 고개를 숙였다.

"장수된 자는 참을 줄도 알아야 한다. 너는 대장인 내 앞에서 함부로 칼을 뽑아들고 행패를 부렸다. 네 눈에는 내가 보이지 않더냐? 너는 하극상을 저지른 죄로 참형에 처하겠다."

의암의 입에서 참형이라는 말이 나오자 모두 놀랐다. 나도 놀라서 의암을 돌아보았다. 그는 아직도 분이 풀리지 않는지 씩씩거리며 숨을 몰아쉬고 있었다. 그가 분한 것은 안승우가 약속하고 나타나지 않았다는 사실이나, 약속을 어겼다고 칼을 뽑아들고 설친 김백선의 태도 때문이 아니다. 그가 화난 이유를 나는 알고 있다. 그것은 그의 자존을 건드린 것이다. 안승우는 의암이 가장 아끼는 수제자이다. 그에게 칼을 뽑아든 것은 자신을 무시한다는 뜻이라고 판단한 것 같았다. 김백선이 양반 신분이었으면 참형까지는 가지 않았을지 모른다. 그런데 김백선은 평민이었다. 평민이 감히 양반인 안승우를 겁박해서 의암의 자존심을 뭉갠 것이다. 양반도 아닌 평민 주제에 어디 감히 하는 태도를 그의 얼굴에서 볼 수 있었다. 그러나 그대로 놔둘 수가 없어 나는 의암 앞에 엎드리면서 간곡하게 말했다.

"선생님, 외람되나마 한 말씀 드립니다. 병법에도 이르기를, 유능제강하고 약능제강하며, 유자덕야는 강자적야라고 했습니다. 덕이란 부드러운 것이니 용서해주는 것도 더욱 엄한 군율이라고 했습니다."

"이 자는 용서할 수 없다. 끌고 나가서 목을 베어라."

의암은 물러서지 않고 계속 버티었다. 일이 잘못 꼬이면 곤란한 것이 이렇게 제장을 죽이면 그 부하들이 가만히 있지 않을 것이다. 해산하는 것은 둘째이고 반란을 일으킬 수도 있었다. 지켜보던 다른 제장들이 모두 엎드리면서 용서해 달라고 빌었다. 모든 장수들이 그렇게 말했으나 의암은 요지부동이었다. 이 늙은이가 고집이 소심줄보다 더 억세다는 것은 알았지만 이렇게 고집스러울지는 나도 모르고 있었다. 이런 일이 벌어지고 모든 참모들이 용서를 빌면 대장은 마지못해 용서해 주는 것이 범례였다.

"장수의 실수는 다른 사병들의 실수와 다르다. 장수가 다른 제장이 있고 대장이 식사하는 곳에 뛰어들어 상을 엎고 칼을 빼들어 겁박하는 일이 모든 군졸에게 알려지면 그 다음 누가 이런 일이 또 일어나지 않는다고 말할 수 있겠는가."

이제 의암은 안승우와 김백선의 문제가 아니라 자기에게 겁박한 사실 그 자체가 문제였다. 안승우가 의암에게 엎드리면서 말했다.

"선생님, 제가 약속을 지키지 못해서 일어난 사단이라 저에게 죄가 있습니다. 김 장군을 죽이려거든 저부터 목을 베주십시오."

"안 된다. 한 번 내린 명을 거둘 수는 없다. 데리고 나가서 군사들이 보는 앞에서 목을 잘라라."

"선생님."

이번에는 윤기영이 나서면서 말했다.

"김 공을 처형하는 장면을 군사들에게 보여주려면 충분한 설명이 있어야 하는데, 밥상을 뒤엎고 안 공을 죽이려고 했다는 명분만으로 죽이면 납득을 못 할 것입니다. 만약 안 공을 정말 죽였다면 처벌이 가능할지는 몰라도, 김 공은 화난 김에 칼을 뽑았지만 정말 베지는 않았을 것입니다. 그리고 우리 십여 명이 옆에 있는데 정말 베게 내버려두지도 않았을 것입니다."

"내 명이 명같이 안 들리느냐?"

이제는 문제의 핵심이 엉뚱한 곳으로 흘러가는 인상을 주었다. 제장들이 말릴수록 의암은 자신의 권위를 더욱 실추시키고 있다고 생각하는 듯했다. 잠자코 있던 김백선이 결심이 섰는지 의암 앞에 엎드리면서 말했다.

"제가 하극상을 일으켰다고 생각하면 저를 죽이십시오."

그렇게 말하고 옆에 있는 사람에게 나가자고 말했다. 자기를 죽이라는 뜻이었다. 제장들이 움직이지 않자 의암이 물러설 수 없는 무리수를 두었다. 그는 자기의 칼을 뽑아 정재덕에게 주면서 말했다.

"이 자를 죽일 수 없으면 나의 목을 쳐라. 내가 대신 죽겠다. 평민 주제에 양반에게 칼을 휘두른 것은 대죄가 아니던가? 그게 바로 강상죄이니라."

　강상죄는 조선 초부터 왕조 시기에 생긴 제도로 강상(綱常), 즉 윤리를 범한 죄를 뜻했다. 고려시대에도 강상죄가 있었는데, 불효죄에서 패륜적인 요소가 있으면 강상죄가 성립했다. 조선시대에는 자식이 부모를 죽이거나, 노비가 그 주인을 폭행하거나 살해, 모욕한 경우에도 이에 해당했다. 노비나 평민이 양반에게 잘못하면 해당하는 법으로 변하면서, 그 잘못의 수준이나 형태가 양반들이 노비를 착취하고 억압하는 수단이 되는 악법이 되어버렸다. 지금 의암이 말하는 강상죄도 평민 신분이 양반의 밥상을 걷어차고 칼을 빼들어 죽이려고 겁박했기에 강상죄에 해당한다는 법률적인 논리였다. 적용하면 적용이 될 수 있다. 그렇게 되면 군율로 논하던 것이 갑자기 강상죄로 둔갑하는 것이다.

　의암의 칼을 받아든 정재덕이 움직이지 않자 의암이 그의 앞에 앉아서 목을 내밀었다. 자기를 죽이라는 것이다. 이렇게 되자 분위기는 더욱 꼬여갔다. 모든 제장이 말렸지만 의암의 고집을 꺾지 못했다. 김백선은 포기하고 자기 목을 치라고 하였다. 그는 사내다운 배포가 있는 듯했다. 까짓거 죽는 것이 그렇게 두려우면 의병장이 되지 않았다는 식이었다. 죽이려면 죽여라 하는 것인데, 다른 한편 안승우에 대한 그의 태도 자체는 죄가 없다는 고집이 그에게도 있는 듯했다. 그가 스스로 죽음을 재촉하는 것은 일종의 저항이기도 하였다. 이렇게 꼬여간 그날의 저녁 식사는 아주 기분 나쁜 기억으로 남게 되었다, 결국 정재덕은 의암의 목을 칠 수 없었기에 그의 명대로 김백선을 데리고 나가 목을 쳤다.

김백선 하극상 사건은 장수들은 물론이고 군졸들에게 충격을 안겨 주었다. 김백선의 부대 의병들이 뿔뿔이 흩어져 버렸고, 다른 부대 의병들도 도망자가 많아졌다. 순식간에 의병의 수가 천여 명으로 줄어들었고, 전투력도 크게 상실되어 전투다운 전투도 하지 못한채 밀려서 관군과 일본군에게 쫓기는 신세가 되었다. 부대가 협력하지 못하자 작전은 유명무실해졌고, 그로 인해서 사기가 현격하게 꺾였다. 비가 억수로 퍼부어서 화승총을 전혀 사용하지 못하던 밤에 충주 남산성 전투에서 안승우와 부하 장수 홍사구가 전사했다. 비가 쏟아지고 천둥 번개가 치는 밤에 안승우가 죽자 일부 의병들 사이에서는 김백선의 귀신이 안승우를 데려간 것이라는 엉뚱한 소문이 퍼졌다. 이런 어수선한 상태에서 의암 진영에서는 부대 편제를 다시 하였지만, 군사들이 없는 부대에 장군들의 직책을 바꾼다고 무슨 소용인가.

낭천에서 의암의 제자이면서 보좌 의병장 직을 해냈던 서상열이 전사했다. 안승우와 서상열은 의암의 양 날개나 마찬가지였던 장수였다. 그들이 죽자 의암은 더욱 기가 꺾였다. 참모들의 의견으로 의암 진은 태백산맥을 타고 북쪽으로 방향을 돌렸다. 만주로 건너가 부대를 재정비한다는 목적이었으나, 그것은 관군 장기렴의 공격을 피해서 도망가는 것에 불과했다. 나 역시 2백 명의 패잔병과 함께 태백산맥을 타고 가다가 일본군 1개 중대 병력을 만나 의암 부대와 떨어지게 되었다. 우리는 북상하는 것을 중단하고 영월의 산간 지역에 숨었다. 그리고 연락이 가능한 제장들에게 전령들을 보내 해산할 것을 통고했다. 김상태는 원주 북쪽에 있고, 털보 부대는 동학군 때 한철 겨울을 지냈던 청천 골짜기에 숨어들었고, 포수들로 구성된 박일교 부대는 소백산 지역으로 빠졌다. 의암진은 8월 23일 압록강 초산에 도착했다. 장기렴이 압록강까지 따라붙으면서 공격하자 의암진은 도망가면서 혈전을 치러야 했다. 이 전투로 이범직 등 장수 여러 명이 전사하였다. 겨우 2백여 명이 강을 건너 만주로 들어갔다. 장기렴 관군 부대는 국경을 넘지 못하고 돌아갔다. 의암 부대는 8월 29일 압록강을 건너 서간도에 도착하였지만, 부대를 유지할 수 있는 힘이 없어 해산했다. 해산할 때 의암을 따라온 군졸이 모두 219명이었다고 한다. 내가 그 후에 서간도로 건너가 의암을 만났을 때 그가 나에게 들려준 말이었다. 끝까지 따라온 219명의 의병들과 일일이 악수를 하면서 의암도 울었고, 의병들도 울었다고 하였다.

나 역시 8월 23일, 영월에서 제천 수산면의 능강 골짜기로 옮겨가서 해산식을 거행했다. 계속 부대를 이끌고 지탱할 수 있는 군량도 없었고, 탄약도 바닥이 났다. 다음 기회를 약속하면서 비밀리에 서로 간 점조직으로 연락처를 공유하였고, 나중에 다시 만나자고 약속했지만 기대하지는 않았다. 직속 부대를 해산시켰으나, 분산되어 있는 다른 부대는 해산 통고만 했을 뿐이지 그들이 다음 행보를 어떻게 했는지는 알 수 없었다. 나중에 듣기로는 나의 명대로 해산한 부대도 있고, 나의 지시를 거부하고 계속 일본군 병참주재소를 공격하며 태백산맥 지역을 오르내린 부대도 있었다. 포수 출신으로 구성된 박일교 부대 백여 명은 소백산에 거점을 두고 사냥하면서 지냈다고 하였다. 그러나 그들도 계속 의병진을 지탱하지는 못했다. 시간이 지나면서 나중에는 의병진이 오십여 명으로 줄어들었고, 일년 후에는 서른 명을 겨우 유지했다. 그래도 버티었으나, 태백지역의 일본군 주재소를 공격하다가 대장 박일교가 적탄에 맞아 전사했다. 대장이 전사하자 의병들은 죽을 때까지 싸우자고 맹세한 사이였지만 어쩔 수 없이 해산하고 집으로 돌아갔다. 당시 내가 의병장으로 활동한다는 사실은 이미 조정에 알려져 나에게 현상금이 걸려서 문경 집에는 갈 수 없었다. 가족들도 김상태의 도움으로 그의 옛날 집 단양의 산골에서 기거하게 하였다. 몇 개월 후, 해가 바뀌고 봄이 되자 나는 만주의 의암 선생을 찾아갔다. 나는 털보와 김상태를 불러 그들과 함께 만주로 떠났다.

제8장

서간도(西間島)의 여름 풍경

1

화서회 인맥을 통해 나에게 연락이 왔다. 강계에서 북쪽으로 오십 리 올라가면 압록강이 나오고, 압록강변에 중강진이라는 소읍이 있다. 그곳에서 강을 건너면 린장이라는 작은 도회지가 있다. 강변에 린장 객점(客店)을 찾아 들어가서 홍 씨 노인을 찾으라고 했다. 그것이 전부였다. 내가 의암 류인석을 만나려면 그런 경로를 거쳐야 했다. 의암이 의병을 해산하고 해가 바뀌었는데도 의암의 지명 수배는 풀리지 않았고, 현상금 1만 냥은 사냥꾼들에게 아직도 유효했다. 그래서 의암은 서간도에 망명한 후에도 몸을 사려야 했던 것이다.

나는 털보 강민호와 백우 김상태를 불러서 함께 만주에 다녀오자고 했다. 그런데 털보가 나를 만나러 올 때 부하 소대장 민진호를 데리고 왔다. 털보는 의암을 만나기 싫다고 하면서도 나의 의중을 파악하고 동조하기로 했던 것이다. 중강진 압록강을 건너서 린장 객점을 찾아갔다. 객점은 오가는 길손이 음식을 사먹거나 쉬어가는 집이다. 식당이면서 여관이었던 것이다. 그곳에 가서 홍씨 노인을 찾아야 한다. 홍 씨 노인은 나이가 칠십이 넘은 사람으로 과거에 중국에서 군대를 지휘한 일이 있는 장군 출신이라고 한다. 조선인으로서 청나라 군대를 지휘했다는 것이 믿어지지 않았지만, 지금으로써 그것을 캐물을 수도 없는 일이다. 그를 만나면 반드시 당신이 황충이냐고 물어보라고 한다. 그것은 마치 암호 같은 느낌이 들었지만, 암호 이전에 그의 존재가 어떤 사람인지 짐작하게 했다. 황충은 삼국지연의에 나오는 장군의 이름이다. 촉한의 오호대장군 중에 한 사람으로 유비가 한중왕에 오르고 나서 개국공신 장군을 선정하는 데 관우, 마초, 장비, 황충, 조운을 오호대장군(五虎大將軍)에 봉했다. 황충은 당시 칠십 세가 넘은 노인이었으나, 촉과 한중공방전에서 공을 세운 장수였다. 오호대장군 칭호는 정사에는 없는 삼국지연의 소설에 나오는 말이지만, 실제 정사에서도 정사 비시전에 따르면 유비가 군왕이 되면서 장군들에게 벼슬을 주었다. 관우는 전장군이면서 가절월이라는 최고의 직급을 주고, 마초는 좌장군이면서 가절이라고 했으며, 장비는 우장군이면서 가절이었다. 가절이란 관리의 생사여탈권이 주어지는 막강한 자리였다. 그다음 직급으로 황충에게 후장군을 주고, 조운은 사방장군에 오르지 못한 잡호장군 직인 익군장군으로 봉했다.

홍 씨 노인이라는 사람이 청나라에서 장군직을 했고, 황충이라고 할만큼 대단한 사람이라는 예감이 들어서 나는 만나기 전부터 그 노인에 대한 관심이 많았다. 단양 영춘면에서 출발해서 압록강까지는 천 리가 넘는 길이었으나, 말을 타고 달렸기 때문에 그렇게 오랜 시일이 걸리지는 않았다. 다만, 중요한 길목마다 일본군 병참기지가 있어서 그곳을 피해서 골짜기 외진 길로 돌아서 약간 지체하였다. 사흘 만에 압록강을 건너 린장이라는 마을에 도착했다. 린장은 촌락은 아니지만, 그렇게 큰 도시도 아닌 소읍이었다. 강변에 있다는 린장 객점을 찾기는 쉬웠다. 강변에 지나가는 중국인 아무나 붙들고 물어도 린장 객점을 알고 있었다. 날이 어두워져서 어차피 하루 쉬어야 하기 때문에 우리는 마구간에 말을 넣고 객점에서 시중들고 있는 청년에게 먹이를 주도록 부탁했다. 털보가 어느 정도 중국말을 하기 때문에 의사소통하는 데는 어려움이 없었다. 우리는 비교적 큰 방 하나를 차지하고 묵었다. 방에서 쉬면서 국밥을 준비해 달라고 부탁했다. 국밥을 먹으면서 객점 청년에게 조선인 홍 씨를 아느냐고 물었다. 그러자 청년은 환하게 웃으면서 바로 옆방을 손으로 가리키고, 며칠 전부터 여기 와서 기다리고 있다고 하였다. 불러 달라고 하자 청년은 하오 하오 하면서 굽신거리더니 나갔다. 청년이 나가기도 전에 문이 열리면서 홍씨로 보이는 노인이 들어왔다. 머리도 하얗고, 턱수염이 온통 희어있었다. 그렇게 흰머리에 흰 수염을 가졌으나 그의 눈만은 초롱초롱하고 예리했다. 몸매도 노인답지 않게 다부져 보였으며, 아직 마흔 살도 안 된 털보나 나보다 더 강단있게 보였다.

"내가 홍 씨입니다만, 왜 찾으시는지요?"

우리가 오기를 기다리고 있었던 것 같은 느낌을 주었다.

"혹시 노인장이 황충입니까?"

나는 암호라고 할까, 반드시 물어보라고 했던 이름을 언급했다.

"네, 그렇습니다. 어느 분이 운강 이강년 선생이요?"

그는 나의 눈을 정면으로 쳐다보면서 물었다. 그것은 마치 네가 바로 이강년이 아니냐는 말 같아서 나는 찔끔하고 긴장했다. 쏘아보는 그의 눈매가 너무 강열했기 때문이다.

"네, 바로 접니다. 제가 이강년이올씨다."

"안녕하십니까? 어서 오십시오. 며칠 전부터 기다리고 있었습니다."

홍 씨 노인과 나는 바닥에 엎드리며 맞절을 했다. 그리고 털보를 소개했다. 털보와 홍 씨 노인이 맞절을 했다. 다음에 김상태를 소개하자 그와도 맞절을 했다. 끝으로 소대장 민진호를 소개했다. 노인은 주저함도 없이 젊은 민진호와도 맞절을 하였다. 모두 인사가 끝나자 노인은 상 위에 차려진 국밥을 보면서 말했다.

"식사 도중에 죄송합니다만, 지금 의암 선생께서 기다리고 계십니다. 오늘쯤 올 거라면서 오면 즉시 모시라고 했습니다. 식사는 그곳에 가서 하는 것이……."

그만 먹고 일어나라는 말 같이 들렸다.

"의암 선생님께서는 지금 어디에 계십니까?"

"십리평에 계십니다. 아, 참, 여기 지리를 잘 모르시겠군요. 십리평은 통화현에서 동쪽으로 십여리 떨어져 있는 곳으로, 여기서 백 리 정도 거리입니다. 말을 달리면 한 시간 이내 도착할 것입니다."

나는 털보와 김상태를 돌아보았다. 그들도 홍 씨 노인의 말에 동의하는 듯했다. 여기서 국밥을 먹으면서 시간을 끌 필요는 없다. 그렇게 자리에서 일어서려는데 소대장 민진호가 배가 고팠는지 국밥 뚝배기를 두 손으로 집어 들고 벌컥거리고 국물을 마셨다. 국물뿐만이 아니라 건더기도 모두 먹어치우는 것이다.

린장 객점을 나온 우리는 홍 씨 노인을 따라 서쪽으로 말을 몰았다. 그렇게 십여 분 달리자 샛강을 벗어나 산속으로 들어갔다. 홍 씨 노인이 말을 타고 달리는 것도 우리 못지않은 기세를 보여주었다. 이 노인에게 황충이라는 별명이 붙은 것이 우연이 아니라는 것이 느껴졌다. 골짜기를 한동안 달리다가 말을 느리게 몰며 홍 씨 노인이 말했다.

"이 길은 질러가는 길이기는 하지만, 지형이 좀 위험합니다. 그래서 말에서 내려 말고삐를 잡고 걸어가야 하는 곳도 있고, 또 다른 위험은 허물어진 옛날 성곽을 지나는데 그곳에 마적단 소굴이 있는 곳이라서 주의해야 합니다."

"그렇게 위험한 곳을 왜 하필 가려고 합니까? 좀 돌아가더라도 안전한 길로 가시죠."

김상태가 약간 못마땅한 어투로 말했다.

"돌아가면 백 리 길입니다. 강과 큰 산을 돌아야 하는데…… 큰길로 가더라도 백 리 길이고요."

아무도 입을 열지 않았다. 홍 씨 노인이 다시 보충 설명을 했다.

"위험하다고 말씀드렸지만, 반드시 그런 것은 아닙니다. 말에서 내려 걷는 것은 산 고개를 넘는 잠깐이고, 그리고 옛 성곽에 마적단이 있다는 것도 가봐야 알 일입니다. 마적단이 항상 있는 게 아니고 여기가 임시 본거지인지 가끔 야영을 하는 곳입니다. 여기 있다고 해도 우리가 피해서 성곽을 돌아가면 그만입니다."

그런데 말이 씨가 되었는지 마적을 운운한 것이 현실이 되었다. 금나라인지 고구려 시대인지 알 수 없는 옛 성곽이 앞을 가로막았다. 가로막은 성곽 위에 모닥불이 여기저기 피어있고, 말과 사람들이 웅성거리며 모여 있었다. 대충 보아 일백 명은 넘어 보이는 숫자였다. 옷차림은 통일된 군복도 아니고, 제각기 입고 있었으며, 어떤 자는 깨끗한 정장 차림이고, 어떤 자는 옷이 너덜너덜 떨어진 거지꼴이었다. 긴 칼을 등에 메고 있는 자도 있었으나, 대부분 소총을 어깨에 매고 있었다. 모닥불을 피운 것은 추워서가 아니라 주변을 밝히기 위한 것이었다. 홍 씨 노인이 말에서 내려 한쪽으로 우리를 이끌었다. 상수리나무가 울창한 언덕 쪽으로 올라가니 성곽이 바로 눈앞에 내려다보였다. 우리가 올라간 것은 외성이고, 지금 마적단이 머물고 있는 성곽은 내성이었다. 외성과 내성을 구분해서 만든 것을 보면 고구려 성곽일 것이라는 예측이 가능했다. 상수리나무 숲에서 우리는 마적단들이 무엇을 하는지 지켜보았다. 둘러앉아서 무엇인가 논의하는 것을 보니 무슨 회의가 진행되고 있는 듯했다. 더러는 핏대를 올리며 삿대질을 하기도 하고, 더러는 주먹을 불끈 쥐기도 하면서 언성을 높였다. 멀리 떨어져 있어 그들이 무슨 말을 하는지 알아들을 수는 없었다. 조금 시간이 지나자 어느 한쪽에서 묶여있는 민간인이 여러 명 끌려왔다. 민간인은 환갑이 넘어 보이는 노인 한 명, 그리고 열 살 전후의 아이 한 명, 그다음 스무 살로 보이는 아낙네가 한 명 있었다. 그들의 팔과 몸이 밧줄에 묶여 있어 자유스럽지 못했다. 삿대질을 하면서 한동안 논쟁하던 것이 멈추었다. 무슨 결론이 난 듯했다. 장정 서너 명이 묶여 있는 노인과 아이, 그리고 여자 앞으로 다가와서 섰다. 장정들이 모두 칼을 빼드는 것이 보였다. 지켜보던 우리는 놀라지 않을 수 없었다. 칼을 빼든 장정들이 앞에 있는 사람들을 베었던 것이다. 그냥 죽인 것이 아니고, 노인은 한쪽 귀를 잘랐고, 처녀는 코를 잘랐다. 그리고 아이는 손목을 자른 것이다. 노인의 귀 한쪽에서 피가 솟구쳤다. 여자는 코가 잘리자 얼굴이 온통 피범벅이 되었다. 아이는 손목이 잘리자 자지러지며 비명을 지르고 땅바닥에 굴렀다. 붕대를 비롯한 약초를 가지고 온 자들이 부상당한 몸을 못 움직이게 눕혀놓고 지혈시켰다. 그들이 지르는 비명소리가 산에 찌렁 울렸다. 그들의 비명소리에 한쪽에서 웅성거리던 마적단들이 조용해졌다. 다른 자가 땅에 떨어진 귀와 코, 그리고 손목을 헝겊으로 감싸서 상자에 넣는 것이 보였다.

"지금 저놈들이 하고 있는 괴상한 짓은……."하고 홍씨 노인은 별로 말할 기분이 들지 않는지 잠깐 끊고 심호흡을 하고는 말을 이었다.

"아마도 세 마을에 각기 있는 중국인 세 사람을 인질로 잡아 왔는데, 그 마을에서 그들을 구하기 위해 돈을 낼 생각이 없는 듯합니다. 그 사실을 확인한 이들이 세 사람의 인질들의 신체 일부를 훼손해서 그 마을에 보내려고 하는 것 같습니다. 노인이 어떤 위치인지 모르지만, 그 노인의 귀를 받고도, 그리고 여인의 코를 받고도, 아이의 손목을 받고도 응하지 않으면 다음에는 목을 잘라 머리를 보내는 것이 이들의 규칙입니다."

"나쁜 놈들……." 김상태가 분노를 억누르며 말했다. "마을에 돈이 없나 보네요. 돈을 못 주는 걸 보면. 아니면 저 인질들이 마을로 봐서 별로 가치가 없든지."

"아닙니다. 저 노인은 아마 마을의 지체 높은 촌장일 것이고, 저 처녀는, 처녀인지 부인인지 모르겠으나 상당히 지체 높은 집안의 여인일 것입니다. 저 아이도 부잣집 아들은 될 것입니다."

"그런데도 돈을 안 주겠다고 했단 말입니까?"

김상태가 분노를 삭이지 못했다.

"안 준다고 한 것이 아니겠지요. 아마 감당 못 할 많은 금액이었을 것입니다."

"우리가 공격해서 구해주면 안 될까요?"

민진호가 무슨 결심이라도 선 사람처럼 확고한 어조로 말했다. 털보가 그를 힐끗 돌아보며 말했다.

"소대장은 제정신으로 하는 말인가? 우리 너댓 명이 무장을 한 백 명을 공격해서 승산이 있다고 생각하나?"

"그렇다고 저렇게 놔 둘 수는 없습니다."

"우리와 상관없는 일입니다." 하고 홍 씨 노인이 말했다. "여기서 머뭇거릴 이유가 없습니다. 성곽을 빙 돌아서 갑시다. 자리를 뜹시다."

홍 씨 노인이 재촉해서 우리는 그곳을 빠져나왔다. 말을 달려 그곳을 벗어났지만 계속 조금 전에 본 장면이 눈에서 떠나지 않았다. 그 광경을 목격한 일은 모두에게 불쾌한 감정을 안겨 주었다. 산악 지역을 벗어나자 평지가 나왔다. 평지를 사십여 분 달리자 목적했던 십리평에 도착했다. 십리평은 조그만 하천을 끼고 있는 야산에 위치한 아늑한 곳이었다. 마을이 언덕에 있기는 했으나 뒷산이 마을을 감싸고 있어 안정감을 주었다. 뒷산 전체가 뽕나무로 가득했다. 마을을 일명 누에촌이라고도 하고, 비단마을이라고도 하였다. 누에를 많이 쳐서 비단을 생산했기 때문에 붙여진 이름이다. 소득이 커지자 마을은 다른 마을보다 윤택해지면서 여러 가지 복지 혜택이 컸다. 이 마을은 인구 1만 명 정도 살고 있는 소읍이었다. 지금은 삼분의 이가 조선인이었고, 삼분의 일이 중국인이었다. 약 십 년 전만 하여도 중국인 백여 호에 조선인 오십여 호가 살고 있는 빈촌이었다. 주변의 땅이 척박한 데다 곡식을 심어도 잘 자라지 않았다. 그때 강용준 목사가 오면서 이 마을을 개척했다. 강 목사는 농촌의 빈곤을 해결하기 위해 특수 작물을 심었다. 그것은 뽕나무였다. 넓은 뒷산에서 다른 나무를 모두 베어 내고 뽕나무를 심었는데, 지금은 산 전체가 뽕나무로 가득 채워져 있었다. 뽕나무를 이용한 누에를 양잠하면서 이 마을은 부촌으로 탈바꿈했다. 소문을 듣고 조선 각지에서 조선인 이주자들이 몰려왔고, 중국인들도 상당수 들어왔다. 십 년 전보다 열 배가 넘는 인구가 증가하였다.

의암 류인석이 머물고 있는 집은 샛강의 언덕에 자리 잡고 있는 고택이었다. 십리평 중심에서 십리 정도 떨어진 서쪽 구릉에 있었다. 그곳은 통화현으로 이어진 길목이었다. 만주식으로 지어져 있는 이 고택은 사백 년이 넘은 것으로 여진족의 주거지였다. 집 안의 구조가 모두 만주족의 전형적인 주거 형태 그대로 남아 있었다. 일행이 도착하자 기다리고 있던 의암 류인석이 반갑게 맞이했다. 의암은 나 한 사람이 오는 것만 생각하고 있었는지 김상태와 털보, 거기다가 젊은이 민진호까지 온 것을 보고 더욱 흐뭇해 했다.

"백우 공과 옥반 공이 함께 오다니, 뜻밖이지만 반갑네. 아, 그리고 소대장도 같이 왔군 그래."

"각하가 이렇게 저를 알아보시다니 감사합니다."

"자네를 잊을 수야 없지. 소대장이라고 했던가, 쇠바가지라고 했던가."

"소대장입니다."

"한 해가 흘렀으니 자네 나이도 이제 스물두 살이 되었군."

"각하, 정말 정확히 맞추셨습니다. 저 같은 일개 소대장의 나이까지 기억해 주셔서 감사합니다."

우리는 멍석 위에 나란히 서서 의암 선생에게 큰절을 올렸다. 의암은 매우 기뻐하면서 우리를 맞이했다.

"이렇게 건강하게 다시 만나게 돼서 참 다행이네. 자, 이쪽으로 와서 의자에 앉게나. 만주식 거실은 우리와 구조가 달라서 좀 불편하지만, 피해온 처지에 어쩔 수 없지. 우선 중국차를 대접 할테니 마시고 있으면 식사가 준비될 것이네. 그때 함께 저녁을 먹고 술도 한 잔 하세."

담장 밖과 대문 밖에 낯선 장정 대여섯 명이 왔다갔다 하는 모습이 보였다. 그자들이 신경쓰여 하자 홍 씨 노인이 다가와서 나직한 목소리로 의암 선생의 개인 경호원들이라고 하였다.

"아주 잘하셨습니다."하고 털보가 말했다. "의병 부대를 해산하고 물러나셨지만, 놈들은 포기하지 않을 것입니다. 전에 고균을 7년간 모시면서 같이 있었는데, 계속 쫓아다니며 자객을 보낸 것만 봐도 알 수 있습니다."

"고균은 마땅히 죽어야 할 사람이야. 임금을 부정하고 입헌군주제를 하자고 했던 자가 아니던가."

의암의 말에 털보는 지지않고 반박했다.

"입헌군주제는 국제 정세가 요구하는 정책입니다. 입헌군주제가 잘못입니까? 그리고 고균은 임금을 부정한 일도 없습니다. 반정 때에도 끝까지 함께 하려고 했습니다."

내가 당황하면서 털보에게 눈짓을 했다. 그런 이야기는 지금 꺼내지 않는 것이 좋을 것 같다는 생각에서 막았다. 털보는 김옥균에 대해서 더 이상 언급하지 않았고, 다행히도 의암 선생 역시 그 이야기는 더 이상 하지 않고 화제를 다른 데로 돌렸다.

"여기를 중국인은 비단촌이라고도 해. 북경의 내노라 하는 고관들, 특히 고관 부인들이 여기 와서 비단을 사간다고 하더군. 그렇게 만든 공로자가 바로 강 목사라네. 나는 예수교인가 기독교인가 뭐 그런 서양 종교를 탐탁하게 여기는 사람은 아니지만, 중국 땅이기는 하지만 여기서 조선 사람을 위해 일하는 강 목사에 대해선 감사의 마음이 들어요. 운강 공이 온다는 말을 듣고 내가 강 목사에게 자네 이야기를 했지. 목사의 저택이 넓어서 지낼 수 있다고 하니 당분간 강 목사의 집에 머물게. 그리고 강 목사를 만나서 이야기를 들어보게. 그는 종교인이지만, 나라를 위해서 애국하는 마음은 누구 못지 않은 것으로 아네. 그는 한때 조선에서 높은 벼슬을 했던 사람이기도 하네. 자네들이 와 있는 동안 여기서 우리 조선 독립투사들도 만나보고 두루 다니면서 견문을 넓히게나. 내가 자네들을 인솔해서 다니지는 못하지만 사람들을 소개해 주도록 하지. 아, 홍 씨 노인이 자네들을 잘 안내할 것이네. 홍 씨 그분은 대단한 분이네. 자기에 대해서는 말하지 말라고 나에게 당부해서 더 이상 말하지 않겠지만, 살아있는 신화적인 인물이네. 우리는 그를 황충이라고 부르지. 그리고 내가 또 소개할 사람은 지금 러시아 해삼위(블라디보스토크)에서 활동하는 최재형이라는 사람이 있네. 이 사람도 대단한 애국자니 해삼위에 가서 한번 만나 보게. 그리고 내가 작년에 압록강으로 오면서 함경도에서 만났던 홍범도라고 하는 의병장이 있는데, 이 사람도 대단한 사람이야. 지금 함경도 산속에 숨어 살고 있지만, 자주 해삼위나 여기 다녀가지. 만날 기회도 있을 거야."

2

"다시 만나게 되어 반갑네. 운강(雲崗) 공과 백우(白愚) 공은 나를 찾아올 줄 알았지만, 옥반(玉盤) 공이 찾아올 줄은 몰랐네. 하물며 소대장이 여기 나타날 줄은 꿈에도 상상 못 한 일일세. 우리가 헤어진 지가 일 년이 못 되는 짧은 세월이지만 십 년은 넘긴 것 같은 느낌이 드는 것은 왠지 모르겠군."

의암의 거처에서 저녁 식사를 마치고 홍씨 노인의 마차를 타고 강 목사의 집으로 가고 있었다. 우리의 바로 뒤에 다른 마차가 따라오고 있었다. 그 마차에는 의암의 경호원 다섯 명이 타고 있었다. 강 목사의 교회는 의암의 집과 십 리 정도 떨어져 있는 동쪽 끝이었다. 통화현에 오면서 지나쳤던 곳이었다. 집단 농장 형태로 누에를 길러 실을 뽑는다. 양잠은 십리평에 살고 있는 사람이면 누구나 하고 있었으나, 교회에서는 자금을 확충하기 위해 집단 공장을 운영하고 있었다. 그 공장에서 백여 명의 부인들이 일했다.

누에가 사육되기 시작한 연대와 장소는 모르나, 처음 시작된 곳은 기후가 온난한 아시아 중앙부로 추정된다. 중국에서는 춘추전국시대부터 화북(華北)지방에 퍼져 있었고, 당시 뽕나무나 명주, 누에를 나라 밖으로 반출하는 것이 금지되었다. 중국 이외에서는 비단 생산을 못하게 했다. 인도와 이란을 거쳐 유럽에 전해진 것은 기원전 2백년 경이었다. 우리나라에 양잠이 시작된 시기는 단군 조선 시대로 기록되어있다. 단군 조선 시대부터 비단 생산이 되었다면 중국과 비슷한 시기라고 볼 수밖에 없다. 삼한과 고려를 거쳐 조선시대에 양잠이 더욱 발전되고 장려하게 되었다. 누에를 작은 규모로 사육할 때는 쟁반 같은 데 놓고 방에서 병풍 따위로 바람을 막아주는 정도지만, 규모가 커지게 되면 방에 멍석을 깔고 선반을 설치하여 누에방(蠶室)을 만든다. 화로 대신 지로(地爐)를 설치한다. 누에 사료에 대해서도 산뽕나무 잎이나 밭에 심은 뽕나무 잎을 따서 주었다. 지금 강 목사가 대량 생산하는 누에 공장은 아마도 개미누에(蟻蠶)라고 해서 대량 생산하는 누에고치일 것이다. 산뽕을 주로 이용한다면, 누에가 생장함에 따라 뽕잎도 큰 것을 주어야 하는데, 뽕잎을 일일이 말려서 주어야 하기 때문에 사령잠(四齡蠶)쯤 되면 일손이 많이 필요하였다. 사령잠이란 4잠5령을 말하는 것인데, 누에는 일생 동안 4번의 잠을 자고 깰 때마다 허물을 벗는다. 허물을 벗는 것을 령이라고 한다. 내가 문경 집에서 누에를 길러봐서 잘 알고 있다. 공장 규모로 한다면 백 명의 부인들이 매달린다고 해도 일손이 모자랄 것이다.

마차 창을 통해 밖의 거리가 보였다. 이따금 상점이 눈에 들어왔고,

상점 앞에 등을 달아놓고 밤에도 장사를 하고 있었다. 마차가 달리고 있어 상점의 물건들은 잘 보이지 않았으나 대부분 잡화였다. 농기구를 쌓아놓고 팔고 있는 곳도 있었다. 마을의 중심부를 지나가자 거리는 한산하였고, 이따금 초가집이 보였다. 초가집은 전통적인 조선 가옥이었다. 십리평에 조선 가옥들이 많이 눈에 띄었다.

"특히 옥반 공이 찾아주어 고맙네. 나는 옥반 공이 나에 대해 오해가 있는 듯해서 늘 마음이 편치 못했던 것도 사실이네."

"오해라니요. 황공한 말씀입니다. 제가 선생님의 눈밖에 난 것은 알고 있습니다만, 저는 선생님의 용기를 항상 존경하고 있었습니다. 영남 화서학파의 거두로 안주하셔도 평안함과 명예를 지킬 텐데, 전쟁의 경험도 없이 병법에 대해서 모르실 텐데, 과감하게 의병을 일으켜 이끌어 오신 것은 아무나 할 수 있는 일이 아닙니다."

털보가 그렇게 말하자 의암은 뭔가 움찔하는 기색이었다. 칭찬인지 비판인지 매우 아리송한 어투였기 때문에 잠깐 생각해보는 눈치였다. 전쟁을 모르는 선비가 나설 자리가 아닌데 나섰다는 말도 되었기 때문에 긴장하는 것이다.

"내가 호좌 의병장이었다는 것이 무슨 용기인가. 결국 승리하지 못하고 왜놈과 친일 관군에게 쫓겨 이런 타국까지 온 처지에 말이네. 그러나 나는 여기서 죽지 않을 걸세. 다시 일어설 것이네."

"당연히 그러시겠지요."

"그러려면 자네 같은 용장이 나를 도와주어야 하네. 자네도 운강처럼 무과에 급제한 선전관이었지? 운강이나 자네같은 무관이 나를 돕지 않는다면 글만 읽던 선비였던 내가 어떻게 군사를 모으고, 훈련을 할 것이며, 또한 장수로서 병사들을 통솔할 수 있겠나."

"선비라고 해서 평생 선비라는 법은 없습니다. 총칼을 들고 싸우면 전사인 것이고, 부하를 잘 다스리면 용장이지, 용장이 따로 있는 것은 아니죠. 진정한 용장은 과거 신분이 무슨 대수겠습니까. 그런 점에서…… 지나온 일이지만, 김백선을 효수한 일은 큰 실수입니다."

김백선 죽인 일을 들고 나오자 의암의 표정이 굳어졌다. 오래간만에 어른을 만나서, 지나온 허물을 들추는 듯해 나는 당황했다. 그리고 의암은 김백선 죽인 일을 허물로 생각하지 않을 것이다. 하지만, 부하 장수를 죽였다는 일은 그 어떤 경우라도 가슴에 상처로 남는 일이었다. 의암의 의지가 아무리 강하다고 해도 마음속에 내상을 입지 않았을 리가 없다. 뜻밖의 자리에서 그 일을 들추자 의암도 당황하는 기색이었다. 의암이 김백선을 죽일 때 털보도 같은 자리에 있었지만, 그는 더 이상 있지 못하고 나가버렸다. 그이후 그는 두 번 다시 의암과 대화를 하지 않았다. 일체 말을 섞지 않았던 것인데, 의암이라고 그런 털보의 태도를 모를 리가 없었다. 그래서 오해가 있었다고 돌려 말했던 것이다. 의암은 나름대로 털보를 안으려고 시도했던 것인데, 털보는 용납을 못하는 것이었다.

"내가 그날 김백선을 효수한 것이 못마땅했던 모양인데, 그것은 어쩔 수 없는 일이네. 무엇보다 군율에서 가장 엄하게 다스리는 하극상을 했네."

 의암은 시간이 지나도 김백선을 죽인 일에 후회하지 않았다. 아니면 그의 자존심인지는 모르겠다.

 "하극상이라고 하지만, 엄밀하게 누가 누구에게 하극상을 저질렀다는 것입니까?"

 "김백선은 안승우에게 칼을 뽑아 들고 죽이려고 겁박했네, 김백선은 평민이고 안승우는 양반이지 않은가. 자네들이 양반이듯이, 안승우는 양반이었네. 그런데 하찮은 평민 주제에 양반에게 칼을 들이대나? 김백선은 대장이 식사하고 있는 밥상에서, 밥상을 걷어차고 난동을 부렸네. 나는 양반이고 김백선은 평민이었네. 아무리 세상이 말세라고 하지만 반상의 법도가 살아있네. 김백선은 우리와 달리 평민이네. 평민 따위가 양반에게 그럴 수 있다고 보나? 이는 하극상이며 강상죄에 해당하네."

 이제 와서 새삼스럽게 반상의 논리나, 강상죄를 논할 처지는 아니다. 노비가 돈을 주고 양반이 되는 시대이다. 폐지가 되고도 한참인 강상죄를 적용해서 죄를 물을 수도 없다. 하지만 의암은 구시대적인 제도라고 할지라도 그것이 옳은 일이라면 지켜야 한다는 위정척사파의 대표적인 인물이다. 그만 물러섰으면 싶은데 털보가 계속 물고 늘어졌다.

 "선생님, 양반과 평민의 신분 격차가 그렇게도 중요합니까? 지금이 어느 시대인데 과거 구태의연한 제도를 가지고 따집니까?"

"과거든 현재든 삼강오륜은 지엄한 진리이고 인간이 갖춰야 하는 덕목이네."

삼강오륜에 어긋나면 강상죄에 해당한다는 논리였다. 털보가 의암에게서 듣고 싶은 말은 김백선 효수는 어쩔 수 없었다고 해도, 지내 놓고 보면 잘못된 일이었다고 후회하는 사과의 한마디 말이었다. 그런데 의암은 조금도 양보하지 않고 버티었다. 의암은 눈꼽만큼도 반성할 생각이 없는 듯했고, 그렇게 되자 털보도 반발이 심해지면서 엉뚱한 반응이 일어났다.

"삼강오륜이 중요하다는 것은 저도 압니다. 어쨌든 신분 격차가 인간의 본질을 넘어서서 존재한다면 위선자가 따로 있는 것은 아닐 것입니다. 저 역시 위선자입니다. 제 본래 이름은 털보도 아니고, 강민호도 아닙니다. 제 이름은 힘줄입니다."

본래 이름이 힘줄이라고 말하자 의암의 표정이 굳어졌다. 성이 없이 그냥 이름이 있을 경우, 그리고 이름이 일반적인 관례에 의한 한자로 표기되어 전달되는 뜻이 아닌, 떡쇠, 버렁이, 개찰기, 굼뱅이, 늘보라는 식의 쌍놈 이름이 따로 있었다. 이름으로써 쌍놈이 표상되고 있었다. 힘줄도 마찬가지로 쌍놈 이름이었다. 다시 말해 털보는 자신이 쌍놈이었다는 사실을 의암에게 밝힌 것이다. 양반 명문가인 평양 강씨는 돈 주고 산 족보이다.

의암은 마른하늘에 벼락이라도 맞은 기분이 드는 모양이다. 얼굴이 창백해지고 말도 못하는 것으로 보아 충격이 큰 것으로 보였다. 양반과 쌍놈의 경계가 허물어진 것도 한참인데 아직도 반상의 논리에 매여 있었던 의암은 바로 지금 그 벽이 깨어지는 아픔을 느낀 듯했다. 같이 마차를 타고 있던 김상태와 민진호는 아무런 표정의 변화가 없었다. 그들은 털보의 신분을 알고 있었던 듯했다. 아마도 털보가 그들에게 밝혔던 것일 것이다. 의암이 아무말을 못하고 있자 털보가 덧붙여 한마디 했다.

"그렇습니다, 선생님. 저는 쌍놈의 자식이었습니다. 운 좋게 의인을 만나서 신분을 세탁하고 양반 행세를 하게 되었으며, 과거시험을 보아 급제까지 하게 되었습니다. 정확히 말씀드린다면 과거시험도 돈 주고 샀습니다. 그리고 선전관이 되어 운강과 같이 근무했습니다. 저는 제가 쌍놈이라는 사실을 비롯한 모든 것을 운강 형님에게 밝혔습니다. 운강은 그런 저에 대해서 조금도 차별을 두지 않고 형제처럼 대해주었습니다. 나이가 같다는 이유로, 형님 아우 하면서도 저에게 반말을 하지 않을 만큼 저를 예우해 주었습니다."

"그런가? 노비 출신이 그렇게 성공했다는 것인가? 노비치고 돈이 많았던 모양이지."

"아까도 말씀드렸지만 저는 귀인을 만나 그렇게 되었습니다."

"선생님" 내가 나서지 않을 수 없었다. "그 이야기는 모두 지나간 것이니 여기에서 접도록 하세요. 김백선의 일이나, 털보 이 친구의 과거 신분은 여기까지입니다. 더 이상 거론해서 얻을 것이 아무것도 없습니다."

"아니지. 신분의 격차는 그 사람의 됨됨이를 나타내는 척도가 되기도 하네. 그래서 가문이 중요한 것이고 출신이 중요한 것이네. 과거 노비 출신이 돈으로 평민이나 양반을 사고 있다는 것을 내가 모르는 바가 아니지만, 바로 내 측근이 그런 당사자일 줄은 미처 생각지 못했네."

"노비 출신인 제가 감히 선생님의 측근이 되어 선생님의 명예를 더럽혔나 보군요. 그럼 앞으로 측근이 안 되도록 하겠으니 저를 멀리하면 됩니다. 이제 여길 떠나면 다시 만날 일도 없겠지만, 그것이 최선이라면 저도 어쩔 수 없겠군요."

"어허, 아우님, 왜 이러시오? 이제 그만 하시오."

내가 큰 소리로 말했다. 내가 소리치듯이 말한 이후 아무도 입을 열지 않았다. 의암도 침묵했고, 털보 역시 입을 열지 않았다. 무거운 침묵이 계속되면서 마차가 삐거덕거리고 흔들리는 바퀴 소음과 말발굽 소리만이 들렸다. 마차는 홍 씨 노인이 몰고 있는데, 마치 무슨 신호라도 하듯이 홍 씨가 채찍으로 말잔등을 후려치는 소리가 들렸다. 말은 더욱 빠르게 달렸다. 길이 평탄한지 말은 쏜살같이 달려갔다. 창문 밖을 보니 산비탈을 돌아 한 무리의 마을 군집이 보이는 곳으로 들어갔다. 교회가 있는 곳이었다. 교회는 마치 궁궐처럼 크고 웅장했다. 규모가 큰 것에 놀라움을 금치 못했다. 물론, 교회 한쪽에 별관이 쭉 늘어서 있고, 회관으로 보이는 별채가 여러 채 있었으며, 산으로 올라가면서 누에 키우고 비단 만드는 공장이 학교 건물처럼 길게 뻗쳐 있었다. 그곳에서는 창마다 불이 환하게 밝혀져 있었다. 우리가 타고 있는 마차는 교회 마당을 옆으로 돌아 목사 관사로 보이는 건물 공터로 가서 멈추었다.

　마당을 비추는 등불이 환하게 비추는 곳에 여러 명이 서서 우리를 기다리고 있었다. 제일 앞에 서서 기다리던 키 큰 사내가 마차에서 내리는 우리에게 한발 다가섰다. 그는 오십대 초반으로 보였다. 머리는 잘라서 뒤로 넘겼고, 턱수염은 말끔히 밀어서 나이보다 훨씬 젊어보였다. 서양인들이 입는 검정색 신사복을 입고 있었다. 교회 사람들로 보이는 다른 사람도 다섯 명 서 있었으나 그들에 대해서는 눈길이 가지 않았다. 모두 교회와 관계된 사람들로 보였다. 검정 신사복을 입은 자가 의암과 악수를 나누면서 말했다.

　"어서 오세요. 선생님. 우리가 모시러 갈 수도 있었는데 이렇게 와 주셔서 고맙습니다."

　"고마운 것은 나입니다. 타국에 나와 있으면서도 조선을 위해 일해주는 강 목사님을 생각하면 나 같은 사람은 보잘 것 없다는 생각이 듭니다."

　"무슨 그런 말씀을 하십니까? 선생님이야말로 조국을 위해 몸과 마음을 바쳐 헌신하고 있는데 우리의 금과옥조입니다."

　두 사람은 인사를 나누고 나서 우리 쪽으로 고개를 돌렸다. 의암은 나를 먼저 소개했다.

　"여기 이 사람은 나의 제자이면서 같이 의병장으로 활동했던 운강

이강년이란 사람이외다. 문경 사람이지요. 효령대군의 19세 손인 왕실 사람입니다."

"그전에도 말씀 많이 들었습니다. 의암 선생님을 통해서도 말씀 들었지만, 다른 통로로도 운강 의병장 이야기는 들었습니다. 이렇게 떨어져 있는 사람도 조국 소식은 알고 있답니다."

"안녕하십니까? 타향에서 고생이 많군요."

나는 강 목사와 악수를 나누었다.

"그리고 이쪽은 김상태라고 내 제자 중에 한 사람인데, 공부는 안 하고 딴짓을 많이 하는 사람이지만, 풍체를 보시오. 장군감이지요. 의병장으로 같이 활동했습니다."

"어서 오십시오. 장군님을 뵈게 되어 영광입니다."

"얼마 동안 신세를 지게 되었습니다."

"얼마 동안이 아니라 평생 지내도 됩니다. 여기 오는 일은 얼마든지 환영합니다."

"그리고 이 젊은이는 소대장이라고 의병 부대 장교입니다. 운강 공과 함께 왔어요."

의암이 민진호를 소개했다. 나는 약간 계면쩍은 기분으로 서 있었다. 의암이 의식적으로 털보를 무시하고 있었기 때문이다.

"안녕하십니까, 목사님. 저는 예수쟁이, 아, 실례했습니다. 예수교를 모르지만 존경합니다."

"어서 오십시요, 소대장님." 강 목사는 소대장에게 손을 내밀어 그와 악수하였다.

"그리고 이분은……."

내가 나서면서 털보를 소개했다. 의암이 털보를 실수로 뺀 것이 아니고 의식적으로 소개를 제외한 것을 알고 내가 대신 나섰던 것이다.

"동학 혁명군을 지휘하기도 하고, 나와 의병을 일으켜 함께 싸웠던 의병장 강민호입니다."

"강민호? 남원 사람? 갑신정변 때 선전관으로 있었던?"

강 목사가 중얼거렸다.

털보와 강 목사가 서로 마주 보며 말이 없었다. 그러더니 두 사람이 와락 끌어안으면서 마치 연인끼리 해후하는 것처럼 격렬하게 포옹하는 것이었다.

"강용준? 강 감사가 맞지요?"

"종씨, 여기서 만나다니? 이것도 참 무슨 인연이지요?"

"강 감사가 미국으로 간 이후 소식이 없기에 돌아가신 줄로만 알았습니다."

"종씨야말로 일본에서 고균과 함께 있다는 말만 들었지 아무 소식이 없기에 죽은 줄로만 알았습니다. 이렇게 살아서 만나니 반갑습니다."

두 사람은 갑신정변을 함께 일으킨 동지 사이였다. 모두 김옥균 밑에서 일했지만, 혁명이 실패하면서 함께 일본으로 망명했다. 털보는 김옥균을 경호하기 위해 일본에 그대로 남았으나, 강용준은 박영효와 함께 미국으로 망명지를 바꾸었다. 강용준은 평양 감사(평안 관찰사)로 있다가 조폐(造幣) 사건에 얽혀 역적으로 몰렸다. 조폐 사건은 상평통보를 가짜로 만들어 착복한 일로 평양 감사들은 관례처럼 하던 부정행위였다. 그것도 감사가 직접 명령 내린 것이 아니고, 평안 감영 산하의 조폐국에서 돈을 찍어내는데, 정부에서 내려보낸 주석과 구리로 년간 1십만 냥(1천만 개)의 엽전을 만들라고 한 것을 철 등의 불순물을 넣어서 1천5백만 개를 생산했다. 엽전은 주석과 구리를 섞으면 청동이 되고, 구리와 아연을 섞으면 황동이 되며, 구리와 니켈을 섞으면 백동이 된다. 그런데 구리와 주석이나 니켈 가격은 비싸서 한 개의 동전을 만들기 위해 재료를 사면 동전값보다 돈이 더 들어간다. 그러니 구리나 주석을 사서 더 늘릴 수 없는 일이다. 돈을 늘려 찍는 수법은 주로 흔하게 구할 수도 있고, 가격이 싼 철을 넣는다. 철을 넣으면 동전은 빨리 부식되고 부서진다. 동전 화폐 제조는 한 곳에서 하는 것이 아니고 각 지방 감영 8곳과 6조 중앙관청 등에서 한다. 그리고 제조되는 동전의 배면에 반드시 제조한 관청의 약자를 넣는데, 호조에서 찍은 돈은 호(戶)라는 글자가 들어가고, 경상 감영에서 찍은 돈은 경(慶)자가 들어간다. 평안 감영에서 찍은 돈은 평(平)자가 들어가는데, 동전 중에 평(平)자가 들어간 돈이 가장 빨리 녹슬고 부실하였다. 그것은 평양에서 제조되는 동전이 가장 부정이 많은 데서 생기는 현상이었다. 지정된 돈 이상 5백만 개를 더 찍어 5만 냥을 만들어 정치자금으로 사용하거나 관계자들이 나눠 가졌다. 이 일은 평양에서 계속해왔던 일인데, 감사도 모르고 있다가 사건이 터지고 나서야 알았다. 역적이 될 수 없었던 사안이었으나 남인이었던 강용준은 노론 세력에 밀려서 역적으로 둔갑한 것이다. 그것을 동부승지로 있었던 김옥균이 왕비 민씨에게 간청해서 구해주었다. 역적은 모면했으나 감사 자리는 물러나야 했다. 강용준은 그 후에 김옥균의 편에서 개혁 운동을 했고, 김옥균의 돌격대장인 강민호를 잘 알 수밖에 없었다. 두 사람은 자주 만나 일을 공모하였고, 혁명 당일에는 행동대장으로 수구파를 죽이는 일에 함께 참여했다.

　강 목사의 집에 머물면서 들은 이야기지만, 강 목사는 미국으로 건너가서 심경의 변화를 느끼고 예수를 믿게 되었다. 워싱턴에서 북감리교단 동양 방면 선교사를 만나서 그의 권고로 감리교 신학대학에 입학했다. 나이 사십의 중년이었지만, 목회자가 되기 위해 신학대학에 들어간 것이다. 3년 후에 졸업하고 그는 목사가 되었다. 목사가 되었으나 다시 귀국할 수도 없었다. 역적에 대한 연좌제로 가족들이 피해를 입었다. 그의 아버지는 육십이 넘은 나이에 효수되었고, 어머니와 아내는 관노가 된다는 말을 듣고 거부하면서 대들보에 목을 매고 죽었다. 네 살인 작은딸은 먼 친척 집에 몸을 피해 모면했으나, 열여섯 살인 큰딸은 의주에 관노로 끌려가서 노비가 되었다. 큰딸은 머리가 영민해서 평양에서 개교한 평양 고등보통학교 학습당에 다니고 있었다. 그 학교에 다니다가 아버지가 역적으로 몰리는 바람에 졸지에 노비가 되어 관가로 끌려가게 된 것이다. 3년이 지났을 때는 어디로 갔는지 모두 소식이 없고 찾을 수 없었다. 강 목사는 하는 수 없이 중국으로 갔다. 당시 중국에서는 외국 선교사를 비롯한 종교인의 탄압이 없어지면서 자유스럽게 포교할 수 있었다. 조선인들이 많이 산다는 십리평에 와서 포교를 시작했다. 그는 그곳에서 뽕나무를 심어 양잠(養蠶)을 육성하는 사업을 하면서 열심히 포교를 했다. 그러면서 한편으로 두 딸을 추적해서 그들이 있는 곳을 알아내었다. 작은딸은 친척 집을 전전하다가 작은이모 집에서 자라고 있었고, 큰딸은 러시아로 건너가서 모스크바 대학에 다니고 있었다. 큰딸의 사연은 강 목사의 집에 머물면서 그녀를 통해 직접 듣게 된다.

3

"지금 조선이란 나라는 왜놈에 의해 최악의 상태에 놓여 있습니다. 조선을 먹은 왜놈은 그것을 합리화하거나 영구화하려고 우리 숨통을 조입니다. 여러분 가족은 반도에서 쫓겨나 언제 이곳에 왔습니까? 여러분은 부모님과 함께 왔습니까? 여기 와서 태어났습니까? 어디서 태어났느냐는 것이 중요하지 않습니다. 조선의 모습을 기억하든 못 하든 그것이 중요한 것이 아닙니다. 왜놈은 먼저 조선 경제의 숨통을 조여 왔습니다. 우리 백성 대부분이 농민인데 땅을 빼앗았습니다. 살 수 없어 여러분의 부모님을 비롯한 조상이 이곳으로 온 것입니다. 이곳으로 이주하지 못한 농민들도 도시로 나와 오두막을 짓고 사는 토막민(土幕民)이 되었습니다. 깊은 산골에 들어가 화전민이 되었습니다. 이곳을 오면서 보고 들었지만, 우리 강산에 아편을 심은 양귀비꽃이 만발해 있습니다. 도시의 골목과 여관에는 아편 담배를 피우는 냄새가 자욱합니다. 아편을 방치하는 것은, 오히려 그것을 조장하는 것은 조선을 황폐하게 하려는 왜놈들의 정책이라는 것을 아십니까?

　우리 조선 사람들이 가장 많이 여기 만주 간도 지방으로 이주해 온 것은 일본의 침략이 시작되는 최근이지만, 그 전에도 조선인들은 많이 넘어왔습니다. 여기 서간도 뿐만이 아니라 북간도에도 우리 조선인 이주자들이 많이 왔습니다. 여러분들이 살고 있는 이 땅은 고려시대까지만 해도 바로 우리 땅이었습니다. 조선시대 초기에 만든 고려사를 보면, 고려의 강역은 북으로 공험진에서 시작해서 남으로 이어졌다고 했으며, 공험진은 두만강 밖 7백리 선춘령이라고 했습니다. 그 공험진에 가면 지금도 윤관의 전적비가 세워져 있습니다. 공험진이 백두산 7백 리 동북쪽이라고 명시된 사서는 여러 곳에 있습니다. 고려사, 조선왕조실록, 세종록지리지, 동국여지승람 등에 나옵니다. 그런데 썩어빠진 조선 벼슬아치들이 사대사상에 절고, 주권을 망각하고 국경을 축소했습니다. 길림, 철원, 개원 등이 통일 신라 땅이었고, 고려 때 국경이었습니다. 후에 모두 조선 땅이었음에도 이제는 중국에 넘어가 버렸으며, 단둥, 집안, 펑청, 관수이, 위안런, 통화도 실제는 고려 땅으로 우리 땅이었던 것입니다. 지금의 압록강은 사서에 나오는 고려 국경 압록수가 아닙니다. 압록수는 지금 요하를 가리키는 것이 중국의 지리지 문헌에 나옵니다. 그러니 여러분의 조상은 우리 땅에 온 것이지만, 중간에 여진족이 칩거하면서 현재는 중국이 실효 지배를 하고 있어 어쩔 수 없이 타국민이 된 것입니다. 러시아도 마찬가집니다. 연해주에도 많은 조선인들이 이주했습니다. 지금은 연해주가 러시아 땅이지만 사십 년 전만 해도 중국 땅이라는 사실을 알고 있을 것입니다. 베이징 조약으로 해서 청나라가 러시아에게 빼앗긴 것입니다. 청나라는 영국과 프랑스 연합군과 제2차 아편전쟁에 패배하면서, 영국에는 구룡반도 남부를 할양하고, 중재국에 불과한 러시아에게 연해주를 할양하는 불평등 조약을 맺은 것입니다. 그래서 러시아는 우수리강 동쪽 시베리아를 차지하면서, 조선의 땅과 비슷한 넓이의 청나라 땅을 삼켜버린 것입니다. 블라디보스토크를 하이선와이(海參崴)라고 부르며, 중국인과 조선 이주민이 많이 사는 이유는 그곳이 본래 청나라 땅이었기 때문이라는 사실을 알고 있습니까?

지금 내지에는 이러한 민요가 생겨서 아이들이며 어른들의 입을 통해 부르고 있는 것을 아십니까? 말을 할 줄 아는 놈은 감옥에/ 들판에 나가는 놈은 공동 묘지에/ 애새끼 한놈이라도 낳을 수 있는 계집애는 사창가에/ 지게를 멜 수 있는 젊은 놈은 만주에/ 이래서 아무것도 남지 않고 텅텅 비었네/ 여덟 칸 신작로의 아카시아 가로수가/ 마차 달리는 바람에 먼지가 일어 자욱하게 덥히고 있네.

그러나 우리는 위축되어서는 안 됩니다. 어떻게든 살아남아 싸워야 합니다. 나는 한때 동학군이었고, 진압하려는 일본군과 싸웠습니다. 그 후에 나는 여기 함께 계신 털보, 아니, 강 장군님과 그 옆의 운강 장군님, 그 옆의 백우 장군님과 함께 의병이 되어 왜놈을 대적해서 싸웠습니다. 우리는 나라가 먹히는 것을 지켜보고 있으면 안 됩니다. 조국을 떠나 이곳에서 살고 있지만, 우리 조국은 우리 손으로 지켜야 합니다. 다 함께 싸웁시다."

소대장 민진호가 혼자 열을 올리고 팔을 추켜들었다. 그러나 어린 학생이든 나이 든 학생이든 야학당에 모여있는 사람 그 누구도 따라 하지 않았다. 청중이 호응하지 않자 강사 민진호는 맥이 빠지는지 시무룩했다. 청중이 호응하지 않자 교장 선생 강난설헌(姜蘭雪軒)이 당황하면서 혼자 한 팔을 추켜들며 호응했다.

"그래요. 우리 싸웁시다. 다 함께 왜놈을 무찌릅시다."

이상하게도 교장 선생이 팔을 추켜들고 소리치자 청중 전체가 와 하고 소리치며 팔을 휘둘렀다. 다른 사람에게는 전혀 반응하지 않다가 교장 선생의 구령에 맞춰 호응하는 것을 보고 어린 학생이든 나이 든 학생이든 모두 교장의 연설에 학습이 된 것을 알았다. 학생들이 환성을 지르자 지켜보고 앉아 있던 학부모라고 할까, 학생 중에 학부모 나이의 어른도 있으니 학부모라기보다 주민들이라고 해야 할 것이다. 아니면 강 목사의 감리교 교회 신도들이라고 할까, 또는 강 목사가 운영하는 양잠 공장 부인들이라고 할까, 2백여 명의 관객들도 환성을 지르며 호응했다. 학생 일백여 명과 관객 이백 명이 합쳐 삼백 명이 함성을 지르자 강당은 찌렁 울렸다.

오늘 밤에 오디 축제가 있었다. 유월이면 뽕나무에 오디가 익어갈 무렵이다. 날을 잡아 주민들과 야학당의 학생들이 모두 산으로 나가 오디를 따서 가져왔다. 그것이 엄청나게 많았는데, 그 오디는 술을 담그기도 하고, 식초를 만들거나 음식 양념 재료로 활용했다. 오디로 떡을 하기도 하고, 갖가지 오디 요리를 만들었고, 더러는 과자를 만들어 아이들이 먹게 했다. 축제가 있는 오늘은 수업하지 않고 학예회를 하였다. 야학당 학생들의 노래와 춤, 연극 등 예술 재능을 보여주는 날이었다. 그 막간에 조선에서 온 유명한 손님 네 사람을 소개한다고 하면서 우리를 소개하였다. 누군가 대표로 나와서 연설해달라고 했다. 내가 털보에게 나가서 강연하라고 했으나 털보는 자기가 나가지 않고 소대장 민진호를 내보냈다. 민진호는 나가지 않으려고 했으나, 야학당의 선생이면서 통화 고등중학교 학생인 강성애(姜星愛)가 다가와서 그의 팔을 잡아끌자 나가지 않을 수 없이 따라나갔다. 민진호의 연설은 처음에 잘 나가다가 나중에 갑자기 구호를 외치며 선동적으로 나가면서 분위기를 깨버렸다. 애국 선동은 학생들과 청중들에게는 아무 상관이 없는 일이다.

강 목사의 큰딸 강난설헌과 작은딸 강성애는 모르는 사람도 자매라고 눈치챌 만큼 얼굴이 흡사했다. 강난설헌은 29세이고, 동생 강성애는 17세였다. 두 여자가 모두 어머니를 닮았다고 한다. 어머니가 상당한 미녀였을 것 같았다. 두 자매는 아름다운 외모를 지니고 있었다. 거리를 지나치면 너무 예뻐서 한 번 다시 보게 되는 그런 얼굴이었다.

며칠 전에는 두 자매가 우리 일행에게 와서 조선식 해장국을 먹고 싶지 않느냐고 물었다. 해장국이라고도 하고 국밥이라고도 할 수 있는 선지와 돼지고기를 넣은 국을 가리키고 있었다. 당연히 먹고 싶었다. 그래서 우리는 자매를 따라 마을 한쪽을 가로지른 샛강이 흐르는 곳으로 갔다. 얼핏 보아 오일장 같은 분위기를 주는 장터였다. 장날은 아니었지만, 사람들이 많이 왕래하였고, 버드나무가 줄지어 있는 한쪽 초가집에 해장국이라는 한글 글씨가 보였다. 한글 글씨를 보자 반가웠다. 그 안으로 들어가 우리는 창호지 문으로 된 창가의 빈자리에 앉았다. 그곳에는 이미 자리를 잡고 앉아서 식사하는 조선족 사람들이 여러 명 있었다. 나이가 들어 보이는 여자가 우리에게 와서 주문을 받았다. 강성애가 말했다.

"이곳은 해장국만 팔아요."

"만주에서 해장국만 파는 집이 있다니 신기합니다."

소대장이 말하면서 감탄했다. 그는 요즘 강성애만 옆에 있으면 좀 과장되게 행동하거나 감탄사를 연발하는 이상한 짓을 하였다. 털보는 그 현상을 가리켜 소대장이 마음속에 한 여인을 품기 시작했다는 신호라고 했다. 어떤 여인을? 하고 내가 묻자 털보는 턱으로 강 목사의 둘째 딸을 가리켰다.

"무슨 소리요. 성애는 아직 열일곱 살인 고등중학교 학생이잖소."

"조선에서 열일곱 살이면 애도 낳았을 거요. 뭐가 문제입니까, 형님?"

나는 더 이상 반박 못 하고 그 이후 성애가 있을 때 소대장이 나타나면 유심히 지켜보는 버릇이 생겼다. 그냥 스치고 지나칠 때는 몰랐는데, 털보의 말을 듣고 유심히 살펴보니 아무래도 심상치 않았다. 성애 학생을 보면 소대장은 괜히 설레는 모습이 눈에 보일 정도였다.

"우리가 사는 이 동네를 십리평 동쪽 끝에 있다고 해서 십리평 동촌이라고 부르기도 해요. 중국인들은 지금 의암 선생님이 사는 서쪽 끝에 있어요."

강난설헌이 설명을 했다. 우리는 모두 해장국을 주문했다. 해장국밖에 없다고 하니 다른 것을 주문할 수도 없는 일이었다. 식사가 준비되는 막간을 이용해서 내가 물었다.

"난설헌이라는 이름은 누가 지어주었어요?"

"난설헌요? 저의 할아버지가 지어주셨어요."

"난설헌 허씨(蘭雪軒許氏)를 염두에 두고 지으셨다고 합니까?"

"네, 나중에 제가 물어보니 그렇다고 해요. 저의 할아버지는 시문에 소질이 있으신데, 허난설헌의 시를 좋아해요. 사대부 선비가 허난설헌의 시를 좋아한다는 사실이 의외이죠? 저의 할아버지는 예조판서를 지내신 분으로 전형적인 주자학파 사대부죠. 장군님도 선비였다고 알고 있는데, 허난설헌의 시를 좋아하지 않지요?"

"내가 왜 그녀의 시를 싫어한다고 생각합니까?"

"그 여인의 삶도 그렇고, 모든 시가 그녀의 삶을 표현했는데, 도전적인 삶과 시가 사대부의 마음에 들지 않는다고 해서요."

"모두 그녀의 시를 싫어하는 것은 아닙니다. 난 좋아합니다."

난설헌 허씨는 조선 중기에 있었던 여류 시인이며 화가였다. 본명은 초희(楚姬)라고 했고, 옥혜(玉惠)라는 다른 이름도 있었다. 그녀의 호가 난설헌(蘭雪軒)이어서 사람들은 그녀를 호칭할 때 허난설헌이라고 했다. 그녀는 어렸을 때부터 글재주가 뛰어났고, 아름다운 용모와 성품이 뛰어났다고 한다. 어릴 때 오빠와 동생의 틈바구니에서 어깨 너머로 글을 배웠고, 기억력이 좋고 어린 나이에도 글을 잘 써서 주변 사람들을 놀라게 했다. 그녀의 나이 8세에 광한전백옥루상량문(廣寒殿白玉樓上梁文)을 짓는 등 신동이라는 평을 들었으며, 딸의 재주를 아깝게 여긴 아버지 허엽은 직접 글을 가르치고 서예와 그림도 가르쳤다. 허엽은 서경덕과 이황의 문인으로 그가 서경덕의 문하에서 배운 도학적 사상이 난설헌과 허균 남매에게도 영향을 주었다고 보아야 할 것이다. 여동생의 재능을 아깝게 여긴 오빠 허봉의 주선으로 남동생 허균이 허성, 허봉과 평소 친교가 있었던 중인 시인 손곡 이달(李達)에게 시와 글을 배울 때 그녀도 함께 글과 시를 배울 수 있도록 했다. 선조 10년에 김성립(金誠立)과 결혼했으나 결혼 생활은 엉망이었다. 그녀는 자신의 불행한 처지를 시작(詩作)으로 달래었다. 조선 중기의 대표적인 문인의 한 사람이며, 300여 수의 시와 기타 산문, 수필 등을 남겼는데, 213수 정도가 현재 전해지고 있어 나도 읽어보고 감탄을 금하지 못했다. 그녀는 남편 김성립과 시댁과의 불화와 자녀의 죽음과 유산 등 연이은 불행을 겪었는데, 선조 41년(1608년) 남동생 허균(許筠)이 그녀의 문집을 명나라에서 출간했다. 조선의 사대부에서는 여인을 약간 깔보는 경향이 있는 데다, 시의 천재성을 인정하지 않았다. 오히려 중국에서 인정하며 알려져서 그 유명세가 조선으로 전파되었다. 불행하게도 여인은 26세의 젊은 나이로 일찍 죽었다. 사후에 동생 허균이 명나라의 시인 주지번(朱之蕃)에게 주어 중국에서 시집 난설헌집(蘭雪軒集)이 간행되어 격찬을 받았다. 1711년 분다이야 지로(文台屋次郎)에 의해 일본에서도 간행되었다. 1612년에는 취사원창이란 이름으로 미간행 시집이 발간되기도 했다. 이 시집은 필사본이 되어 사람들의 손에 손으로 전해졌는데, 중국인 사신이나 학자들이 조선에 오면 먼저 그 시집을 찾았다고 한다. 살아있을 때 고부갈등과 남편과의 불화 등으로 부정적인 평가를 받은 관계로 조선의 사대부에서 찍힌 여인으로 나쁘게 평했으나, 사후 조선 후기에 이르러 그녀의 시들의 작품성과 예술성을 인정받게 되었다. 그녀는 초당 허엽의 딸로 허봉의 여동생이자 교산 허균의 친누나이며, 허성의 이복 여동생이고, 어의 허준은 그의 11촌 숙부뻘이었다. 학풍으로 보면 손곡 이달(李達)의 문인이다. 강난설헌의 조부가 그녀가 태어났을 때 무슨 예감을 느꼈는지 손녀의 이름을 난설헌으로 지어준 것은 그녀의 운명인지 모르겠다. 기억력이 천재이고, 뛰어난 예술성과 미모는 판에 박은 듯이 허난설헌과 지금의 강난설헌이 똑같아 보였다. 그렇지만 일찍이 죽은 허난설헌처럼 지금의 강난설헌도 일찍 죽지 말기를 바랐다. 예감이란 참 묘한 것이 쓸데없는 나의 그 염려가 현실에서 적중하고야 말았다.

강난설헌이 나에게 말했다.

"선비 신분이면서 무관이니 좀 색다르다고 느꼈어요."

"여기 우리 모두 그렇습니다. 우린 화서학파 유생이면서 무관들이지요."

"조선 선비의 정신은 일본의 사무라이 정신보다 우월하다고 느껴요."

"어떤 점이 그렇습니까?"

"이런 일화가 있어요. 조선의 선비 한 사람이 산골에 홀로 살면서 끼니가 없어 굶어 죽게 생겼다고 합니다. 양반의 체통에 돈을 빌리러 갈 수도 없고, 그렇다고 일을 해서 벌 수도 없어 그냥 버티고 책만 읽다가 그는 굶어 죽었다고 해요. 얼마나 지조가 강해요? 일본의 사무라이는 의를 위해서는 자기 자신을 죽이는 일, 이를테면 할복을 미덕으로 생각하죠? 저는 스스로 할복하는 일보다 그렇게 꼿꼿하게 앉아서 굶어죽는 선비 정신이 더 강하다고 생각해요."

주문한 해장국이 와서 상 위에 올려졌다.

"음식이 왔으니 드세요. 사람 죽는 이야기 그만하시고요."

동생 성애가 수저를 들며 말했다. 내가 수저를 들어 국밥을 한 모금 먹어보고 말했다.

"맛도 괜찮군요. 이 집 주인이 아마도 조선에서 국밥 장사를 하다

온 모양입니다. 그건 그렇고, 나는 교장 선생의 생각과는 이견입니다. 왜 앉아서 죽는 것이 선비의 정신입니까? 양반이며 선비는 노동을 해서 안 된다는 법이 있습니까? 나도 선비지만 나 같으면 책상머리에서 일어나 지게를 지고 산으로 가서 땔감을 장만할 것입니다. 그 땔감을 지고 장에 나가 팔 것입니다. 그러면 그 돈으로 먹을 음식을 구할 수 있잖아요? 선비는 그런 일을 하면 안 된다고 그 어디에 그런 구절이 있나요? 의롭지 않은 일은 생각도 말라는 것은 선비 정신이지만, 산에 가서 땔감을 해서 파는 것은 의롭지 않은 일이 아닙니다."

"장군님, 그건 이론이고 실제는 그렇지 않겠죠? 산에 가서 땔감을 해보신 일이 있으세요?"

"네, 여기 오기 전, 겨울철에 단양의 산골짜기에 숨어 살면서 지게를 지고 산에 가서 나무를 했어요. 그 나무를 팔러 장에 나가지는 않았으나 그걸 지고 집에 와서 땔감으로 사용했지요. 내 집에 늙은 하인이 두 명 있는데, 모두 칠십이 넘었어요. 한 사람은 문경 전의 집에서 집을 지키고 있고, 다른 한 사람은 단양에서 같이 사는데, 너무 늙고 노쇠해서 지게를 지게 할 수가 없어서 내가 했습니다."

"그건 현실적인 이야기고, 이 이야기는 상징적인 표현입니다. 이를테면 의지에 대한 척도를 평가할 때 그 인내력의 차원을 말씀드리는 것입니다."

"그런데, 교장 선생은 어떻게 모스크바 대학까지 다녔소?"

"그건 나중에 기회 있으면 말씀드리죠."

얼마 전에도 그것이 궁금해서 물었더니 지금과 똑같은 대답을 했다. 다음 기회에 말씀드리겠다고. 그런데 그다음 기회가 언제일지 알 수 없다. 어쩌면 그 기회가 올 것 같지 않았다. 내가 그 사연을 꼭 들어야 하는 이유는 없었으나, 조선 여자가 모스크바 대학을 졸업했다는 사실부터 평범한 일은 아니었다. 물론, 강난설헌이 모스크바 대학에 다녔던 유일한 조선 여자이기도 할 것이다. 이제 그녀의 동생이 고등중학교를 졸업하면 모스크바 대학에 진학한다고 한다. 그래서 요즘 동생 성애가 언니로부터 러시아어를 배우느라 열심인 것이 보였다.

"모스크바 대학은 그렇다 치고, 교장 선생 방에 보니까 책상머리에 있는 사진의 서양 남자, 아마도 러시아 사람이겠지요? 부군이십니까?"

털보가 단도직입적으로 질문했다.

"네, 제 남편입니다."

"그럼 같이 안 살고 떨어져 사나요?"

"아뇨, 남편은 9년 전에 죽었어요."

"아, 미안합니다. 내가 쓸데없는 질문을 했군요."

"어른분들이 아이처럼 호기심이 많네요? 쓸데없는 질문은 사실이지만. 이제 그만 국밥 드세요. 해장국은 식으면 맛이 없어요." 하고 동생 성애가 참견했다. "그런데 왜 제 언니에 대해서만 알고 싶은 게 그렇게 많아요? 저에 대한 질문은 하나도 안 하네요?"

"너에 대해서 뭘 물어볼까?" 하고 털보가 말했다. "뭘 물어봐야 하는지 생각나는 게 없어서 말이야. 학교 공부는 잘하니? 성적은 좋아? 모스크바 대학에 들어가려면 실력도 있어야 하는데 가능하냐?"

"뭘 그렇게 한꺼번에 물어보세요? 저에 대해서는 관심이 없으신가 보네요. 관심이 없으면 질문할 것도 생각나지 않는 법이거든요."

"나는 관심이 많은데도 뭘 질문할지…… 모른다기 보다, 너무 많아서 뭘 먼저 물어봐야 할지 몰라서."

소대장이 불쑥 나서면서 참견을 했다.

"그럼 물어보세요."

"그렇게 말하니까 다 잊어버렸네. 나중에."

"그렇다니까, 관심이 없다니까. 장군님들은 모두 우리 언니만 좋아하는 거 같아."

성애의 말이 엉뚱했기 때문에 일동은 당황했다. 당황하는 것은 당사자인 언니 강난설헌도 마찬가지였다.

"얘는 별 소리를."하고 강난설헌은 웃으며 얼버무렸으나 분위기가 썰렁해지는 것이다.

분위기가 썰렁해졌다는 것을 성애도 알았는지 수습하려고 입을 열었다.

"여기 계시는 백우 장군님은 언니가 없는 자리에서만 저에게 언니에 대해서 물어봐요. 결혼했는가, 왜 모스크바 대학에 다녔느냐. 언니가 한때 잠깐 기생이었다는 말이 있는데 사실이냐, 등등 물어봤어요. 그래서 제가 대답했죠. 그건 직접 언니에게 물어보라고."

김상태가 당황하면서 뭐라고 얼버무리려다가 국물을 삼키는 바람에 콧구멍에 국이 흘러들어간 듯했다. 심한 기침을 하면서 일어나더니 밖에다 대고 기침을 하며 토해냈다. 성애는 수습 하느라고 한 것이 더욱 이상한 분위기를 만들고 있었다. 강난설헌이 기생으로 있었다는 말은 처음 듣는 말이었고, 뜻밖의 사실이었다. 난설헌은 아무 표정도 없이 국밥을 조용히 먹고 있다.

4

야학당의 학예회는 절정을 이뤘다. 학생들이 나가서 연극을 하는 것이다. 그 연극은 야학 선생 성애가 만든 것이라고 하는데, 조선 청년들이 뭉쳐서 일본군을 물리치는 의병에 대한 이야기였다. 의병이라고 해야 십여 명에 불과한 포수들이 전부였지만, 그들이 일본군의 헌병대 주재소라든지, 병참부를 파괴하며 승리를 이끈다는 이야기였다. 열네 명의 의병들이 모두 포수 출신이고, 주로 산악 지역에서 지형지물을 이용해서 말을 타고 달리며 동에 번쩍 서에 번쩍하는 것이 홍범도의 나르는 호랑이 이야기였다. 홍범도는 함경도를 중심으로 포수 14명을 이끌고 유격전을 벌리면서 산악에서 말을 이용해서 다녔기 때문에 동에 나타났다 서에 나타나는 등 빠른 시간에 먼 거리를 누볐기에 일본군 병참부나 헌병대에서는 홍범도가 날아다니느냐는 말까지 나온 데서 생긴 이야기였다. 전설 같은 그 이야기를 어떻게 입수했는지, 성애가 희곡으로 써서 연극에 올렸던 것이다. 며칠 전에 야학당 학생들이 연습하고 있을 때, 연출하는 성애에게 그 이야기를 어떻게 아느냐고 물어보았다.

"홍범도 장군님의 이야기에요. 그분은 포수들만 데리고 다니고, 항상 말을 타고 다녀요. 산의 지형지물도 잘 알지만, 항상 말을 타고 산을 누벼서 일본군들이 쫓아오지 못한데요. 산에서 말을 타고 달릴 수 있는 사람이 많지 않아요. 이 이야기를 어떻게 아느냐고요? 홍범도 장군님이 가끔 우리 집에 들려요. 여기 와서 하루이틀 묵고 가기도 하고요. 그때 우리한테 들려준 이야기에요."

동에서 번쩍 서에서 번쩍하며 수백 리 길을 단숨에 오르내린다는 것은 약간 지어낸 말 같아 보였으나, 숨김없는 그의 활약상을 제대로 표현해주는 듯했다. 나는 밖에 나와서 곰방대에 담배를 넣어 피워물었다. 긴 나무 의자에 앉아서 담배를 피우고 있는데, 내가 나오는 것을 보았는지 교장 선생 난설헌이 따라 나왔다. 그녀는 옆에 앉아도 되느냐고 물었다. 나는 엉거주춤 일어나면서 그녀에게 자리를 권했다.

"앉으시지요. 교장 선생."

"뭐, 이런 사석에서는 저를 교장이라고 부르지 않으셔도 됩니다. 장군님."

"이런 사석에서는 나를 장군님이라고 부르지 않아도 됩니다. 그냥 운강이라고 호를 불러주십시오."

"그 곰방대보다 이 러시아 궐련을 한번 피워보시겠어요? 맛이 독특합니다."

여자가 담배 곽에서 한 개피 꺼내 나에게 내밀었다. 나는 곰방대 담배를 땅바닥에 털어내고 난설헌이 주는 궐련을 입에 물었다. 부싯돌을 꺼내 궐련에 불을 붙이려고 했으나 잘 되지 않았다. 강난설헌이 성냥곽을 꺼내 그 안에서 성냥개비 하나를 꺼내더니 불을 켜서 나에게 내밀었다. 나는 그녀가 켜준 성냥불에 궐련을 붙여 물었다.

"부싯돌을 가지고 다니며 불을 켜려면 불편한데 성냥을 사용하세요. 성냥이 조선에도 있나요?"

"아, 네. 성냥은 압니다. 수신사로 일본에 갔던 승려 이동인이라는 사람이 들여와서 한성 사람들이 사용하고 있습니다. 나 역시 궁성에서 선전관으로 있을 때 궁궐에서 지급해 준 성냥을 사용했습니다."

궐련은 맛이 순하고 향내음이 나서 나는 평소에 선호하지 않았다. 여자는 나의 옆에 앉아서 궐련을 한 개피 피워물었다. 담배 피우는 것이 아주 자연스럽고 당당한 것으로 보아 늘 피우던 것 같았다. 그런데 앞으로 교회 집사가 지나가자 강난설헌은 피우던 궐련을 입에서 떼더니 뒤로 슬며시 감추었다. 집사는 내가 담배 피우는 것을 힐끗 보기는 했으나 아무런 말없이 지나갔다. 집사가 지나가고 모습이 보이지 않자 여자는 다시 궐련을 입에 물고 연기를 한 모금 빨았다가 내뿜으면서 조용히 입을 열었다.

"제가 모스크바 대학에 다녔던 이야기라든지, 러시아 남자와 결혼

한 이야기, 그리고 김상태 장군님은 이미 알고 있는 듯한 기생 이야기에 대해 알고 싶으세요?"

"아니, 뭐 남의 사생활에 대해서 알려고 하는 것은 실례인데, 굳이 말하기 싫으면 안 해도 됩니다. 쓸데없는 호기심에 실례가 많았습니다."

"괜찮아요. 저도 가슴속에 품고 있던 이런 사적인 이야기를 누군가에게 털어놓고 싶은 충동도 있어요. 마치 과거의 무거운 짐을 누군가와 나눠서 지고 싶은 충동이라고 할까요."

"그렇다면 말씀하시오. 그 무거운 짐을 내가 조금 덜어드릴 수 있다면 다행이군요."

"저는 평양 고보 학습당 졸업반 때 아버지가 갑신정변에 연루되어 역적이 되면서 의주 관가 관노가 되었습니다. 지금 학당 안에 있는 저 동생은 네 살 때 이야기로 이모 집에 피신해있었지만 저는 학교에서 공부를 하던 중에 체포되어 의금부에 끌려갔고, 조사를 받은 다음 의주 관노가 되었습니다."

그녀의 입에서 의금부 이야기가 나오자 갑자기 혈압이 확 오르는 기분이었다. 그 의금부에 끌려가서 이유도 모른 채 몽둥이 찜질과 주리틀기를 당한 것을 회상하면 지금도 숨이 가빠지는 화가 치민다.

"의금부에서 고문은 안 당했어요?"

"아버지에 대해서 몇 가지 물어보고 저의 집에 김옥균이나 박영효가 왔다갔는지 물었습니다. 한 번도 온 일이 없었고, 나는 이름도 제대로 모르는 사람들이라 모른다고 했더니 그냥 놔주더군요. 석방이 된 것이 아니고 의주로 보내져서 관노 신세가 된 것이죠. 정변이 실패하면서 아버지는 다른 동지들과 함께 일본으로 망명하셨어요. 그 후에 누군가 나에게 와서 한 가지 제의를 했어요. 그가 왜 나에게 그런 제안을 했는지 지금도 모르겠어요. 아마 한때 아버지로부터 은혜를 입은 일이 있는 지인 같았으나 나에게는 신분을 밝히지 않았어요. 여기 있으면 평생 노예로 산다. 너는 똑똑하고 인물이 출중해서 이대로 썩으면 안 된다. 그러니 1만 냥을 만들어 노비 문서를 태우고 자유 몸을 얻어라. 그래서 내가 물었죠. 1만 냥이 어디 있느냐, 그런 돈 없다고 하자, 그 돈을 만들 방법을 안다고 했어요. 너는 예능이 뛰어나다고 들었다. 미녀에 예능자라면 기생이 되거라. 평양 기생학교에서 일 년간 수업을 받으면 너는 일품 기생이 될 수도 있다. 타고난 재능이 뒷받침이 된다면. 나는 차라리 관비로 늙어죽어도 기생 노릇은 할 수 없다고 했어요. 그러자 그는 설명했어요. 기생이라고 해서 모두 나쁜 것은 아니다. 기생이라고 하면 사람들은 매춘부로 생각하는데, 실제로는 그렇지 않다.

저는 기생에 대해서 제가 알고 있는 개념을 말했어요. 우리나라 신분 분류에서, 왕족, 양반, 중인, 평민, 천민으로 분류하는데 기생은 그 다섯 가지에서 가장 낮은 천민이 아니냐고 물었죠. 그렇다면 지금 노비와 뭐가 다른가. 거기다가 매춘은 아니라고 하지만 현실적으로 매춘도 하지 않느냐고 물었죠.

기생에도 세 가지 품계가 있는데, 일패 기생은 거의 매춘을 하지 않고 본인이 안 하려고 한다면 법으로도 보장이 된다고 했어요. 일패 기생을 억지로 매춘시키는 것은 위법이라는 것이죠. 이패 기생은 매춘을 음지에서 몰래 하였지만, 거의 하지 않았으며, 삼패 기생은 가장 하급자로서 매춘을 업으로 삼았다고 하였습니다. 일패나 이패 기생 가운데는 결혼을 해서 남편이 있는 경우도 있다고 했습니다. 기본적으로 기생이 접하는 세계가 유흥과 접객이 핵심이었기에 매춘에서 자유스럽지 못한 것은 사실이지만, 본인이 하기에 따라서 신분은 크게 분류된다고 했습니다. 즉, 일패는 지성과 미모를 겸비하고 노래, 춤 등 예능에 탁월한 연예인이라고 봐야 한다고 했습니다. 삼패 같은 경우는 일패나 이패가 가지고 있는 노래나 춤, 예능, 그리고 지성이 없어서 손님과 대화를 나눌 수 없다 보니 내놓을 것이 성밖에 없어 매춘을 할 수밖에 없다는 것입니다. 일패 기생들은 그녀들을 나라에서 관리하기도 했고, 왕족, 양반, 부자들이 주로 상대하는 일패나 이패 기생들은 함부로 건드리는 게 부담스러워서 성접촉을 못했다고 했어요.
　기생을 분류하면, 일패 기생은 오직 임금이나 고관들의 면전에서 노래와 춤을 추는 기생을 가리켰고, 외국의 외교관을 접대하는 역할도 하는 민간 외교관 일도 했다고 합니다. 매춘은 하지 않았으나, 조건이 맞으면 거금을 받거나, 여자 본인이 원한다면 극히 일부 매춘이 없다고 볼 수 없지만, 일단 매춘 개념은 벗어난다고 했습니다. 이패 기생은 관기와 민기로 나누며 관기는 문무백관을 상대하고, 민기는 일반 양반을 상대하며 노래와 춤을 춘다고 했습니다. 삼패 기생은 일반 평민을 상대하는 기생으로 춤과 노래, 그리고 매춘을 병행한다고 했습니다.

일패 기생이면 해볼만 하지 않겠느냐고 물었습니다.

그래서 내가 물었어요. 어떻게 해야 일패 기생이 되느냐고요.

그 순간 나는 역적의 딸이 되어서 이제 출세하기는 틀렸고, 일패 기생이 되어 대궐을 출입하고 임금만을 상대하는 일패 기생이 되기로 했던 것입니다. 그리고 경우에 따라서는 임금의 귀비도 될 수도 있고, 그럼 왕비 민씨를 타고 올라가서 나라를 쥐어라 펴라 해볼 수도 있다는 엉뚱한 생각이 들었던 것입니다. 열여섯 살인 내가 말입니다.

일패가 되려면 무엇보다 여성스러운 뛰어난 미모인데, 너는 그 점에서 합격이다. 열여섯 살인데도 너는 활짝 핀 꽃처럼 예쁘다. 그리고 지성미가 있으며 우아하고, 모습에서 향기조차 울어나오는 것이다. 너를 한 번 본 남정네는 꿈에서도 다시 보고 싶어할 것이다. 길 가다가 너를 한 번 보고 돌아보지 않는 사내라면 그건 틀림없는 고자일 것이다.

너무 그렇게 과장되게 말해서 나를 홀리지 말라고 했더니, 아니다, 사실이 그렇다고 하였습니다. 그리고 너는 듣기에 뛰어난 예능에 소질이 있다고 들었다. 누구한테서 무슨 말을 들었는지 모르지만 그렇게 말했습니다. 너는 아직 나이가 어린 고보 5학년 학생인데, 러시아어를 하고, 일본어를 하고, 중국어를 하는 언어의 천재이다. 그렇게 삼개 국어를 배우는 데 얼마나 걸렸느냐고 물어서 대답했어요. 러시아는 일 년 걸렸고, 중국어는 육 개월 걸렸고, 일본어는 삼 개월 걸렸다고요. 그러자 그는 더욱 놀라면서 말했습니다. 책을 세 번 읽으면 모두 외운다고 들었다. 정다산은 한 번 읽은 책을 외운다고 했는데 그보다는 못하지만 세 번 읽고 외운다는 것도 대단한 일이다. 기생 중에 유명한 기생으로는 황진이, 논개, 이매창, 운심, 홍랑 등이 있고, 소설 속에서는 춘향(춘향전)과 추월(이춘풍전)이 있다. 그녀들 누구보다 네가 기생이 되면 그 위에 올라설 것이다. 장담하는데 너는 일패 기생이 될 수 있다.

어우동은 어때요? 라고 내가 물으니까 그가 웃으면서 대답했습니다.

어우동은 기생이 아니고 왕족과 혼인한 종가집 여인인데, 기상천외한 바람을 많이 피워서 유명해졌다고 했습니다.

기존의 일패 기생들은 모두 지적 수준이 높아 선비하고 학문을 논했고, 용비어천가나 유교 경전을 읊었고, 기생 문학이 남아 있을 정도로 시에 대한 수준도 높았다. 예를 들면 황진이 같은 경우이다. 황진이는 자기 마음에 맞는 남자와는 본인이 원해서 자기도 했으나 억지로 남자를 받은 일은 한 번도 없었다. 안동의 기녀는 대학을 암송하고, 관동의 기녀는 관동별곡을 읊고, 함흥에서는 출사표를 쓰고, 영흥에서는 용비어천가를 읊었다. 북방이나 제주도의 일패 기생은 같이 말을 타고 기예를 다투었다. 이 얼마나 장쾌한 여자인가. 황진이처럼 시로써 선비들과 경쟁할 정도라면 과히 조선의 여성 학자라고 할만하지 않은가. 일패 기생이란 바로 그와 같은 것이다. 라고 장황하게 설명하는 바람에 나는 승낙했습니다. 일패 기생이라면 기생이 되겠다고. 그래서 평양 기생조합에서 사는 조건으로 일만 냥을 내주고 노비에서 나를 빼갔습니다. 나는 곧 평양 기생학교에 입학했고, 빠른 과정으로 공부를 했습니다. 동기(열 살 전후의 소녀)들은 수년을 수업하여 기예를 닦지만, 나같이 나이가 열여섯 살 정도되면 그렇게 오래 걸리지 않았어요. 빠르면 일 년, 늦어도 이 년이면 공부를 마칠 수 있었습니다. 나는 일 년만에 수업을 마치고 기생이 되었습니다. 그런데 바로 그 첫 관문에서 나에게 시험이 왔습니다. 나의 인생을 또 한 번 바꿔 놓는 일이 벌어진 것입니다.

평양에 외국의 외교관 한 사람이 한성으로 가던 도중에 잠깐 들렸는데, 평양에서 하루 묵는다고 했습니다. 하루 묵는 동안 평양 명승지 고적도 돌아보고 하룻밤 같이 쉴 수 있는 러시아어를 할 수 있는 기생이 있는가 하는 것이었습니다. 하룻밤 잠자리를 가질 관기는 많겠지만, 외교관하고 대화를 나누며 명승지를 돌아볼 기생은 있을 수가 없었어요. 그런데 어떤 소문이 났는지 나에 대한 소문이 나서 나를 데려오라는 것이었습니다. 나는 외교관과 대화를 나누며 명승지를 돌아보며 함께 소풍은 다닐 수 있어도 절대 수청은 들 수 없다고 했어요. 수청은 다음 문제고, 수청 들 때는 다른 기생을 들여보낼 테니 외교관하고 명승지를 돌아보며 대화를 나누라고 했습니다. 그렇다면 좋다고 하고 응했어요. 내가 만난 러시아 외교관은 삼십대 중반 정도의 청년으로 금발 머리였습니다. 다른 수행원들도 다섯 사람 있었으나 모두 조선말을 모르고 통사라고 하는 자는 중국어를 할 줄 알았고, 조선의 통사가 중국어로 통역하면 그 통사가 다시 러시아어로 이중 통역을 하기로 한 듯했습니다. 러시아 말을 할 수 있는 조선인을 러시아에서도 쉽게 구할 수 없었나 봅니다.

나를 본 그 러시아 외교관은 놀라는 기색이었습니다. 생각보다 내가 젊다는 점과 내가 기생이라는 사실 때문이었습니다. 그는 대화에서 내가 혹시 러시아에서 태어났느냐고 묻더군요. 아니라고, 나는 일년 걸려서 러시아어를 배웠는데, 발음이 어떠냐고 물으니 더욱 놀라는 것입니다. 그는 나보고 영재라고 하면서 어떻게 기생으로 있느냐고 안타까워 했습니다. 그의 이름은 안드레이 에코로비치였습니다. 나는 그를 안드레이라고 불렀습니다. 안드레이 성은 흔했지만, 그의 언행은 정중했고, 사람이 성실해 보였으며, 무엇보다 겸손했습니다. 내가 기생이라고 했는데도 얼마나 정중하게 대하는지 꼭 서양식으로 대했는데, 내가 일어나면 같이 일어섰습니다. 내가 먼저 나가거나 들어오기를 기다려 주며 양보하는 것이었고, 모든 것에 상대방을 배려하고 존중하는 태도를 보고 이런 것은 조선의 남자들이 배워야 한다고 생각하며 나 역시 충격을 받았습니다. 조선의 여자들이 얼마나 불행한가 하는 것으로 말입니다.

평양 명승지 소풍을 마치고 나는 돌아가고 이제 그와 이별하려고 하는데, 평양 감영에서 감사가 나를 만나더니 아무래도 끝까지 그 러시아 사람과 같이 있어 줘야 하겠다고 요구하는 것입니다. 나는 일패 기생으로서 매춘은 할 수 없다고 하자, 그게 아니고, 다만 좀 더 대화를 나눠보고 싶다고 하였다고 하니, 같이 있어 달라고 하는 것입니다. 사실, 그 외교관에게 잠자리는 다른 기생을 들여보내겠다고 하였지만, 그가 거부하며 잠자리는 그 어느 누구와도 필요없다고 했다는 것입니다. 그러면서 강난설헌이란 그 여자와 밤을 지내며 대화를 할 수 있기를 바란다고 했다고 합니다. 그러니 밤에 그와 같이 있어 달라는 것이었습니다. 그것마저 거부할 수 없어 승낙했습니다. 우리는 커피를 마시면서 이야기를 나누었습니다. 그는 자신에 대해서 말했습니다. 자신은 궁정의 황제 외교 담당 실장이고, 지금 조선과 국교 문제로 협상하러 왔다고 했습니다. 공사관은 설치되었으나, 외교관을 비롯한 직원들을 고용하는 일을 맡았다고 하며, 자기는 조선에 자주 올 것이라고 했습니다. 그리고 그는 사진 한 장을 보여주며 자기 아내와 딸이라고 자랑했습니다. 아내와 딸 두 명 있었는데, 모두 인형같이 예뻐서 내가 인형처럼 아름답다고 하자 그는 좋아했습니다.

 그는 나에게 왜 러시아어와 중국어, 그리고 일본어를 배웠느냐고 물어서 나는 국제 정세에 대해서 말했습니다. 작금의 조선은 이 세 나라에 둘러싸여 있는데, 현재는 일본이 선두로 나서며 조선을 먹으려고 하지만 결국은 세 나라와 맞붙어 조선을 누가 차지하냐는 문제를 두고 싸울 것이라고 했습니다. 가장 가능성이 큰 것이 러시아로서, 러시아는 부동항 때문에 어쩔 수 없이 조선을 삼키려고 할 것이고, 중국은 옛부터 내려온 간섭국으로서 조선을 식민지화 할 것이고, 일본은 임진왜란 이후 계속 조선을 삼키려는 정한론을 펴서 결국에는 세 나라가 전쟁을 치를 것이라고 했습니다. 내 말을 듣던 그는 깜짝 놀라면서 탁월한 견해라고 하면서, 그 점을 우리도 염려하고 있다고 했습니다. 국제 정세는 고보 학당 역사 시간에 배워서 알고 있는 것이라 탁월을 운운하는 것은 과장된 말로 들렸습니다만, 아직 열일곱 살인 내가 국제정세를 꿰뚫고 보고 있다는 점에 감탄하는 기색이었습니다. 염려한다는 것은 러시아가 못 먹을 것을 두고 한 말인지, 아니면 조선이 삼국의 어느 한 나라에 먹힐 것을 염려하는 것인지 묻자 그는 웃으면서 당신은 기생으로 있으면 안 된다고 하면서 나에게 말했습니다.

당신은 기생을 그만 두고 정치를 하십시오.

러시아는 어떤지 모르지만, 조선에서는 아녀자가 정치를 할 수 있는 환경이 아니에요. 여자인 제가 정치를 한다면 왕비 민자영처럼 임금의 아내가 되는 수밖에 없을 것입니다. 그러나 저는 정치할 생각은 아예 없다고 했습니다. 그러자 그가 말했습니다.

일단 러시아로 오십시오, 러시아에는 전통이 깊은 대학이 두 개 있습니다. 모스크바에 로모노소프 대학이 있는데, 130년 전에 시인이며 예술가이며 과학자인 미하일 로모노소프가 엘리자베타 페트로브나 여황제에게 제의해서 세운 대학입니다. 일명 모스크바 대학이라고 하는데, 그 대학에 처음엔 철학, 의학, 법학 3개 학부가 있었지만, 지금은 의학부가 임상학부, 외과학부, 산과학부로 분리되었고, 인문학, 물리학, 법학부, 경제학으로 여러 학과가 신설되었다고 했습니다. 당신이 정치가 싫다면 문학이나 언어를 공부하기를 바라는 듯한데, 그것을 총괄하는 것이 인문학부라고 하면서 모스크바에 오면 자기가 나를 인문학부에 입학시켜 주겠다고 했습니다. 학비나 생활비도 장학금으로 주겠다고 제의했습니다. 나는 사실 아버지가 역적이 되지 않았다면 평양 고보를 졸업하고 일본으로 가서 제국대학에 들어가려고 했습니다. 학과를 결정하지 않았으나 일본으로 유학갈 생각을 했던 것입니다. 안드레이의 말 가운데 등록금과 생활비를 장학금으로 주겠다고 한 말에 귀가 솔깃해졌습니다. 아, 이 기회는 그렇게 쉬운 일이 아니다. 나의 운명이 기생이 아니구나 하는 생각이 머리를 스치고 지나갔습니다.

다른 대학은 로모노소프 대학보다 31년 앞에 개설된 상트페테르부르크에 있는 상트페테르부르크 대학입니다. 거기도 좋지만 자기는 로모노소프 모스크바 대학을 추천한다고 하면서 그 대학을 나온 인물 가운데 유명한 사람이 많지만, 내가 알만한 사람으로 안톤 체호프가 있다고 했습니다. 내가 러시아어를 배우면서 읽은 소설 중에 안톤 체호프가 쓴 단편 소설이 많았습니다. 톨스토이는 내가 가장 좋아하는 러시아 작가였고요. 도스토옙스키, 고골리의 소설도 좋아했고, 푸시킨의 시를 좋아했습니다. 톨스토이의 소설을 좋아한다고 말하자 러시아로 오면 그를 만날 수도 있다고 했습니다. 레프 니콜라예비치 톨스토이는 현재 57세의 나이로 왕성한 창작 활동을 한다고 덧붙였습니다. 로모노소프 모스크바 대학 출신 안톤 체호프는 의학을 전공한 의사였습니다. 나는 인문학부에 들어가기로 하고, 현재 내가 처해 있는 상황을 그에게 설명했습니다. 아버지가 평안 감사였다는 사실, 김옥균의 갑신정변을 돕다가 역적으로 몰려 일본에 망명 중이라는 사실을 밝혔습니다. 내가 기생이 될 수밖에 없었던 내력도 밝혔습니다. 현재 나는 일만 냥의 돈이 있어야 평양 기생조합에서 풀려나 자유스러워질 수 있다고 하자 그것은 그가 개인 입장에서 나에게 빌려준다고 했습니다. 나중에 학교를 졸업해서 사회인이 되어 생활력이 생겨 돈을 벌면 갚으라고 했습니다. 그 자리에서 나는 그에게 약속했습니다. 러시아 모스크바로 가서 로모노소프 대학 인문학부에 입학하기로 했던 것입니다. 여기서 내 운명은 러시아로 향했고, 대학생이 된 지 일 년 후 나는 열여덟 살의 나이로 나를 후원해 준 안드레이 에코로비치와 사랑하는 사이가 되었습니다. 눈이 온통 모스크바를 뒤덮은 한겨울 어느 날, 대학 교정 앞 언덕에서 안드레이가 내 앞에서 무릎을 꿇더니 고백을 하더군요. 고백을 하기 전에 이미 사랑한다는 것을 알고, 나도 그를 사랑했지만, 그가 나에게 결혼하자고 청혼했습니다. 내 나이 18세가 되던 대학 일 학년이고, 그는 나보다 스무 살이 많은 서른여덟 살이었습니다.

　나는 그에게 말했습니다. 나의 인생을 책임지려면 다른 책임은 내려놓으라고. 다시 말해 당신의 현재 아내와 두 딸을 포기해야 한다고 했지요. 그랬더니 그가 그렇게 하겠다고 하더니 나와의 약속대로 아내와 두 딸과 헤어지더군요. 두 딸은 아내에게 맡기고 양육비와 학비를 성인이 될 때까지, 대학을 졸업할 때까지 대주기로 합의했던 것입니다. 나는 그와 결혼했습니다. 우리의 결혼 생활은 뜨겁고 아름다웠습니다. 그러나 그것까지 내가 여기서 모두 이야기하기에는 시간도 모자라고 그럴 필요가 없을 듯해서 생략하겠습니다. 운명은 나에게서 거기까지만 행운을 주었나 봅니다. 그는 장티푸스에 걸려 한 달 동안 앓다가 급성으로 사망했습니다. 나는 3년 만에 대학을 졸업했습니다. 그는 나의 졸업식도 못보고 죽었는데, 죽기 전에 나에게 말했습니다. 이왕 학문의 길을 파고 들었으면 끝까지 하기 바라며, 대학원 과정에서 석사와 박사 학위도 받아 모스크바 대학 교수로 임용되라고 권했습니다. 그의 유언대로 나는 대학원에 진학해서 석사 과정을 밟았고, 1년 만에 석사가 된 다음 다시 박사 과정을 거쳐 박사가 되었습니다. 모스크바 대학 135년의 역사 중에 내가 가장 연소한 나이 22살에 박사 학위를 받아서 화제가 되고 러시아 신문에 대서특필되었습니다. 러시아 황제 알렉산더 3세가 나를 만나기를 원해서 상트페테르부르크 황궁에 들어가 그를 알현했어요. 전에 남편이 살아있을 때 남편과 함께 황제를 알현한 일은 있었지만 단독 알현은 처음이었습니다. 황제는 나에게 궁 내정에 근무하면서 외교 일, 전에 남편이 했던 동양권 외국의 교섭실장이 되겠냐고 물었습니다. 남편이 좀 더 살았으면 러시아 정부 외무대신이 될 수 있었는데, 그의 운이 거기까지였나 봐요. 아니면 조선국 공사로 부임하기를 원하면 발령하겠다고 했습니다. 내가 조선인이기는 했지만 너무 어리다는 이유로 다른 대신들은 반대했습니다. 하지만 정치는 나이가 하는 것이 아니라고 하며 황제는 나를 적극 추천했습니다. 모스크바 대학에서도 나를 교수로 임용한다고 통보하면서 종신 아카데미협회(학술원) 회원으로 예우했습니다. 그렇지만 그때 아버지가 목사가 되어 여기 십리평 동촌에 터를 잡고 나를 불렀기 때문에 무조건 아버지에게 온 것입니다. 지금 모스크바 대학에서 나를 인문학부 교수로 부르고 있지만, 나는 가지 못하고 있습니다. 아버지와 함께 여기서 해야 할 일이 있기 때문입니다."

〈제3권에서 계속〉

나의 전쟁은 끝나지않았다

초판 1쇄 발행 2025년 07월 31일

지은이 정현웅
펴낸이 이규종
펴낸곳 해피&북스
인쇄소 한솔미디어
주　소 서울시 마포구 토정로 222
　　　　한국출판콘텐츠센타 422-3

등　록 제2020-000033호
전　화 (02)6401-7004
팩　스 (02)323-6416
이메일 elman1985@hanmail.net

ISBN 979-11-993712-2-4
정　가 15,000

잘못된책은 바꾸어드립니다. 무단복재를 금합니다.